"十三五"国家重点图书出版规划项目

西班牙语文学译丛
尹承东 主编

# 十个女人
Diez mujeres

———

〔智利〕马塞拉·塞拉诺 著
牟馨玉 译

中央编译出版社
Central Compilation & Translation Press

图书在版编目(CIP)数据

十个女人／(智)马塞拉·塞拉诺著；
牟馨玉译．—北京：中央编译出版社，2018.8
ISBN 978-7-5117-3592-8

I.①十… II.①马…②牟… III.①长篇小说-智利-现代
IV.①I784.45

中国版本图书馆 CIP 数据核字(2018)第 159759 号

Diez Mujeres by Marcela Serrano
Copyright©Marcela Serrano
c/o Schavelzon Graham Agencia Literaria
www.schavelzongraham.com
Simplified Chinese translation copyright©2018
by Central Compilation and Translation Press
All rights reserved.

## 十个女人

| | |
|---|---|
| 出 版 人： | 葛海彦 |
| 出版统筹： | 贾宇琰 |
| 责任编辑： | 苗永姝 |
| 责任印制： | 刘 慧 |
| 出版发行： | 中央编译出版社 |
| 地　　址： | 北京西城区车公庄大街乙 5 号鸿儒大厦 B 座(100044) |
| 电　　话： | (010) 52612345（总编室）　(010) 52612335（编辑室） |
| | (010) 52612316（发行部）　(010) 52612346（馆配部） |
| 传　　真： | (010) 66515838 |
| 经　　销： | 全国新华书店 |
| 印　　刷： | 河北下花园光华印刷有限责任公司 |
| 开　　本： | 880 毫米×1230 毫米　1/32 |
| 字　　数： | 193 千字 |
| 印　　张： | 8.5 |
| 版　　次： | 2018 年 8 月第 1 版 |
| 印　　次： | 2018 年 8 月第 1 次印刷 |
| 定　　价： | 35.00 元 |
| 网　　址： | www.cctphome.com　邮　箱：cctp@cctphome.com |
| 新浪微博： | @中央编译出版社　微　信：中央编译出版社 (ID：cctphome) |
| 淘宝店铺： | 中央编译出版社直销店 (http://shop108367160.taobao.com) (010) 55626985 |

**本社常年法律顾问：北京市吴栾赵阎律师事务所律师　闫军　梁勤**
凡有印装质量问题，本社负责调换，电话：(010) 55626985

# 序言

"我是智利人,还有四分之一的俄国血统。"

"我是秘鲁移民。"

"我来自农村。"

"我是阿拉伯后裔。"

"我为女权奋斗了大半辈子。"

"我是女同。"

"我是著名主持人。"

"我是剩女。"

"我既不是智利人,也不是阿根廷人和玻利维亚人,我是阿塔卡玛人。"

"我是流浪的犹太人。"

"……"

"我们都有同样的故事要讲!"

当你聆听她们讲述自己沉痛的过去、如何面对恐惧和错误、接受现实、放下过去、更好地生活时,你也会渴望挣脱读者的身份,渴望听到自己的声音,你也希望诉说你的伤与痛,你愿和她们一样,掌握自己的生命，找到战胜困难的勇气。这就是小说中的心理治疗师娜塔莎为她的患者们开的一剂良方，她坚信不再沉默是治疗伤痛的良药，并且她们永远都不是独自在战斗。

闷闷不乐、沮丧、焦虑、不安、忧郁、恐惧，也许我们觉得这些都是出去走走、吃顿大餐或者大采购就能解决的小问题，然而《十个女人》中每一位患者讲述的故事似乎在告诉我们，情绪病已经严重威胁到现代社会的每一个人。正如作品中的好几位患者都发现，在智利，抑郁症患者非常多，只是人们不愿意承认，或者误诊。作者马塞拉·塞拉诺便以女性为中心，给读者展现了一个南美洲国家现代的、真实的女性社会生活和心理状态，满足了读者了解那片神秘土地的愿望，那里的人们原来和我们一样，在喧嚣的城市里寻找着自我，坚守自己的那份执念。

"定义为女性主义就是定义为人"的马塞拉·塞拉诺是当代拉丁美洲女性主义最具代表性的作家。她的作品围绕女性问题，用尖锐的语言思考20世纪末女性的生活状态，展现她们的抱负、渴望，以及为了争取平等所付出的不懈努力，这些已足以让她成为西班牙《世界报》所评价的"拉丁美洲最突出的女作家之一"和"西班牙最畅销的女作家之一"。

20世纪60年代，欧美掀起第二次女性主义运动，而在拉丁美洲的广袤土地上，男性作家正大行其道，即拉丁美洲的"文学爆炸"时期。随着《第二性》（西蒙·德·波伏娃，1949），《女性的奥秘》（贝蒂·弗里丹，1963），《性政治》（凯特·米莱特，1970）等女性主义理论著作在拉美也掀起了波澜，女性作家便作为一支新兴力量登上了拉丁美洲文学的舞台，甚至走向了世界，其中最广为人知的作品有《幽灵之家》（阿连德，智利，1982），该作品常被拿来与马尔克斯的《百年孤独》相对比。然而，女性作家的"边缘化"地位使她们的作品独具特点，她们把文学创作与女性解放运动结合在一起，传达拉丁美洲女性作家的声音，其中就包括《十个女人》的作者马塞拉·塞拉诺。她1951年生于智利首都圣地亚哥，出身文学世家，父亲奥拉西奥·塞拉诺是一位散文家，母亲埃莉萨·佩雷斯·瓦尔特是一位小说家。1973年，智利发生军事政变，她流亡到意大利罗马。1983年毕业于智利天主教大学美术专业，之后从事视觉艺术，特别是装置艺术和行为艺术，比如人体艺术。后来她放弃了专业，开始投身于文学创作。虽然她很早就开始写作，但直到1991年才出版了处女作《我们如此相爱》，并崭露头角，摘得拉丁美洲和加勒比地区西班牙语女性文学奖"修女胡安娜·伊内斯·德·拉·克鲁兹文学奖"和墨西哥瓜达拉哈拉书展"西班牙语美洲最佳女作家小说"。二十年后，其姊妹篇《十个女人》问世，并广受欢迎。据作者称，她在第一本书中提出：我们女性，无论以何种方式，都有同样的故事要讲述。后来，《十个女人》完成了对这一观点的论证。她说："我想证明世界进步了多少，我们女性又进步了多少，男女不平等到底有没有得到改善……结果发现，我在二十年前说得没错。"

如今，女性主义似乎成了一个过时的话题，已经掀不起什么"浪潮"了，然而，在另一片土地上，女性依然属于"少数"人群，在社会和家庭中受到这样或那样的歧视。在21世纪，这位智利作家再一次站出来，用犀利的目光审视当下的男女社会关系，细致地展现女性的心理状态。当有人问马塞拉·塞拉诺是不是专为女性写作时，她否定说不针对任何人，既不是男人，也不是女人，她只是在写。她有五个亲姐妹,自己又有两个女儿,她的文字就源于现实。"为女性书写"在她看来本身就是一种性别歧视的观点,即认为文学只属于男性,而把女性写作视为次等的。

西班牙著名作家阿图罗·佩雷斯-雷维特评价说:"读马塞拉·塞拉诺的书,仿佛看到了全世界的女性。"

《我们如此相爱》大获成功之后,马塞拉·塞拉诺连续出版多部作品,《为了让你不忘记我》(1993)荣登拉丁美洲畅销小说榜单,于1994年获得"圣地亚哥市文学奖"。1995年第三部小说《安提瓜岛,我的生活》问世,并由阿根廷导演埃克托尔·奥利维拉拍成同名电影。之后还有《伤心女人的旅馆》(1997)、侦探小说《我们孤独的女士》(1999)、短篇小说集《奇怪的世界》(2000)、《我的心事》(2001,荣获"行星小说"奖提名奖)、《直到永远,女孩儿们》(2004)、《哭泣的女人》(2008)、《十个女人》(2011)、短篇小说集《我可爱的敌人》(2013)和小说《第九个女人》(2016)。

拉美文学大师、墨西哥作家卡洛斯·富恩特斯评价她是《一千零一夜》中"山鲁佐德的继承者",因为有她这样的作家,"生活永远不会完结"。

《十个女人》以智利首都圣地亚哥为故事的发生地,讲述了十种不同的人生经历,横向跨越了亚洲、欧洲和美洲,纵向涉及半个多世纪的历史,其丰富性不言而喻。娜塔莎是一名心理治疗师,她坚信不再沉默是治疗伤痛的良药,她把九名接受治疗的女性患者聚在一起讲述自己沉痛的过去,所有人只能倾听,不能用自己的想法影响讲话者,这是一段自我治愈的过程。作者创作的基础是:人既能彼此拥有,又相互独立,我们不属于任何群体,我们属于自己。正如小说中的患者莱拉所说:"很奇怪,在全球化的环境下,强调个人身份也是一种趋势,你总要被这个社会边缘化,比如同性恋、种族,或者残疾人。令人震惊的是,大家竟如此强烈地拥护自己的群体,为了证明和其他群体不一样,我们不断强调群体间的不同。"按照这种歧视性的分类方法,小说中的九名患者除了都是女性,她们没有什么相同点,从十九岁到七十五岁不等,不同的种族、社会阶层、教育经历、出身、性取向和职业。而每个人生命中最深刻最沉重的记忆:孤独、踌躇、不安、害怕和痛苦,正是来源于这种歧视,从而产生了老年群体、女同性恋、贫困、移民、母亲角色、性暴力、虐待等社会问题。

小说共十章,一个人物一章,前九章是九名患者的自我讲述,第十章是心理医生的故事,由她的助理讲述,大家围坐在一起,相互倾听,共同完成她们的最后一次治疗。这些人物我们不会在现实中一一对应地找到,但可以看得出,作者为了真实全面地展现女性的社会地位,这些人物的每一个特点都具有典型性。她们不仅集合了智利女性的典型特点,而且很多方面跨越了国界,使读者也能在自己的环境中找到她们的影子。这正是马塞拉·塞拉诺在很多作品中想要表达的主题。

第一,女性现状的反思、女性的力量和团结的力量。小说给人的第一印象便是女性如何生活、如何思考、如何自我保护,她们不仅仅为自己作为女性而与现实做斗争,也是作为妻子、母亲、朋友、情人和有时候受到排挤的劳动者。可以说,马塞拉·塞拉诺毫不保留地揭穿了女性的心理,并深刻思考女性内心的恐惧、胆怯、期望、踌躇、伤痛和失败,以及爱和成功。比如有的到了中年,为了家庭,被迫放弃自己的事业和前程;有的因为童年的阴影怀疑自己的母性;有的事业成功却感到孤独;找不到自我;尤其作者对女性红颜老去的心理和身体描写，年轻的读者不仅会对衰老心生恐惧，也会对此多一份理解。

关于女性的力量。小说中的每一个女性角色，无论是十位主人公，还是被提及的次要人物，都有一段克服环境困难和心理障碍的成长过程。比如主人公胡安娜讲述的罗德丝女孩儿，只是一个理发店打扫卫生的秘鲁移民，她太渺小了，然而她的强大最震撼人心，在落后的大山里受尽父亲和哥哥的虐待，她的人生只有死亡和逃跑两条路，而对未来的希望让她奋不顾身，用自己仅有的东西——身体——换来逃脱枷锁的机会，她在没有工钱的餐馆里打工，贫穷迫使她再一次用身体在储藏室偷偷地换一点儿钱，因为连妓院都不愿接受她。为了摆脱命运，饭菜就是她学习写字的唯一资源，最后终于来到智利打工挣钱，别人眼中猪圈般的宿舍在她眼中是自由的天堂，自由给了她无畏的勇气和力量。笔者认为，这个小角色是所有人物的缩影，因为她们每个人都有追求幸福的力量，并靠这股力量最后获得了重生。

团结在这部小说中即为姐妹情谊，因为当一个女人陷入危机，只有其他女人才能真正走进她的灵魂，理解她，帮助她，所以我们看到，心理治疗师娜塔莎帮助这些女性患者通过诉说自己、释放自己、倾听别人和理解别人走出了孤独，找到了自己。小说在揭露现实的同时，也给读者留下了希望、信任，以及对抗孤独的武器。

第二，女性的孤独。无论年龄、社会阶层、成功与否，每个人物的内心都被孤独笼罩，并引起各种情绪的产生，小说中产生孤独的有母爱的缺失、对遗传的恐惧、衰老、阶级固化、贫穷、地域、城市、民族历史、夫妻、女性的自我认知、自我矛盾、性别取向，等等。所以在作者笔下，女性的孤独不仅仅与社会环境对女性的不公正待遇有关，而且更严重的是，有的女性无意识地贬低自己，有的即使意识到了，也遭到社会甚至其他女性朋友的排斥，女性的孤独也和城市、民族有关。

比如城市的孤独，几位主人公都不约而同提到城市生活，她们抱怨城市发展牺牲了普通百姓的利益，交通拥堵、噪音和环境污染带来困扰，城市里除了水泥还是水泥，到处都是工人、机械和噪音。人们好像活在玻璃柜里，没有了隐私，喧闹的城市变成孤独的温床，所谓的成功也只是高处不胜寒，为了利益，虚荣腐蚀着人们的心灵。她们深情地怀念大自然，沙漠、海岛、乡村都是近距离接触大自然的地方。我们听着路易莎用农村妇女朴实的语言描述她印象中的田野，听得到鸡啼、蝉噪和狗吠，闻得到草地的清香，还有随处可摘的野果，尤其是酒果，似乎面前就笑嘻嘻地站着几个满口蓝牙的孩子，听到远处的农妇哼唱着乡间小曲；面对大海，大自然的力量仿佛也穿透了读者的心脏，要我们心生敬畏。作者还详细描写了城市、乡下和沙漠夜晚的声音。如果说城市里是重金属混合音乐，那么乡村里就是各种动植物的小夜曲，而沙漠则是真正的无声无息，犹如死亡的圣殿。作者用不同的夜晚给我们带来不同的感受，一种是孤独，一种是回归自然，一种是寻找真我。然而，即使抱怨城市生活，作者依然流露出对祖国家乡的眷恋，在那里，暴雨之后，云销雨霁，彩彻区明，雄壮的安第斯山脉赫然出现在眼前，触手可及，人们会忘记对城市的一切仇恨，重新恋上这座城。

作品还表现了民族的孤独。有的人说自己是"纯"智利人，即西班牙人和马普切人的混血，而生活在阿塔卡玛沙漠的土著人认为自己既不是智利人，也不属于别的国家，而是阿塔卡玛人，有的是阿拉伯人的后裔,有的是一生漂泊的犹太人,作者借人物的身份困惑来说明殖民、战争和移民这些人类给自己带来的孤独。西蒙娜作为智利女性主义发展史的见证者和参与者,她说:"朝着智利的方向望去,心中泛起一阵涟漪,觉得祖国很伟大,自豪感油然而生。第三世界的人民都很敏感,很爱国……我们的历史还很短,很脆弱,可能会像树枝一样掉落下来,所以我们不能太讲究。"还有四处漂泊的犹太人,一生都带着民族仇恨的阿拉伯人,甚至连动物在小说中都是孤独的。

作者似乎在证明,女性和男性共同承担人类发展责任的同时,她的力量却被贬低,甚至被忽视,所以,女性作为人是孤独的,作为女人,也是孤独的。作者在呼唤社会重新认识女性,呼唤女性的自我意识。

第三,政治与流亡。读马塞拉·塞拉诺的作品,会发现政治和历史贯穿始末,如果读者忽视了这一点,就很难理解作者的用意。小说反映了从20世纪后期至今的智利,经历了比如政变、军事独裁、政府镇压、迫害、流离失所的百姓,政变和流亡就是作者的亲身经历,在智利,20世纪后半期的一代人就是在这种环境下生活和成长,历史在这些人身上留下的痕迹伴随着他们的一生,而在这个对女性的认识"非常阶级主义和种族主义"的土地上,对女性造成的"创伤"更甚。小说还涉及许多国际性事件,如越南战争、纳粹、集中营、犹太民族移民、加沙地带、巴以问题、苏联解体,在这样的环境中,女性因为嫁夫改姓,亲人失去了她们的线索;女性在故乡的土地遭到敌人的强暴,只能缄默不语;流亡到异国他乡生活了一辈子,却因为女主内、男主外,始终讲不好当地的语言;女性甚至会因为追求独立被视为异类。

最后，关于小说的艺术表现手法，作者站在十个女人的角度，以第一人称讲故事，语言流畅、精炼，朴实易懂，人物个性鲜明，生活信息丰富，其中穿插的一些东方元素增添了小说的异域色彩，虽然表面看起来十个故事各自独立，实则为了表达主旨，故事与故事之间、故事与整体之间都是密不可分的。十个女人，十个故事，其内容的丰富性和复杂性，思想的深刻性，不禁让人联想到薄伽丘的《十日谈》。这种方式非常适合作者用来表达女性主义的主旨，唤起所有人对女性的重新认识，以及女性自我意识的觉醒。马塞拉·塞拉诺和她的《十个女人》及其他作品，犹如关于女性的百科全书，等待着读者的探索和发现。

## 献给
奥拉西奥·塞拉诺

地球上生存变得廉价。
比方说,梦想一文不值。
幻想,只待失去。
占有身体,代价亦为身体。

——《这里》,维斯拉瓦·辛波斯卡

# 目录
Contents

引言　001

弗朗西斯卡　005

马涅　031

胡安娜　056

西蒙娜　087

莱拉　117

路易莎　140

瓜达卢佩　161

安德烈娅　184

安娜·罗莎　205

娜塔莎　226

后记　250

致谢　253

# 引言

疯女人,那些疯女人们来了。躲在树后窥视的那些工人肯定会这么说。娜塔莎说不清哪边儿更有趣,是看那些手拿镐头和锄头无精打采干活的壮汉,还是看那些正从大车上下来的女人。她们一个接一个下车,稳稳地踏在黄沙地上,好像要把脚固定在那儿似的。

也许某个人还很乐意成为别人观察或怀疑的目标。想想安德烈娅上周四临走的时候,高兴地跟娜塔莎说:"告诉他们,娜塔莎,我们只是情绪不好,别拿我们当疯子一样要绑我们!"

那些男人放下手里的活儿,挎着工具,放肆地盯着这些女人。每个人都能找到合自己眼缘的。如果喜欢肤色黑的,那多得很,而且矮的、高的、年轻的、老的、瘦的、胖的都有,一共九个,多着呢。草坪已经修好了,两棵巨大的鳄梨树干上靠着几袋装满了狗牙根的黑色塑料袋。空气里弥漫着清香,都飘到了研究所主楼,娜塔莎闻到了青草和山脉混合在一起的香气。当初借用这个地方的时候,所长说过每周六会有人过来整理花园。在娜塔莎看来,比起花园,这里更像是一个公园。她本想把这么多树都认一遍,结果只认出了广玉兰、金合欢和蓝花楹,因为她在阿空加瓜河谷的乡下,家里种的就是这些树。但是到了圣地亚哥郊外和安第斯山脉,她这样做就像一个爱炫耀的人,有点儿厚颜无耻。

这几个女人微微摇摆着身姿朝主楼走去。有几个为公园姹紫嫣红的鲜花吸引,另外几个则互相交谈着。马涅挽着瓜达卢佩的胳膊,倚在她的肩膀上。瞧这一对儿,一个最老,一个最小。娜塔莎发现好奇心总能让马涅解脱出来。毫无疑问,马涅已经把同伴鼻子和耳朵上打的孔都研究了一遍,还摸了摸那几乎剃光了的脑袋。瓜达卢佩被逗乐了,她总是爱笑。自打从托瓦拉瓦地铁站口上了车,这些女人在一起相处至少有半个小时了。娜塔莎估计她们到了奥萨大街、胡安妮大街或者西蒙娜大街时,僵局就被打破了,进入佩尼亚洛伦后,最拘谨的几个也放松下来了。说不定她们能让莱拉的脸上泛起微笑,让路易莎开始说话。安德烈娅落在了后边。她在做什么?娜塔莎笑了,安德烈娅正在签名。刚才修剪玫瑰的园丁突然丢下剪刀,大胆地跟在安德烈娅身后。不管是诊所还是医院,这种事情都会发生。安德烈娅一直在给别人签名,这是她的命。安娜·罗莎走到半路停下来,估计是觉得应该和大家走在一起,然而她正痴痴地看着安德烈娅,目光无法从她身上移开。弗朗西斯卡,拎着鳄鱼皮包,包口敞着——她从来不把包拉上,点了一支烟,她担心今天一天都不能吸烟。弗朗西斯卡看起来没以前那么苍白了,真不想把她关在室内,而是丢到太阳底下晒一晒。今天她穿的是牛仔裤,第一次见她穿得这般随意。西蒙娜裹着白羊驼毛斗篷,走进弗朗西斯卡身边向她借火。阳光照在脸上,她们惬意地吞吐着烟雾,利用这最后一分钟尽情享受。"她们俩是最早跟我在一起的患者,"娜塔莎说,"这是第一次见到她俩在一起。"她无厘头地想,多希望今天过后她们彼此能更了解,互相拥有。

从窗户后面，娜塔莎抓着纱窗帘仔细地看着她们。她力图想象今天早上会是怎样的一种情景，以及每个人是如何准备参加这次聚会的。尽管她想和她们保持一定距离，但是很难忽略这几个女人在她心中激起的一阵阵柔情。她想，有的天还没亮就离开了空床，有的离开了身边那个既温暖又心爱的人。一周下来她们可能很累，也许多睡一会儿会好点儿。她们准备了早餐，西蒙娜是一杯浓咖啡，安娜·罗莎是一杯清茶，弗朗西斯卡和往常一样，只吃一个水果，胡安娜吃的麸皮面包加黄油和果酱。有的因为白天不在家，就一边在灶台边站着吃早餐，一边给家里准备午餐，有的坐在餐厅吃，有的可能端着杯子或盘子，在门下取了报纸到床上去吃了。肯定所有人都匆匆忙忙的，因为这一次不能迟到，车会在九点来接她们。谁都不想拖大家后腿或者缺席，让娜塔莎失望。每天早上她们习惯性地吃药来抵制这样或那样的毛病，几乎每个人都给自己开了抗抑郁药。所有人都在想办法让自己快乐一点儿，并且恢复健康，把日子认真努力地过到最好。有的沐浴、洗头，有的已经泡了澡，所有人都照了镜子，因为今天是个特殊的日子。她们知道自己保留的不仅仅是话语。有的还想化点儿妆，展现出最美的容颜，有的觉得今天不宜化妆。每个人不仅承受着那个真实的自己，还有身体某处微微的痛楚、烦心事儿、习惯性的自我伤害、肌肉和韧带的疲倦。到了穿衣时间，就是决定穿什么的时间，很多人开始厌恶自己，因为穿在身上就不喜欢，不喜欢就换一套，总共不知换了多少套。无论在拉德埃萨区，还是在迈普镇，镜子面前的她们有什么不同吗？"眼睛瞎点儿，瞎点儿好，"娜塔莎自言自语道，"每个女人都要天天面对这种难题，只要能阻止它侵蚀这些女人，什么办法都行，这种侵蚀不仅残酷，而且势不可挡。"从十九岁的瓜达卢佩到七十五岁的马涅,哪个会让自己在争取尽可能最好的事情上有半点儿犹豫?黑色马甲或粉色衬衫后面,不正在给自己提气,积蓄力量以备这一天的到来吗?她们今天的面貌绝对是真实的,没有了工作,没有了办公室或社交礼节的拘束,来到这儿,她们要展现的就是真实的自己。

"大家都那么美丽动人。"娜塔莎自言自语道。

"这些女人让我如此感动,又如此难过。那么大一张钞票,为什么只让一半人拿走,而让另一半人休息?我不怕别人说我是个疯子,"娜塔莎心里想,"我知道我在说什么。也知道我为什么这样说。"

路上已经看不到她们了,估计是进了楼。娜塔莎松开手中的窗帘,刚才她就是从那扇窗户观望那九个女人的。现在她走出大厅,因为是时候去迎接她们了。

# 弗朗西斯卡

我恨母亲,或者说恨我自己,这我说不清楚。也许就是这个原因让我待在这里。恨让人很累,即使习惯了也解决不了任何问题。

说得更确切些:一个女人永远不会习惯。

不知为什么娜塔莎让我第一个讲,这让我很不好意思。有可能因为我是老患者吧。确实我的治疗年头最长啊!另外,我对你们非常好奇。咱们直言不讳地说:这里现在醋味儿十足。想必我们所有人都在互相妒忌着。上车时,我观察了大家互相打量的眼神,打招呼的时候气氛紧张得就像奥运会选手要争夺金牌一样,每一个穿过入场线的人都是你的竞争对手。或许我太夸张了,你们不必介意。这种治疗方式面临一个很残酷的现实:治疗师对每个人都是唯一的,而反过来却不是。多不公平啊!我想不出什么关系能比这更不公平。我宁愿这样想:没有人比我更得娜塔莎的喜欢,没有人能像我一样让她开心,没有人比我更让她如此忧伤和怜悯,没有人像我一样让她牵肠挂肚。总而言之,我能说出来的心事娜塔莎都知道,而且我希望她只听我讲。要是她也听了你们每个人的隐私,这我怎么受得了?难道娜塔莎也让你们觉得自己得到了疼爱和重视吗?难道她在诊所给每个人都提供这种子弹防空洞，营造这种既不寒冷也不灼热的空间？她的内心真的有那么大空间来爱我们所有人吗？

　　一天，我在西班牙的一份日报上读到这样一条新闻，标题是《夫妻二人喝酒被捕，只因把女儿扔在婴儿车里》，下边解释说列伊达夫妇的十二岁儿子报警，因为父母醉酒回家但是妹妹不在他们身边。这条新闻让我反应强烈，便来到了娜塔莎这里。直到那时候我一直在想如果生活可以停滞不前，为什么要改变，为什么要改变东西的位置？我坚信，冰冷的心是一种美德。

　　当我到了娜塔莎那里，我知道我的治疗关乎生死：必须彻底剪断母女这条线，阻止重蹈覆辙。你们要理解我，这不是基因或者DNA的问题，是养育方式的转嫁。一切都是预谋好的，我会变得狠毒，滥用权力，并成为施虐者。在此之前我毫不知情，并且把很多精力投入到结婚生子的事情里，我日日奋斗，是日日。有时候我问自己哪儿来这么多精力。从我父亲那儿？从我热爱的、不顾一切向他祈求的上帝那儿？还是说我的哥哥尼古拉斯从某个地方向我暗示着危险，所以我的这些能量来自于他的眷顾？我觉得是本能，纯粹是本能。正常家庭是什么样子，我心里一点儿概念也没有。我真的是一个奇迹。

　　在娜塔莎这里，我竟如此毫无保留。

　　我叫弗朗西斯卡——连我的名字都这么普通，你们认识多少叫弗朗西斯卡的人？今年刚满四十二岁，这是很复杂的年龄段。说年轻也不年轻了，还不算老但也有点儿老了，没有任何特点，纯粹是一个过渡期，是衰老的开端。有时候真的觉得自己老了，成了一个老年人，所有事情都已成定局。

我在一家房地产公司工作，现在是公司的合伙人，我的事业之所以能够顺风顺水，全是我努力工作换来的，真的，我非常努力。我的职业发展方式很传统，从当重要建筑设计师的助理起步，直至发展成为他的左膀右臂，最终变得无可替代。我们在普罗维登西亚有一个工作室，一共十四个固定员工，因为人员流动较大。现在我也是一名建筑设计师了，并且对空间如痴如醉。我嫁给了维森特，他是基建工人，我们有三个女儿，真是倒霉，全是姑娘。家庭方面我也过得很好。大家都说我丈夫难相处，也许他们说得没错，但是我和他相处得非常和谐。尽管他有些古怪，但我爱他，对他很忠诚。

麻木是我的常态之一。我把普通的日常生活叫做麻木状态：每天早起，送几个女儿去学校，然后去健身房做四十五分钟普拉提，去办公室，之后要头脑清醒地和公司的律师讨论事情，检查所有员工的工作，检查归我们负责的几栋大楼的物业，还要和我不喜欢的销售代理斗嘴，吃午饭——但愿能和一个朋友吃，而不是匆匆忙忙地吃一个三明治，饭后坐在电脑前消耗一些脑细胞，客户面前再消耗一些，还要拜访几乎永远让人讨厌的某部门，那时候是真的带着一盒盒火柴满怀期望地走进去，不像今天，火柴变成了一个个装腔作势的外来词，全凭想象，比如步入式衣帽间、凉廊、家庭办公室，要是走运就能签份合同，然后受尽圣地亚哥交通的折磨后回到家里，和丈夫聊一会儿，检查孩子们的作业，热一些简单便捷的饭菜，看看新闻，听完这样或那样的讲话咒骂几句，试着把经济板块听懂一些，最后……拥抱一下孩子们，给她们很多的吻，然后上床睡觉。不用早起的时候偶尔有性生活，然而这只是一种期望。嗯，是的，我承认不是每次都充满激情，而且有时候很敷衍，但我也做。

多少女性都过着这种循规蹈矩的生活？全球能有成千上万。四十岁的女人经营着自己那点儿生活，既渺小又温柔，有的稍微聪明点儿，有的更亲和一些，有的目标远大，有的更风趣，但是总而言之，这些女人都是一样的，为了使自己与众不同，只有拼命奋斗，并通过合法的竞争才能显示出自己的不同，于是一个个心力交瘁，疲惫不堪。通过她们，我们完全可以做出一个模子，看到一个就了解了全部。有时候你觉得和丈夫没话可聊，孩子们的故事也枯燥乏味，你甚至梦见和美国影视明星乔治·克鲁尼同床共枕。有时候你觉得自己连感觉都没有了。你把所有事情都做了，也努力做到了最好，然而你只是机械地在做，也许过马路的时候你被车轧了都不知道。你不觉得痛苦，因为你是一块冰。后来随着这种日子越来越多，我就称之为"麻木的日子"，尽管这种静止的状态导致我的双眼被蒙蔽，不能立即发现自己已经进入了这种状态，但请你们相信我。

让我来给大家具体讲一讲。有一天，丈夫嫌我太冷淡。可怜的人儿，多久了才发现！但为了让他平静下来，我没有这样说。我从来没有想过自己是不是冷淡，也没关心过什么是冷淡，我只了解麻木不仁的状态，因为我就是这个样子。但我也曾有过其他状态，比如激情的状态和愤怒的状态。大家都一样！当我不麻木的时候，我也爱自己，也为了爱而至死不渝，也会感激到无以言表，也能神魂颠倒地享受性虐。这些我都可以讲出来。

我的一生中只出现过两个男性，我的丈夫和我的猫。我发现他们俩像从同一个模子里出来的，而且我在用一种不健康的方式爱着他们。

我的猫是个让人讨厌的家伙。它体型大，是只大猫，长着红黄相间的条纹（我叫它"小老虎"，哪怕孩子们嘲笑我）。我相信它是爱我的，但它总爱往外跑，好像外面的东西比家里的好。让我气愤的是，我抓它不着，它还靠着我享受荣华富贵，独占着一屋子的美食、宠爱和温暖，还有整个街区都给它用于飞檐走壁和打架。它生性好斗，每次回来都带着伤，要么是抓痕或血迹，要么就是毛少了。我把它照顾得比自己都好，给它擦医用酒精，出了任何事都把它送到宠物医院。每天晚上，我都要跑到路中间呼喊它，有几次我深夜只穿了件睡衣就出去找它，孩子们后来都发誓说不认识我。如果它没有回来，我就睡不着觉，为了找它我不知要起来多少次，直到把它抱在怀里为止。也许有人会说爱一只猫没什么用，但这样说就错了，因为一旦它屈服了，就是世界上最可爱的猫。对我来说，最重要，也最令我惊喜的事情是，我一叫它，它就回应我，而且它只回应我，别人都不行。正因为一直如此，我才总能找到它。这样解释吧，如果不是它的这一特质——因为没有人否定这是一种特质——它早就丢了。它特立独行，只因我不依不饶才使我们在一起八年了。它和我一起睡觉，半夜的时候它会抬起一只爪子——它的爪子像人一样——抚摸我的脸颊。冷了，我就把它紧紧地抱在怀里，它都由着我，很温顺。

它还是个胆小鬼。虽然在外面它是街头一霸，但是在家里，要是听到异样的声音，它就一溜烟儿地藏起来。门铃响了，它一听到外面传来男人的声音，就吓得钻到我的床罩里。当然，有好几次被我女儿一屁股坐在身上，因为她压根儿没看见。总之，它一看到男人就吓破胆儿，这是一种恐惧症。此外，它还很高傲。最典型的一次应当是，一天早晨它照例出去游荡，直到凌晨都没回来。我找它找疯了，甚至绝望地以为它在十条街以外被车轧了，结果当它出现的时候，居然一脸的若无其事，还满不在乎地盯着我看，要是它能张口说话，肯定会说："还不是怪你。"

好吧，当别人问我为什么全世界那么多猫，我偏偏选一只最折磨人的，我回答说："是因为，请相信我，它值得。它爱我。"

关于维森特，我想说的也是这一点。

我出身殷实体面的普通人家，住在圣地亚哥东区毕尔巴鄂街。我父亲是搞经济的，一直在金融领域工作。他性格有些软弱，爱逃避，但总体上是个好男人。母亲很年轻的时候嫁给了他，他们有两个孩子：哥哥和我。我母亲没有工作，那时也没人觉得她需要找一份工作。她一觉睡到中午，然后阅读，不停地吸烟，到了晚上就去电影院，天天如此，我没有一点儿夸张。后来有了有线电视和录像带，她就不出去看了，天天在床上看电影。我很小的时候，父母就不得不分室而眠了，因为两个人作息时间不同，父亲很讨厌烟，还有烟味，也不喜欢电视机一直开着。白天的时候，母亲总是有点儿心不在焉，我给她讲学校的趣闻轶事，发现她很不耐烦，显然她只是义务性地听我讲。但是换做是我哥，我发现她很上心，也许只有他能引起母亲的关注。有几次我跟尼古拉斯说他像是独生子，但当时没意识到我这句话暗藏着可怕的真相。母亲非常厌恶"女性的事情"，她对衣服、浪漫故事、青春期复杂的朋友关系都没兴趣。我记得大概在我七岁的时候，有一天我和贝罗尼卡打架了，我俩是发小，最后我当然哭着回家了。

这是当时的对话：

（妈妈）——你怎么啦？

（我）——我和贝罗尼卡打架了。

（妈妈）——有什么重要原因吗？

（我）——因为她不请我参加她的生日聚会……我以为我是她的朋友，她喜欢我……

（妈妈）——谁都不可能特别喜欢谁，女儿，你最好从此明白这件事。

因为是"女人的事情"，她忘记告诉我女人会有月经，要不是同学告诉过我，我肯定被突然流血给吓死。我的身体开始发育，曲线越来越明显，她却全然不知。有一天我去她房间，跟她抱怨说："妈妈，我的胸在变大，你做点儿啥啊。"她远远地看着我——用她特有的那种眼神——回答说："跟你爸说让他给你钱，自己去买个胸罩就得了，多简单。"我满眼泪水地跟她说，我不想长大，我不想有胸。她笑起来。去吧，弗朗西斯卡，你不是小姑娘了。然后她又开始看书了。

她从来不碰我，但对尼古拉斯不是。打架的时候她根本不会站在我这边，在哥哥或表兄弟面前，她也从来不给我撑腰。似乎错的永远是我，所以我极度缺乏安全感。现在回头一想，我应该直接承认她根本不爱我。即使别人不相信，但它确实发生了，有些母亲真的不爱自己的儿女。

年复一年，我和其他同龄女孩一样在成长，和她们做同样的事，把自己全身心地投入给外面的世界、朋友、我的追求者们、学业、运动。日复一日，她对我错误的冷漠却给我带来了帮助。我以为如果在某方面做得很突出，妈妈就会喜欢我，于是我决定做一名优秀学生。结果，她更关心尼古拉斯的学习，对我只是顺便轻描淡写地祝贺一下。因此，我一看靠学习不行，就改为搞体育，我相信一定能打动妈妈，尤其是她喜坐不喜动，或许和她不一样能引起她的注意。我摇身一变成为学校最优秀的女子篮球运动员之一，但是我获得的只有她唯一的一次观赛。我又改变了目标，也是最后一次，我决定成为一名出色的家庭主妇。我参加了烹饪班，十五岁的时候我的厨艺已经和专业厨师一样。我很会摆桌，任何人都比不过我，但结果只是她对我大加利用，有客人来了，她就让我来负责。有时候她用奇怪的眼神看着我，皱起眉头说道："你到底像谁，弗朗西斯卡？"当我的成就已经到了不容忽视的程度之后，有一天，她用一种我认为是嘲讽的语气跟我说："我一直怀疑样样都行的人到头来样样都不行。"

我的整个童年就是在这种观察和窥探中度过。在那段漫长的时间里，小孩子做事情就是期待着某件事情的发生。

我寻找过替代者，然而家里没有别的选择。我母亲是独生女，或者说，我没有一个姨妈。我父亲的姐妹们都很无趣，并且在外地，她们住在安托法加斯塔，我基本都不认识，他的嫂子和弟妹们还要照顾自己的孩子。我也很清楚老师只能作为临时替代者。在这里我声明一下：宗教信仰在我家不是一件多么重要的事情，我们是比较消极被动的天主教徒，偶尔去参加一下弥撒，遵守基本的教规，仅此而已。（政治方面也一样：我们是皮诺切特的支持者，但也并非积极分子。）好，我于是向天使求助。但是天使没有性别，这让我思考了很久，天使非男非女，而我需要的是一位母亲，所以我认为我的天使应该是女性，于是就定下来了。作为守护者，我的天使真的太完美了，她一直陪着我，不仅主持公正，而且秀外慧中。她住在我的房间里，我们只在夜晚交流。我给她讲述每天的生活，并且尽情地给她讲母亲不爱听的鸡毛蒜皮之事，向她抱怨我的家和学校，如果做了错事，我会请求她原谅，我知道她爱我，会免除对我的所有惩罚，正因如此，我从不对她撒谎。她的名字叫安赫拉。我习惯了她的存在，以至于我觉得世界上最正常的事情就是在她的陪伴下长大。有时候，尼古拉斯听见我在门后说话，就走进我的卧室，担心地问："弗朗西斯卡，你在一个人说话吗？"我回答说："当然了。"其实我没有说出来，这只是他的想法而已。如此以往，我便在床头柜的抽屉里给她留纸条。就这样，我在一个空巧克力盒里存满了甜言蜜语，都是写给她的——我爱的母亲。现在想想，如果没有安赫拉，我的生活不知是什么样子。直到今天，有时候我依然需要向她求助，就像其他人求助上帝一样。不同的是，安赫拉比上帝更可爱，我从不觉得上帝特别的和蔼可亲。

　　母亲并不是一个令人生厌的女人。虽然她看起来很有距离感，而且总是心不在焉的，但她拿捏得很好，甚至把它变成自己的一种魅力。她有一种特异功能，就是让所有人都臣服于她，受她指使。她一手操控着我们，并且总能如她所愿。比方说，如果有她不喜欢的事情，她甩手就走了。这种事经常发生在吃饭的时间。我们都在餐桌旁坐着，要是我突然说点儿什么，不知道是什么，比如我朋友的妈妈要去篮球赛看女儿，她就瞪着我，叉子一丢，餐巾纸在桌子上一扔，腾的一下，起身就走了，哪怕我们才开始吃头道菜。然后父亲会耐着性子对我说："弗朗西斯卡，去跟你母亲道歉。"因为这种事情经常发生，所以在家里谁都不说她不高兴的话。她弄得我们只要是她不喜欢的东西，我们既不能说也不能做。成年后，有时候我发现自己也有这样的表现，便毫不留情地自我谴责，而且厌恶自己。

此外，她是一个有魅力的女人。她身材高挑，虽然有一双美腿，但是腰有点儿粗，栗色的秀发柔美亮丽。她根据时尚不断地换发型，但永远是一头短发。她虽然吸烟——好像生活在50年代的电影里一样，总是不停地吸烟——但是这样反而显得她魅力四射。她的嘴是我最不喜欢的地方：唇瓣很薄，线条刻板，看起来很吝啬，好像嘴唇被吃掉了一样。要我说，那是一张少了些许豪气的嘴。但是，她的鼻子非常挺直有型，眼睛和头发一样是栗色的，还很大，而且炯炯有神。然而我却有白人的特点，面庞白皙，有点儿寡淡和苍白，他们说这是外祖母遗传给我的，然而我并不了解她。

再说说我的外祖母。如果不讲讲我母亲自己的母亲，也许也就无法理解她。

我的外祖母是俄国人，有些癫狂，她妄想成为美国著名舞蹈家伊莎多拉·邓肯，却在异国他乡，当时极不发达的国家智利，成了一个破产赌徒。她的父母，是富有的俄罗斯白人，革命时期逃离到巴黎定居，这种人当时有很多。外祖母在巴黎长大，很小的时候就用金钱来安慰流亡似的煎熬，说实话，按照她的家庭情况，哪儿有那么严重。很快，她爱上了赌博，对赌场迷恋到了觉得那里像家一样。为了看起来成熟一点儿，她改了身份证，这很容易，她说在那个年代，贫穷的俄国人为了生存会想尽一切办法。父亲去世后，她变成了继承人——当时不过十九岁，竟把她的母亲留在巴黎，自己一个人跑去摩纳哥生活。她居住在距赌场几条街以外的酒店里，白天睡觉，晚上赌博。她长得倾国倾城，有一头美丽的金发、洋娃娃鼻子和魅力动人的眼睑，她早熟，为人玩世不恭又很风趣，居然能把外语说得像母语一样，这种天赋真叫人羡慕。我觉得她一定很聪颖，只是浪费了上天的这份馈赠。对她来说，男人没那么重要，与其把他们当作追求者，倒不如当作赌友。这样一位如堕烟海的赌徒，也许对巫山云雨毫无兴致。在摩纳哥的时候她已经二十五岁了，母亲因患结核病而离世，她刚动身去巴黎安葬母亲，就计划着变卖房子和家产。赌博有赢有输。赢得特别多的一次，她决定买一座城堡，就真的买了，她睡了没超过三次就失去了，是赌博输掉的，好歹那公主般的感觉她也享受了一段时间。好运注定不会跟随她很久。输光了之后，她已年近三十，却从没想过嫁人。就在这个时候，一个智利人出现在她的世界里，而且深深被她吸引，认为她是欧洲女人的浪漫化身。这个人是外交部门的小职员，除了年轻就没别的了，工资微薄，阅历也不足。刚认识她的时候，因为输得一穷二白，倒有了一种病态的苍白美，因为生活方式不健康，很少晒太阳，喝的酒比吃的菜都多。这个智利人想照顾她，并将此立为宏愿。等到他该回国了，就想办法说服我外祖母嫁给他。我估计外祖母没办法了才答应嫁给他，她身无分文，赌场上的朋友都只是过客。或许她觉得这是个机会，能有个人照顾她。另外，她知道在圣地亚哥附近有一座城市，那儿有一家面朝大海的赌场。

在飞越大西洋的旅途中——据她讲，因为晕机，她不停地呕吐——她发现自己怀孕了。她从没想过这种事情会落在她头上，觉得自己肯定忍受不了分娩之痛，到时候肯定会死掉。她请求外祖父带她去维尼亚德尔马市生活。这个傻瓜便辞去了外交部的工作，去了维尼亚德尔马市，在那儿找了一份银行的工作来养活这个矫揉造作又弱不禁风的女人。就这样面朝着太平洋，我的母亲出生了，是难产，还有一个不知如何是好的母亲。我不撒谎地说,她都不知道什么是尿布。他们雇了奶妈,叫纳尼塔,由她来喂养——她要同时给我母亲和她自己的孩子喂奶。当然,外祖母又去赌博了,只是相比在摩纳哥不那么豪赌了,她只能背着外祖父从他钱包里凭运气,能拿多少是多少。女儿从来不是她生活的重要部分。

我和她接触得不多。我十岁的时候她便去世了。这么奇特、病态、风趣的女人,我真想好好了解她。因为他们住在维尼亚德尔马市,所以我们不常见面,她就给我几个遥远的吻,好像很嫌弃的样子,不一会儿就把我打发了。她不懂得如何跟一个孩子说话。我没有祖母,所以我以为所有的祖母和外祖母都是陌生的、疏远的、跟人不亲切。童年的时候,我的好朋友们说起自己亲爱的祖母或者外祖母,给她们又织衣服又烙煎饼,而我只有一间屋子。祖母和外祖母既不针织也不做羹汤,她们都在赌场赌博。

我在维尼亚德尔马市看望她时,最喜欢做的就是翻她的衣箱。里面有30年代的长款服饰,质地有纱、蝉翼纱、麦斯林纱,天鹅绒流苏裙、带中国元素的蚕丝睡衣、领口带羽毛的睡衣、毛皮围巾、很长很长的宝石项链、不知什么皮的大衣、像窗帘一样结实的披巾。我把这些东西罩在身上,有时一次穿好几件,看她没有发现,我就穿着在家里走来走去。奇怪的是有一天她恰好发现了,不但没生气我穿了她那件很透的蝉翼纱黑裙,还很满意地对我说:"你将来像我。"

我四分之三的血液都是纯智利的,就是说,是西班牙人和马普切人的混血。但每当有怪异的想法经过大脑时,我会心头一惊,自言自语道:"这是我的那部分俄国血统,不会是什么好事儿。"或许正因如此，我成了一个传统女性：一切循规蹈矩，像教科书一样。我不苟言笑，一点儿也不。要是我解开辫子，不守规矩，那会成为什么样子？在床上我也很传统，没有花样儿的性爱，更没有新奇的玩法。都没有。他在上，我在下。有些乏味和千篇一律，但是一切都很有保障。毕竟外祖母说过："你将来像我。"

有趣的是，娜塔莎也是俄裔，就好像一股无形的力量把我扔向无能堕落的出身。当然，巧合也就到此为止：外祖母一家不是逃离纳粹而是逃离共产党，她也没有在阿根廷最好的学校念书……但她是俄国人。我就像我的心理医生，就像我赌博成瘾的外祖母，还有我母亲的一半血统。

尼古拉斯继承了外祖母的体型，身形优美，高颧骨、发色偏白，这些我母亲都没有，她完全是拉丁人的外貌，和我外祖父一样。尼古拉斯长得像外祖母，连名字都有个沙皇的"沙"字。这方面他都赢了我。

虽然这么说显得他很丑陋，但是尼古拉斯赢到了最后：他死了。他的早逝既没有一点儿浪漫色彩，也没有什么英勇高尚的事迹，哪怕生点儿什么病呢。至今我又依稀能感觉到他的离世带来的巨大悲痛和震惊。很多时候我都妒忌他。如果走的人是我呢？假如我不在人世了，母亲会爱我吗？我对他恨之入骨，比他活着的时候更甚，但这种感觉是我最近才意识到的，娜塔莎帮助了我。一个女人的身体生下了他，哺育了他，也爱了他。他升了天堂，天堂接受了他。在这个世界，既没有最基本的回忆来拯救我，也没有一处伊甸园，我必须给自己开拓一片空间。我出生的土地被占领了，被双重地侵占了,恰如二战后的德国。结果尼古拉斯去了天堂,在那儿则真真正正地被生你的人爱着。

母亲的悲伤可以想象,应该说是悲痛欲绝。她几个月没有下床,把卧室门和朝阳台的百叶窗都关上,还绝食。她给自己的生活加了一样东西:酒。睡觉,吸烟,喝酒。我不怪她。现在我也是三个女儿的妈妈了,我不怪她。和她的痛苦相比,不知怎么的,父亲倒是挺过来了。毕竟尼古拉斯不是他生出来的。生育连接着身体,而且是整个身体。

一天,她下了床,我和父亲吓了一跳,她自言自语地说着些什么,说的好像是什么都没发生。当然,她把我们的悲伤都带走了。她的悲伤最重要,以至于父亲和我都不能随便为儿子和哥哥落泪。她的伤痛让我们觉得自己罪大恶极,因为她永远是主角。然而不知她从哪儿获得了力量,竟忽然之间又回到了日常的生活。于是,我们出国了。父亲的单位需要一个人去纽约总部任职一年,他便自告奋勇,因为考虑到换个环境可能对我妈好点儿。那一学年的课我没上,因为美国和智利的上学时间是反的,但这并不令人担心,因为不管怎么说,这对我学好英语是有帮助的。

第一次出状况是在广场饭店的一次小聚。当时我们已在纽约安顿下来。饭店有一个小电影院,我们约好先去看伍迪·艾伦的电影,然后喝茶,就在那里,广场饭店的大厅里。母亲来得有点儿晚,电影已经开始了。"妈妈,"我惊呼,"你忘了把拖鞋换掉!"她看看脚,可不是吗,穿着一双拖鞋,看起来太滑稽了。她耸了耸肩,说道:"穿鞋太热了。"然后就开心地进了影院。我找了个借口没去喝茶，我可没脸和一位穿着拖鞋的女士走进大厅，广场饭店就是广场饭店。

她很喜欢在中央公园走走，我们住在第三大道五十七街，离公园很近。一天，旁边一个无家可归的女人坐在长椅上，身边有两条和她一样满身跳蚤、枯瘦的黑狗。可笑的是，她拿着一个牌子，上面写着：我很孤独，我的家人被外星人抓走了。一开始我笑出声来，但是母亲并没有和我一起笑，我就难过地跟她说："可怜的女人，多可怕啊！"而她，镇定自若、面不改色地回答我："可怕？不，多令人羡慕啊！"过了一会，她又思考着说："你想过一个无家可归的女人竟有如此丰富的想象力吗？想过她怎么活下去吗？"我没有在意她说的话，因为早已习惯了她的古怪言行。我记得我当时在想，她自己都没有吃的，怎么去喂养那两条狗。

她越来越不爱换衣服，有时候甚至穿着睡衣去买面包。两周以后，第二个状况发生了：那天晚上，我和父亲等她一起出去吃晚饭，我们接到她的电话说："你们自己去吧，我在公园，走路太热了，我想在这些树这儿躺着。"当然，我们没出去吃饭，在家做了三明治吃。大概凌晨两点，她回来了，一副若无其事的样子，我可怜的父亲差点就要报警了。这种情况发生了好几次。最后一次她失踪又出现的时候，手里拿着一个咖啡色纸袋，里边装着一件又旧又脏的衬衫和裙子。我爸一把夺过去，吼道："从哪儿弄的这些恶心的抹布？"然后扔进了垃圾桶。她一脸无辜，好像无所谓地回答说："我在公园的超市购物车里发现的。"然后，她看了看我爸的表情，问道："你为什么抢走？"但是，一如她的性格，为了惩罚父亲扔掉了那些衣服，她通知说要离家出走几天，于是就走了。

再后来的一天晚上,她没有回来睡觉,也没跟我们打招呼。直觉告诉我们不要报警,是她自己愿意在外面。但是父亲给领事馆打了电话,得知有一个叫做巴内萨·德米歇尔的人的信息,虽然她的姓听起来像意大利人,但其实是智利人,居住在纽约,从事电影行业。父亲拿着母亲这位新朋友的地址,前往了那个村,只为了证实一下地址有没有变,因为领事馆没有她的新地址。这个女人的名字我完全没听过。我很坚定地告诉父亲,我有权知道母亲跟什么人走在一起。然而从父亲那儿我只套出了一点儿消息:她是智利人,很多年前就居住在纽约,母亲和她在大使馆举办的一次聚餐中结识,母亲说自己遇到了灵魂上的孪生姐妹。两个人有时候相约着出去,母亲陪她拍电影,一来二去,就住在她家了。我怀疑父亲非常担心的是,相比男人,巴内萨更喜欢女人。

第二天母亲若无其事地回来了。

父亲决定带她去看医生。她坚决反抗说:"亲爱的,也许是这个城市的过错。我脑子没坏,纽约是个危险的地方,会让一个人自暴自弃。"

自暴自弃,就是这个词。母亲正是这样。她有时候不洗澡,我还注意到她洗头一次比一次间隔的时间长。之后她开始不洗衣服,把脏的堆在卧室的椅子上,挑干净的穿。等到没有干净的了,又重新到椅子上那堆脏衣服里找一件穿。当然,最后我都拿去洗衣店洗了,但是她看到我把干净衣服拿回来,一点儿也不在意。我担心的是内裤和胸罩。我觉得最棘手的问题就是看着她穿脏内裤。另外,胸罩上出现了肋骨留下的一条条黑印,和脖子上的黑印一样。有时候父亲把她拉去洗澡，把头发和全身都冲洗一遍。我从来都不给她洗，我不习惯看着她赤身裸体，也可能是因为我不想在那样的情况下有这种经历。我无法相信又满腔愤怒地看着这一切发生。我始终无法理解她的大脑出了什么鬼。纽约改变了她，但是新的她并不比之前好。父亲想依赖我的时候，我就提醒他，和母亲结婚的是他，不是我，所以是他的问题。我不断地自我防备，不去面对母亲变成这样的事实。看她把自己关在洞里，都快变成了山洞人，而且情绪和指甲、内裤一样不堪入目。

我是多么，多么的想念尼古拉斯！尽管他生前让我心生嫉妒，但我没有停止对他的爱，他的身上好像流露出双重人格：一种是我母亲的儿子，虽非他所愿，但这个母亲却因他而让我备受折磨；一个是关心我，爱我的亲哥哥。他的早逝让我周身上下每一个地方都痛，让我去理解没有他的生活真的很难，但我只能低声哭泣，不能给父母带来更多悲痛。是的，在纽约的那段生活，我每天都哭。

母亲情况恶化，可能最严重的是她开始变得不顾廉耻。我无法忍受进她的房间，看见她赤裸着下身，只穿了睡衣的上半部分，劈开双腿坐在那里。我才十六岁，还很纯洁，而我的教育竟是如此，如此让人感到羞耻。她出门几乎不换衣服。"妈妈，你去哪儿？""去散步。"她回答后把门一摔。我的生活常识太有限，太年轻了，还想不到这种情况是可以治疗的。如今，我想起来就很生父亲的气：怎么不直接揪着她的头发送去看精神病医生！怎么不去市里找找办法！

实际上，因为工作的时间问题，父亲错过了很多这种场面。也因为他强大的拒绝能力。我每次上完英语课就一直走啊走，钻进商店、书店、博物馆，以及任何一个可以不回家的地方。不经意间，我开始培养各种当时仍未涉足的兴趣爱好，比如建筑学。走路的时候，我就看那些建筑楼群，还进行欣赏和分析，这成为我最大的爱好。此外，我还对绘画极其热爱，而在去纽约和现代艺术博物馆之前，我对绘画一点儿兴趣都没有。还有阅读。在巴诺书店我可以捧着一本书看几个小时，而且不会有人赶我走。作为一名优秀生，我被《大市民》深深地吸引了，因为它丰富了我的历史知识。总之，我近乎成为一名完美女性，而这一切都归结于母亲。我看起来如此正常，如此令人生厌地正常。没有人会说我有一个疯妈，和一个早逝的哥哥。

父亲感谢——并没有跟我说——我没有给他添麻烦。他接受的教育很不全面，他懂数字，其他的知识却是寥寥无几，所以他常常称赞我能在那座城市里如鱼得水。他对文化只是表面上的理解。他觉得看剧、看芭蕾，再加上时时关注电影海报就是有文化。而我则相信体验深度，我家附近的艺术馆我能去好几次，就是为了再看一眼康定斯基，他的作品形式与我之间，在内心深处——也许是灵魂？——产生了认同感。我一点儿也不在乎时尚，不会去父亲小心翼翼推荐给我的那些音乐会，在屋子里一个人听音乐比去听现场感觉更好。我学会了讨厌戏剧——说起来，据我所看，戏剧就是一种乱哄哄吵吵闹闹的东西——但爱上了音乐剧。下午三点的时候，时报广场有半价票，我一场不落地买了，因此体内积累了不知多少个小时的音乐剧。面对有名无实的母亲和满脑子华尔街的父亲，城市是我的避难所。

然而遗憾的是，我刚刚开始喜欢文学，母亲就再也不读书了。"妈妈，你为什么不读书了？""我怎么没读？这是我晚上唯一做的事情。"她对我撒谎说道。她的床头柜上的书，不像在圣地亚哥的家里，早就没有了。"你以前喜欢的晦涩难懂的匈牙利书呢？你已经不读了吗？""不读了，我都读完了。"

当然，这一天到来了，父亲跟公司的人谈了，请求放他离开纽约。我们回去了。我很开心，回到了我原来的环境、我的学校，还有我喜欢的朋友们身边，总之……除了父母以外，又有了那种有些东西是固定不变的感觉。母亲继续———一段时间里——她以前的生活，父亲便觉得纽约果然是一座危险的城市，而智利才适合他妻子。然而并非如此。有些东西已经从她体内爆发出来，还没有退回去，只是我们还没有发现。相对正常地度过了几个月，与此同时，我已成为一个没有更多榜样可效仿的女人了。我立即给自己设定个人转向，焦急地等待进入大学学习建筑学。我记得当时发生了一件事。周末她去乡下的姑子家。我答应周日到，全家一起吃顿午饭，然后和她一起回圣地亚哥。那天我一直在赶作业，因为第二天早上要交，所以我迟到了。下午两点，我觉得很内疚，就给乡下打电话说我会晚点儿到。接电话的是我姑姑。我请她让我母亲接电话，她本来要接的。通过电话，我听见她说："哪个弗朗西斯卡叫我？一个弗朗西斯卡我都不认识！"

那是我对母爱的缺失第一次表现出少有的无所谓。就像我说的，已经无所谓了……可怜的我，如此天真，就好像某一次会变得有所谓一样。我不是很喜欢调情卖俏，或许是无意识培养了些许腼腆气质，调情卖俏让我的女同学们很受用，而我没有，我更冷静一些。我不会轻易地受骗。又或许是我更单纯的原因：我喜欢男人，本可以成为一个风情万种的女人，但是我太没有安全感了，害怕他们不喜欢我，所以我就躲得远远的，为了保护自己，故作疏远和冷漠。

一个漫长的周末，我的一个朋友邀我去海边。我永远不会忘记那个星期日的晚上，我回到家，父亲在客厅，一个人，坐在对着阳台的沙发上，关着灯。我很快有了预感：母亲出事了。果不其然。我可怜的父亲，他跟我说我们应该谈谈。在确定之前，我给他准备了点儿酒，给自己来了瓶可乐，给他一瓶威士忌，沙发对面是一把华而不实的沙发椅，没有人坐过，在前面一点点的位置我坐下来，观望着。

"她出走了。"

这是他的第一句话。

他不想给我看辞别信，他有他的道理。但大致意思是，她回纽约了，不知道会留在那里，还是会继续前往欧洲，但是不回智利了。也不回来当妻子和母亲了，这句话她当然没有说。总之，就是请我们不要去找她。

"她在信中和我道别了吗？"我问道。

"对。"父亲有气无力地回答，我感觉这是一个善意的谎言。

我再也没见过母亲。至少没有面对面见过。也许因此，和她有关的，我都用过去时态。我不得不面对无法避免的事实：遗传性恐惧症，是对失去母亲，或者说，是对失去的认同感。这对我产生的影响已在预料之中：不仅我不可能去爱他人，我母亲也不得不为了生存而摆脱我。曾经害怕自己会和她一样，但那种担心早已消失。我甚至开始考虑自己做母亲，后来这个想法变成了现实。我感觉到一股黑暗中的恐惧，深不可测，在一潭死水中看到：那种恐惧，是把对母亲的恨转嫁给我自己的孩子。那种恐惧，是我亲身经历的重蹈覆辙，是我的母性变得和她的一样。

念完大学，我认识了维森特。就像我刚讲的，他是基建工，在一个车间工作，我以前在那儿实习。一见到他，就发现他有魅力，让人沦陷，而且面相古怪。他的兄弟们小的时候说他是"纽扣脸"，因为他的五官都挤在中间。但即使这样，他有他的魅力。我喜欢他粗黑的头发，永远那么有光泽，我的手指正好能捋成一丛，刚梳好后有点儿黑帮的感觉，我非常喜欢，他永远不会秃顶。虽然有点儿傲慢自大，有点儿自以为是，有点儿捉摸不定，但是从他的眼底能看到那份像我父亲一样的善良。他是典型的那种男人，即外表尽显冷酷无情，而把温柔留藏在心底。他很孤僻，无社交能力，曾一直把我当作他面对外界的盔甲——不知道为什么我用过去的时间说，既然他直到现在都这样——而我日日夜夜都觉得被扔进了狮群。但重要的是他当时爱我。虽然有点儿让人捉摸不透，好像随时都有可能跑掉，但他爱我，现在也依然爱我。当我面对自己，我并不觉得值得被爱：如果连我自己血管中的血都需要摆脱我，为什么会有别人来爱我？即使这样，事情还是发生了。维森特爱我。

我获得学位后我们就结婚了：这是逃离的最好方式。我就像海边岩石上的帽贝一样紧紧地吸着维森特：他爱我，他爱我，我这个人值得拥有某种爱。时至今日，我一直是个好妻子。况且，我知道这么多东西，除我以外，还给他带来了巨大好处。我每天早起，工作，挣钱——维森特很喜欢这一点，因为他有点儿吝啬；照顾孩子，我很爱她们，倾尽我所有的热情——既然我有——不让他们活得像我以前一样。最终，我按照与母亲背道而驰的样子走下去。比如，我不记得母亲下过厨房。即使我努力回想她在那里做点儿什么的样子，也想不起来。因此，那里是我最喜欢的空间，我在那儿放了一张大餐桌，大部分家庭生活都围着它度过。我喜欢在那儿花时间，不辞劳苦地干活。比如吃樱桃，我的猫和维森特都特别喜欢吃樱桃，但都说得轻巧：他们喜欢吃无核的，要切成两半，再把中间掏空。夏天樱桃上市的时候，我要在厨房待很久，手里拿着小刀——为此我专门买的——另一只手的食指做好准备。一盘切好后，我的手指被染红而且发皱，我把樱桃分成两份，给他们俩各一份。

有时候我觉得我表现得精力充沛又效率高是错的，导致他们不可能不对我大肆利用。早上起床稍晚一点儿，就看见丈夫一脸要吃人的样子。他以我的能量为食，就像吸血鬼。有时候，当我独自一人，一放低警惕，就精疲力竭。我给其他人注入了太多热情——给维森特，给女儿们——给自己竟一滴不剩。

我一直认为我会生男孩，我想得太容易了。幸运的话，我能有一个像尼古拉斯一样的儿子。有了男孩，母亲对我的行为，就不太可能重蹈覆辙了。但是，我的全是女孩，三个女孩。因为她们，我竭尽全力地回想我的童年和青少年——那个时候我太忙于自己的事情了——为了试图去理解母亲，她也有同样的经历，就是生了一个女儿。白费力气。最后永远都得出同一结论：母亲是个怪物。我开始信奉摩尼教学说，因为能让我明了，能为我指条路，一切都是白与黑。但我的女儿们或许也和我想的一样。我尽全力成为一个好母亲，不断审视自己的态度，这让她们少了自主性，以后我会为此受到判决，能有什么疑惑……一个女人作为母亲总是做得很糟糕：不是因为这，就是因为那，不管怎样，都会定罪。

父亲重回纽约生活。他已六十五岁了，但装成五十岁的样子，他们不能让他退休。他又结婚了，看起来他对新生活很满意。我想没必要补充说他妻子比他小二十岁。上一次去看他，就在几个月前，得到了新消息（感谢上帝，维森特因为不能放下工作，我就一个人去了）。巴内萨·德米歇尔，母亲的老朋友，联系上了父亲。她住在康涅狄格州，告诉父亲说她有他前妻的消息。父亲什么都不想知道，只把她的话交给了我。

我立即给巴内萨打电话。她约我在她家见面。

走进一栋小楼的花园，一座老房子分成七个精致的小间，遇见一个女人，坐在园子里唯一的青石凳上，手里拿着喷壶在那儿歇脚，身边围满了天竺葵和牵牛花，后面映衬着明亮的白房子，一幅地中海画面，虽然我们在美国大陆。一看到我，她站起身，喷壶无意识地还拿在手里，我猜壶里没水，因为看起来很轻。她中等个儿，但不知为何，给人印象是个很高的女人。她的栗色短发，能看到背后某位优秀理发师的手艺，左脸垂下一缕，闪着金色的光芒。她的样子，说起来至少是很古怪。一件绿碎花淡蓝色睡衣，下边镶着花边儿，长袖卷至肘部。从后边系着一件铁匠或者皮匠穿的围裙……我也不知道，就是男人穿的那种，黑色，前面带个大兜。她身材粗壮，生得匀称，估计五十岁出头。戴着一副无框眼镜，眼睛——和发色一样——大而有神。嘴看似小巧，一开口，竟能变得很大。她的微笑闪动着光芒，本来一脸严肃，也被一扫而光，看了看她的皱纹，想必生活不错。

她是悲讯的传信人。

一进到家里，她手里端了一杯咖啡，把我领进昏暗的客厅，打开播放机——不是DVD，而真的是那种影片——响起了我童年看电影时那种特有的噪音，那时影片要等好长一段时间的空白，然后才出现内容：前几幅画面，我看到了纽约的一条大街，应该是百老汇大街或者第五大道。人们在人行道上走，车辆在马路上行驶，几个孩子在那儿嬉戏，一个很高的黑人商贩和一张脆弱不稳的桌子，上面铺着带点儿颜色的布，摆着披巾或者是围巾。突然，有一个无家可归的女人在报亭附近停下。镜头拉近，停在她身上：身形粗大，穿着黑色破布条，裤子像男人穿过的旧裤子，虽然看起来阳光明媚，更确切地说，像夏天，她却裹得严严实实，套了好几件马甲，有的短点儿，更显得膀大腰圆。头发——白色和栗色相间——很长，因为不洗，结成很多缕，乱蓬蓬的。雷鬼头，我的女儿们会这么说。脸——几乎认不出来——也是黑乎乎的。整个一团黑，脚连鞋都没穿。眼神是不会错的，眼睛不需要特写就能发现里面无尽的冷漠。突然，她开始脱裤子。她蹲下来，镜头靠近，把她的臀部放到很大，上面长满了蜂窝织炎，就像皮下塞满了橙子。母亲把裤子完全拉下，小便，非常镇定。画面不仅仅是侧面，更确切地说，是三面。尿完后，一边把黑裤子提起，一边起身，走路，好像什么都没发生。

我求瓦内萨把影片停下。她对我说了唯一一句话：你应该学会，弗朗西斯卡，不是所有人都想被救赎。我逃离了那座房子，那个女人。她为什么这样做？她用这段录像想给我展示什么？至今未知。我尽可能减少看望父亲的次数，回到圣地亚哥，再也没有提起我看到的，对维森特没有，对任何人都没有。我应该留在纽约试着去联系她吗？应该试图拯救她吗？我唯一确定的是，我是上帝最可怜的人。比我母亲还悲惨。

回到圣地亚哥,我悄悄地走在街上,就像一个人一直警惕着,监视着,把缄默和伪装都藏在自己身体里。就像一个人暴雨之后依然湿着前行,一直不干,唯一能做的就是保护他的不幸遭遇。

我的思想和情绪开始一百八十度大转弯,每晚都失眠。为了不吵醒维森特,我踮着脚尖走到写字台,打开电脑,进入 lanchile.com 看看飞往纽约的机票。我都不知道预订了多少次。天亮后,我在工作室又把它们都取消。我打开美国有线电视新闻网(CNN),只为了等纽约的气温。我唯一在线看的报纸是《纽约时报》,总是希望看到些和她有关的消息。我想象她落到最差的境地,这样才能上新闻,就像,比方说,在第五大道上用汽油自焚,或者在帝国大厦顶层坠楼。夜晚,我梦啊,梦啊,梦得好长好长,都是那可怕的患蜂窝织炎的臀部。醒来后,我关在浴室里悄悄地哭。我哭是因为多种理由,要视什么日子而定:有时因为觉得自己是世界上最可耻的女人,有时因为让母亲在那里流浪都不动动手指救救她。有的夜晚,我因愤怒、仇恨而哭,无法摆脱:仇恨就像血液一样,无法掩饰,将一切都浸染。

有的人认为归根结底是因为失去尼古拉斯,他们错了。这种痛或早或晚,她的儿子死与不死,都一样会发生。

距离母亲离家出走已经过去很多年了。我成熟了。如果说我战胜了这个问题,那就太狂妄了。没有,这个问题是不可能被战胜的。但是,我已经可以与它同在。已经不能把我击垮。有时候,我会变冷。有时候,我会停滞。有时候,我会变成一个疏远、没有同情心的物体。这些都无足轻重,因为我做了我唯一能做的重要事情:扯断遗传这条线,打破重蹈覆辙。我的女儿们获救了。

在这儿,我继续正常的生活,以正常的面貌、正常的家庭。跟我的猫,跟维森特。

# 马涅

我是马涅，正如你们所看到的，我曾经是个大美人儿。身高一米七四，在这个国家已算是很高了，体重六十公斤。尽管光阴荏苒，时至今日，我依然保持着苗条的身段没有发福，哪怕这只能用来孤芳自赏。几个月前，我刚刚庆祝完自己的七十五岁生日。

过去，我也是一代佳人。然而不幸的是，这已是过往烟云。没人会说我现在很美，更不会说我将来很美。好吧，我现在所拥有的就是过去。有一部50年代的电影叫《日落大道》，这部电影很像我的生活，或许因此，我被深深地触动了。影片由葛洛丽亚·斯旺森主演，以好莱坞电影巨星诺玛·德斯蒙德的生活为题，她曾是一个真正的女神，全世界都拜倒在她脚下，她出演过几十部电影。老了之后，她还想出来拍电影，博得大家的喜爱。然而昔日对她大加赞赏的导演和制片人都对她置之不理，因为她已经没用了。而她自己内心却拒绝意识到这一点。那些人也不接她的电话。她被抛弃，变得孤独，渐渐堕落，就像我一样。

我从小喜欢在镜子前打扮和跳舞。父母外出的时候，我就踮着脚去母亲的嵌入式衣柜——我自己家里没有衣柜——偷偷把披肩和头巾拿出来把自己打扮一番。件数不多，但是我能打扮出上千种样子，系在腰间，戴在头上，或者绑在脚踝上。母亲是裁缝，父亲是施工队长，我说这个，是为了让你们不要误以为我玩儿的那些布料是伊斯兰阿迦汗王族使用的布料。但重要的是，我想象自己是美国偶像丽塔·海华丝，母亲用府绸做衣服剩下的那些碎布，我就想象成东方丝绸。那个时候，女人不学习，也没有现在这种体面的生活。然而在世界的其他地方，女性当时既能接受教育，还能体面地生活，但是我所在的环境里没有。我生于30年代，对欧洲女人来说，那是一个了不起的年代，在一战和二战之间的和平时期：裙子剪短了，吸烟，喝酒，从政，她们深呼吸，好像世界就要灭亡。她们不是我这种地方城市的女人。我出生在基约塔，那里的女人都负责家务，干有酬劳的活儿也只是用来贴补家用是的，我们拥有的是一种教养。

在学校，我的表演课成绩非常突出。我喜欢扮演各种角色，无论男女老少。一上台，我就会忘记地方城市的压抑生活。那里的选美比赛寥寥无几，我参加过"基约塔选美王后"和"基尔普埃小姐"，都获奖了。校长是我的伯乐，她发现我有能力成为一个出色的人物，而不是待在家里做家庭主妇。她是一个很光鲜的女人，是智利当时著名的女性主义作家阿曼达·拉瓦尔卡的朋友，也与主张妇女有参政权的人为友，这些如今老去的妇女们当年奋勇当先，我们欠她们太多了。就这样，她让我家人同意我去圣地亚哥，跟着当时一个著名导演学习戏剧。我住在阿姨家，生活变得多姿多彩。"当然了，你这么漂亮。"阿姨说。圣地亚哥是一个充满活力和乐趣的城市，一点儿不像今天这么乏味。住在这儿很有情趣，令人欢畅。这里车辆很少，绿树成荫，市中心都是深宅大院，有波西米亚人、剧院、书刊、诗人。偶尔发生一桩凶杀案,就像在提醒我们是人类。夜晚,我独自一人走在巴西街,飘飘欲仙。

那时候生活清贫。智利还是一个贫穷的国家,什么进口的东西都没有,比如牛仔裤、威士忌,都没有,就像一个东欧的社会主义国家。记得我们团第一次出国,去的是玻利维亚的科恰班巴。我在街上看见一个糖果摊,我想会有我们国家的那种安布罗斯里、塞拉诺或者加拉夫品牌的糖果,这是我们国家独有的糖果品牌。可当我走上前去,却大出意料,那儿居然有各式各样的口香糖,有黄色小球形的,有红色心形的,还有绿色小三角形的,有的标签是英文,有的像圣诞节送礼的巧克力棒,还有一次性打火机,就像魔法产生的幻觉一样。我惊呆了,那是我第一次遇到了后来说的全球化。此后有一天,我在姑子家,她的孙女想把几只猴子贴在本子上,但没有东西可以贴。我提议说我们做点儿浆糊。她看着我,好像我说的是阿拉米语一样,她没听懂。竟然不知道什么是浆糊!我解释说,把面粉和水做成糊状,用来粘东西。她回答说:"为什么?我们可以买胶水或者胶棒啊。"好吧,我还生活在过去的智利。以前既没有电脑也没有音乐播放器,为什么我这样提醒大家?因为那个时候,如果你能得到一台收音机,都得好好感谢上帝。在剧院周围,一个人可以认识所有艺术家,我很多次都碰见聂鲁达和德洛卡。如果凌晨你在波斯科酒吧小喝一杯,或者在附近一家馆子吃晚饭,这就是最正常不过的事了。

在波斯科酒吧有一位常客,他是诗人,头发稀疏,有着拉丁人的眼神。村里人说,他永远睁不大左眼。他的牙齿——虽然因为吸烟有点儿变黄——小而且齐。手上总夹着一根烟,举到嘴边再放下,我喜欢看他的手这样来来回回,我就要求他做给我看。当他起身把手伸给我时,我发现他很高,我一下子喜欢上他的身高。我看上他了。其他酒吧都不去了,为了遇见他,我只去波斯科酒吧。一天,我鼓足勇气在他坐的桌子边坐下,他在纸巾上潦草地写着些什么。我在他身旁沉默不语,女神们都是一样的。他停笔后,抬起目光,高声诵读他的诗。我觉得妙极了,也这样跟他说。他感激地朝我微笑。"你是个和美的女人。"他对我说。我回答说:"你嘴巴抹了蜜吧。"他笑了,请我喝啤酒。第二天我同一时间到那儿,坐在同一张桌子边,就像我们约好了一样。这样过了五天。第五天,当我要走的时候,他和我一起走,带我去阿拉梅达街。正要穿过一条宽阔的马路时,他突然揽住我的腰,吻了我。

我非常喜欢那个吻。

这个人就是鲁西奥。

我想我爱上他的原因是他比我高,我们看起来很般配。六个月后,我们结婚了。在那个时候,那个环境,结婚是很尴尬的,但是为了我的家人,我选择了结婚。如果我不拿出那个小本子,我可怜的父母该如何面对基约塔的亲戚们?鲁西奥(头发金黄的人)——所有人都这么说,在当时的智利,他们还不太习惯看见一个不是黑头发的人——很有天赋。他为我写了几十首诗,都很美,他唯一出版的一本书就以我的名字为书名。所有人都自然而然地以为他是为了赞美我的美貌,这并不奇怪,我笑话他如此痴情。与此同时,我正在演戏,而且事业蒸蒸日上。给我的角色都年轻貌美。"那是在利用你的美貌。"鲁西奥说。"不是因为我演技好吗?"我问他。不管怎样,那时我一直都没有安全感,所有女性都这样。我的一些女性朋友问我:"你这么漂亮,还没有安全感?"我回答说:"一码归一码。"

鲁西奥不想要孩子。而我，傻乎乎地听了他的话。我给女人们解释说没有孩子是因为不想要，她们的表情让我很愤怒。不用说，我也知道她们想说，我竟敢违反自然法则。那个时候我不信任她们，因为对我来说，她们并不重要，有鲁西奥和戏剧就足够了，而且我活在当下，觉得我永远都会那么幸福。现在有时候我很后悔，那些儿女成群的女人们都在为自己计划未来，这让我觉得恐怖。直截了当地说，无论有没有子女，所有人都会衰老。因此，艺术是唯一重要的。鲁西奥写诗，我演戏。

我们生活得棒极了！有很多朋友和我们一起玩儿，在无尽的夜晚，谁都不会提前走，也没有那种正常的工作。在美妙的周日，我和鲁西奥在床上玩"流氓游戏"一直到傍晚，这是他起的名字。我们几乎一天都看不到阳光。让我觉得有些好笑的是，现在的年轻一代怎么能在露天里崇拜生命？纯粹是胡扯！无论出生还是死亡都不是发生在露天里，一切重要的事情都在室内。

我很晚才进入电视领域。电视剧后来风靡一时。但是到那时，我已经被晾在一边了。因为岁月流逝。鲁西奥也一样，找不到出版社，他很失落，就开始喝酒。没有人愿意出版诗歌，因为卖不出去。聂鲁达让同时代的人受尽委屈，虽然鲁西奥当时很年轻。不管怎样，他一样爱我，从来不向我泄愤，对待我就像对待一只刚领来的小狗。我记得当时圣地亚哥遇到一种病毒——或者是什么东西——叫"马脑炎"，也不知道和马有什么关系，但是我染上了这种病。病情很严重，好像几天后就要死了，重感冒也不过是小巫见大巫。鲁西奥不让我受到一点儿风吹日晒，他给我把所有药弄好，为我做蜜饯香橼汤，让我能咽下去。床单被汗水浸湿，他都会换干净的。那次流行病——唯一一次在鲁西奥身边病倒——让我仿佛真的走进《茶花女》，我就是玛格丽特·戈蒂埃，临终前享受一个男人跪在脚下爱着我，呵护着我。

鱼尾纹像鸡爪爬上了我的眼睛，目光也少了神采。魅力渐渐褪去。不需要去剧院的时候，晚上我就在鲁西奥身边，陪他的朋友们一起喝酒，一直玩儿到三四点钟。我们不是很富裕，却能周转得开。然而，花钱如流水，我们已经付不起房租了。某个朋友借钱给我们，等我有好的角色出演，挣到钱再还给他。不管怎样，酒水钱我们一直都有。我们就是缺那么一点，这话其实有两个含义，一是缺钱，二是鲁西奥作为诗人不够出色，我作为演员也不够出色。

终于，智利大学的戏剧院院长决定重用我因我的才华，这次不是因为我的美貌。他们把《欲望号街车》中布兰奇的角色给了我。这个角色的年龄很适合我，不太年轻，又想极力掩盖不被发现。布兰奇这个角色，优秀的演员都希望有朝一日能够饰演。这个角色非常难演，费雯·丽在同名的电影中饰演这个角色，就在马龙·白兰度身边，你们记得吗？这部电影应该是他早期演出的影片，那个家伙真的太性感了。白色汗衫显出鼓凸的肌肉，散发着荷尔蒙的味道，女人们都为之倾倒。他的眼眸流露的神情像一个坏男孩……我们回过头来说布兰奇，乘着街车的布兰奇。我充满激情地排练这部戏，那种激情，是你知道要失去一个东西，因为珍惜，才会付出的激情，就像一个衰弱的老人，用尽他剩下的最后一点儿力气。我在舞台上最后几次的出演都让我觉得无聊——觉得有点儿受屈辱，布兰奇这个角色给了我前所未有的名誉，没有人再不怀好意地说我的角色都是靠美貌换来的。晚上，我疲惫地回到家，因为把全部精力都给了排练。每天几乎看不到鲁西奥，也不能陪他喝酒，看见床，下一分钟我就睡着了。但是他不抱怨，他太为我骄傲了！那段时间，现在回想起来觉得非常幸福，而且朝气蓬勃。

那段时间，我处在"月圆"时期，我曾这样形容。我感觉自己就像月亮一样，一点一点，一夜一夜，越变越圆，直到变成满月，极其明亮，完美无缺。我感觉当这种平衡结束后，月满则亏，一点一点，直到消失。生命中每个人都有一轮满月。如果能很好地利用它，至少自己会觉得自己清澈，而且完整。

首演那天，我们举办了一场盛大的庆祝活动。我没让鲁西奥看过我排练：我想给他一个惊喜，就像布兰奇到新奥尔良一样，穿着我的服装，戴着礼帽，还有所有的一切。我的演出圆满成功！虽然显得很卑贱。这部戏在一片掌声中落下帷幕，我向大家致敬，收到了一束玫瑰花，但是始终没有找到鲁西奥的脸。我想象报纸会如何评论，题目可能是"终于展现出她真正的才华"、"一位女演员的重生"，还有类似这种的胡言乱语。

演出结束后，我走下台来，激动得几乎昏厥。来到化妆室门口，等我的不是鲁西奥，而是他的好友潘乔。他脸上的神情应该已经提醒了我，但是我太沉醉于演出的成功，没有看到他的表情。

鲁西奥死了。为了去剧院看我，他在过阿拉麦达街的时候被车撞了。一辆公交车撞到他头部，他当场死亡。

我只在首演出演了布兰奇的角色。他们说，第二天我一直是受打击的状态，不听也不说，只有睁大的双眼证明我没有睡着。双眼充满泪水，如此清澈但充满疲惫。关于葬礼，我已经不记得多少了。有人在墓前吟了一首诗，那首诗太糟了，比鲁西奥的差很多。几个演员朋友同情我，为我熬汤，看着我喝下。头几天，她们轮流在我家留宿，因为晚上我行为异常，我坐在床上，眼睛盯着一个点，眼睛睁得很大，一夜都不合眼。进到胃里的东西都会吐出来，从床上到马桶，再从马桶到床上，不停地吐。就这样过了些天，我无法再回到舞台，我连一行台词都记不起来了。那次演出好像没发生过一样，一位巨星的重生之路就到此为止了。

你们觉得我是怎么活下来的？三样东西：酒、男人和戏剧，我就按这个顺序活着。从皮斯科酒、杜松子酒到葡萄酒，我就像受了一遍刑一样。重要的是让我去睡觉，那就是死刑。我去波斯科酒吧，鲁西奥的朋友们会请我喝酒，因为我没有钱付账。有婚礼，就没有丑新娘，有丧葬，就没有坏死人。但是，欢笑之后，第二天还是要到来。我睁开双眼，感到头痛欲裂、嘴巴软绵绵动不了以及在各种酒后不适之前，我就想起自己已经丧偶。"不，这不可能，这只是个噩梦。"我这样说道，然后想继续睡着。为了与此抗争，我就抓起一瓶红酒继续喝。好几天我都没有起来，有必要吗？我不洗澡，想办法睡着，最好是一整天都睡着。谁在面前，我就和谁躺下睡。毫无疑问，造化弄人。很多次，我醒来后发现躺在素昧平生的男人身边，我什么都不记得了。他们有的是搞戏剧的，给我找些小作品，就是为了把我吃掉，没别的。都是些不起眼的角色，没人相信我，愿意给我重要的角色去扮演。尽管演过布兰奇，我还是会去演，只是为了钱。

不久，我就放弃了——我必须放弃，应该这样说——梅赛德街的出租公寓，我已经付不起房租了。离开那里就等于和鲁西奥告别（有好多次我都恨透了极具名气的布兰奇，如果不是因为她，鲁西奥还活着，我一遍一遍地重复这句话）。因为没钱找公寓，我只能找一间屋子。在伦敦街的一栋楼里，我找到了一间，带着四件旧衣服住了下来。至少那里风景不错，街道很漂亮，就在那下边，是市中心。但是屋里太冷了，比庄园用的大锁都冰冷。我依然把男人拉上床。常在河边走，哪能不湿鞋，我感染了，很严重。鲁西奥的姊妹，就是我姑子，给我父母打了电话。她叫查罗。在我和鲁西奥的婚礼上认识了她，她给我的感觉很传统，特别正派。她穿着裙套装，戴着珍珠，哪怕是假的她也一定要戴。头发梳得一丝不苟，一根都不会乱飘！可能是这个原因，我很晚才走近她。她给我的印象一直都是不管好坏，她只关注自己，为自己做主。我丧夫后，她应该参与这件事，并且照料我。我唯一的亲兄弟住在蓬塔·阿雷纳斯市，离我很远，而且我们不熟悉，所以查罗就成了我的"家人"。她是个不错的女人，是护士，勤劳、认真又努力。在医院她要轮班，时间表满得吓人，但是从来注意不到她没有睡觉。她的孩子们是我唯一接触的年轻一代，如果不是他们，我很难明白今天的很多事情。

我的父母到了圣地亚哥，他们还挺硬朗，穿着整齐，身体很健康。他们俩猜得真准，明白了一切，于是把我从伦敦街拖了出来，带到了基约塔，将我塞到一张床里，那是我的床，还和童年的时候一样。一切都保持着原来的样子，走廊、大厨房，还是那么干净整洁。父母照顾着我。和家人在一起，我开始恢复了，不再喝酒，也好好吃饭了，感染也好了。但是在基约塔，我能干的只有给叔叔看铺子，我的要求很严格：那个曾经的演员可不是最后去干称糖的活儿的。在资源集中型的国家,地方的条件要差很多,总是缺这少那,什么都一成不变。"在首都,或许你还能再嫁人,"母亲幻想着说,"你还是这么漂亮……"我很伤心地和母亲告别,她是那么单纯,身上的衬衫那么简朴,对光明充满希望,我的黑暗和绝望离她是那么遥远。

  我回到圣地亚哥,回到我过去的圈子里。父亲把他的部分积蓄给了我,我可以租一套很小很小的公寓了,大小无所谓,我唯一的愿望是能有自己的浴室(在基约塔,全家人共用一个浴室,虽然一直亮洁如新,但我却不敢进去,浴缸或者把我完全映在里面的镜子能带来一种肉体和心灵的愉悦,我无法带着这种心情进去)。就这样,我开始了在比库尼亚·马肯纳街的生活——我是根据先后生活的街道来算时间。刚开始很困难。我依然坚持当演员,只能过得低三下四。我经历了那种朋友拒接电话的感受,和《日落大道》里可怜的诺玛·德斯蒙德一模一样。过去和现在不一样,现在这些不起眼的小秘书刚开始会拒绝上司的电话,还互相比谁的上司更重要,这在过去是不可能的,那个时候大家都会注意接电话。几年前,男人为了我的身子向我哀求,现在,就好像无视我的存在,他们的目光直接把我穿过。为了一个小小的角色,我去乞求,好像只要上了舞台一切就都解决了。我们没有适合你这个年龄的角色,这是那段时间我听到的最多的话。我把头发染了,衣服换了,给自己化妆,看起来和年轻女孩一样,但是无济于事。幻想比长着獠牙的猿猴还危险。母亲的幻想一直萦绕在我的头脑里:我要再婚。事实上有一些人选,虽然他们只是为了满足床上而不是家里。但是,在聚会或者剧院相遇时,他们却和自己的妻子一同出现。"正妻来了,"我愤恨地说,"我恨那些正妻!"

  丈夫就是一个地方,一个稳固的地方,甚至很纯净的地方,只要妻子忠贞不渝。我需要一个平静安宁的地方。

一天晚上，姑子到我公寓里来。她带我去一家最漂亮的餐厅吃饭，告诉我说："够了，马涅，戏剧已经结束了。咱们国家还没有电影，电视也才刚开始。他们要的都是有前途的年轻姑娘或者有特点的演员，你两边都沾不上。你怎么不去给别人上表演课？我有几个朋友在一家很好的学校，我可以把你介绍给他们。你就可以有稳定的收入，你把保险交了，一直等到退休领退休金。"

我听了她的话，因为也没别的办法。我心中自言道："有牛就用牛耕地，马涅。"

我就这样开始生活。在学校教课，我教得很好，还买了社保——按照姑子说的，现在我已经退休了。父母去世后，我把基约塔的房子卖了，和那个不熟悉的兄弟分了钱，一人一半。我把这些钱和鲁西奥父母留给我的一点钱凑在一起，买下了我人生第一份也是唯一一份财产，桑托·多明戈街上的一个小型公寓，很精致，有电，而且是我的，我觉得自己变成了女王。我也不知道有多少平米，估计不超过五十，但是足够了，一个小客厅、一间卧室、洋娃娃家一样的厨房，还有一间私人浴室。我还求什么呢？有时候我希望有一个阳台，哪怕很小很小，我都会很幸福，不过没关系。我的花销非常有节制，因此我很平静，我不会像乞丐一样饿死，连狗都不愿对我叫。在那个时期——我称为平静时期，我觉得生活已经给了我一份大礼，我被爱过。而我也爱过。

爱并且被爱，根据时间的见证和亲眼所见，是很稀有的。但是很多人都非常确定地认为，爱并且被爱，就像普通钱币一样，所有人多少都经历过。我敢说不是这样的,我把它视为一种馈赠。它是珍宝。太多人都没见过,那可不是随便哪个角落就有的财富。它就像中彩票,你摇身一变成了百万富翁。哪怕最后花光了,谁能剥夺你的记忆?谁能指控你现在的潦倒生活?如果你曾经是百万富翁,你的一切都不是粗俗的。这样才是爱,就算鲁西奥逝世了,哪怕我孤独终老,这些我都无所谓,我的经历改变了我,这是无法改变的事实。理解了这些后,我步入了老年。在这方面,没有哪个姐妹值得我们借鉴。

衰老就是永远那么疲倦。醒来累,白天走路累,躺下也累。

每天早上醒来,我要想起来我是谁,要与自己成为朋友。我问自己,为什么要多给我一天的生命?我应该感谢吗?姑子跟我说,我现在还能活动自如,只有身材好的人才能这样。或许吧,或许她说的有道理,但是这种消失殆尽的美更加让人痛惜。

最糟糕的可能是这一点,身体的衰退。第一个发出讯号的是脖子,想转转脖子,不得不放弃,当深深的皱纹把两边的耳际真切地连在一起的时候,你就没有美貌了,它走了,走了。你内心看到自己像年轻人,但其实你不是,脖子首先就解释清楚了。第二个是嘴唇。它们开始后退,撤离,就像一对战败的动物。有人会问,谁跟它们打架了?就说我,我的嘴唇现在变成了一条线,想想以前,它们那么好看,很饱满,把鲁西奥迷得神魂颠倒。是,我知道现在有硅胶技术,但是得了吧,别告诉我说看起来很自然,就像嘟嘴鱼一样!衰老是按身体比例进行的。等到你想把全身都遮盖住的时候,你就糟了。我记得我说过——关于在男人面前裸体——我会把腹部遮住,但是乳房露着。当它们开始下垂,我就露出腿。再后来,我把腿也遮住,只把胳膊露在外面。直到有一天,我把胳膊也遮住了。好了:你已经不想露出任何一部分。那么，你已经是个老太太了。不要怨天尤人。

我们来说一说衰退。你骑着自行车，会想看一下甩在后面的东西，你扭脖子，却扭不过去……脖子萎缩，肌肉老化，你只能看到肩膀后面，连这个，你都做得很费劲。我再说说从椅子上起来。起来的时候，体内会有一股推力，这股力量是无意识的，自动的，正常人每天做多少次都不会注意，但是我起来就很困难。那种陷进去的沙发椅更是羞辱人，一旦坐进去，就起不来了。再说说弯腰去够床底下的拖鞋，根本够不着，膝盖已经僵硬了。还有又硬又疼的各个关节、麻木的肌肉、僵硬的腿（不想说腿好不好看，紫色的血管爬满了皮肤，五十岁的时候还一点儿都没有），你不知道这都是什么时候的事情，也不知道发生了什么，一夜之间，你的腿就不像从前了，不听使唤了。晚上静卧的时候，它们就开始疼。我还要说说长期的彻夜失眠。我睡得早，晚上十点就困得睡着了，凌晨两点，眼睛就睁得像圆盘一样，等待我的是黑暗，或者说，是回忆和胡思乱想。为了不影响睡眠，我不开灯，但还是一样失眠。一到五点，我就开始打盹儿，但是又被上厕所弄醒，膀胱已经坚持不下去了。我的一个朋友，她曾经是著名演员，现在要用尿布。味道难闻极了。当我看见她，我就想，这事如果也会发生在我身上，那我宁愿在那之前死掉。有人想死得容易一些，但是年复一年，你却牢牢抓住每一天，根本不放手。身体不得不把液体和固体都清空，括约肌越来越控制不住了。今天我说"先死好过用尿布"，但是等到真的要死了，我又做好准备，想活下去。为什么，我也不知道。为什么要活着？鲁西奥的母亲，也就是我婆婆，去世前不能走路，因为髋部损坏，再也起不来了。对所有人来说，她都是一个负担，活得污秽不堪，但她一直坚持，因为她唯一拥有的就是生活。任何生活,再糟糕,也好过一无所有。恐惧,是对死亡不变的畏惧。很奇怪,生命中唯一确定的东西我们却如此畏惧。眼睛,我现在用三副不同的眼镜,阅读、看远和看近。我会搞混,弄丢,我拿起一副想要读报,结果拿错了,于是在五十平方米的屋里找了二十圈也找不到阅读镜,其实眼镜就挂在脖子上,我愣是没发现。好几次我要上街,但是找到的不是看远的眼镜。我一半的糊涂行为都和眼镜有关。眼睛已经不是脸的一部分,总有两块玻璃挡在前面,而我戴上眼镜很好看。虽然想化妆,但是不能化了,因为我看不清,会化成小丑。然后是牙齿的问题:好的牙医付不起。于是去看不好的牙医。越来越多的东西吃不动了,比如说肉,我已经没牙去吃肉了,只剩下几颗臼齿,前面的一颗是假牙。我还牙龈出血。太冷和太热的都受不了。哪怕支付不起,我也本应去治疗。我没有治疗,把臼齿一拔就算完事儿了,救它需要太多金钱。但是有时候整张嘴都疼,所以现在我开口大笑,没有牙的地方全都能看见。

衰老也意味着放弃笑容。

别提吃药了!我每天要吃九片药,每片都不同,降压的、降胆固醇的、降糖的、抗抑郁的。吃这么多药都为了什么,我看起来再正常不过了,但是为了保持正常,我每天吃九片药。我的床头柜让我感到很不好意思,一盒又一盒的药。智利药房要是没有了学名药,我会恐慌。我可买不起原研药。

刚在讲身体衰退的时候,我意识到应该先说钱的问题。据说人老了会变得吝啬。难道不应该是钱少了让他们害怕?

极少一部分的老年人生活富裕。我给你们讲了我微薄的养老金,是保险标准局发给我的,如果我当时把钱投给皮诺切特搞的私人保险公司，现在就该街头行乞了。搞艺术的人从来没有长远意识，也不为将来考虑，也许这是他们现在还保留的职业特点。靠艺术挣钱很少，所以都不存钱，只活在当下。所以我们看报纸上说，哪个作家或音乐家逝世，而且是在贫困潦倒中溘然长逝。如果姑子不要求我存钱，我都不知道我会成什么样。虽然我没有上街乞讨，但是我也给不了自己一件奢侈的东西。这样，奢侈这个词就变得晦涩。为了保住牙齿，去做牙龈治疗都是一件奢侈的事吗？不断发现，革新，产生新的治疗手段，一得到消息，就有人将新疗法引入其他国家，但是我没有渠道获得，等智利有了新疗法以后，我还是一样买不起。富人和穷人吃的药是不一样的。我们也不能患抑郁症，那是另一种奢侈，我们怎么付得起治疗费呢？

（我在这儿是因为娜塔莎一半的病人不需要付费，或者换一种更好的说法，她对自己的工作是这样安排的：最有钱的给最穷的付治疗费。我不知道你们谁给娜塔莎付了治疗费，但是我太感谢你们了，我被她纳入了救济项目，这是她教我的词。）

一天，一个女的在电视上讲，她买了三十片抗抑郁药，价值六万比索。一片药就要花两张一千比索。我吃饭两个月才花六万比索。普通女性如果去公共门诊看病，有抑郁症状，医生就开阿司匹林。这个国家太奇怪了，据统计，所有人都抑郁，哪怕生活在冰岛。但是有钱的能治好，没钱的就不行。我认识一个女孩，是电视演员的女儿，患有躁郁症。这没什么，当下所有人都有躁郁症，非常普遍。但是这个女孩，要看精神病医生、心理医生，还要买药，他父亲告诉我，有时候这些花费只是他工资的一小部分。那个被医生开了阿司匹林的女人，如果是她的女儿得了躁郁症，她会怎么做？什么都不会，她女儿自杀，就完事儿了。我们又回来了：治疗和吃药都是奢侈品。

我们要区分真正算得上奢侈的东西：整形、康复按摩、高度健康饮食、去美国治疗癌症、沙滩别墅、定制服装。总之……所有这些。吃的东西就更有趣了：越健康越贵。复活节岛的金枪鱼，生的，就像日本菜用的那种，纯蛋白质，你们知道多少钱一公斤？相当于十一袋或者十二袋扁豆的价格，一公斤牛排相当于十公斤香肠面包。就这样算，还很多。

好了，你没钱买健康。也没钱娱乐和消遣。书非常贵。我只看别人借给我的书。有时候有人请我去剧院，但是电影院我已经不去了，虽然以前很喜欢看电影。在百事达租碟店租碟看更便宜，但是只能等到供货那几天。所以，我就被逼无奈去看公放电视，因为我也买不起有线电视，不得不一遍又一遍地看广告，我都背下来了。我没有车——一直没学开车，为什么？我那个年代的人都没车，我这个岁数，坐公交车长途旅行太辛苦。我只去基约塔，就在圣地亚哥旁边，需要三个半小时。于是，你的视野就变得狭窄，不仅因为一切都复杂了、难了，也因为你想要的越来越少，欲望越变越小，当外面的世界在你眼中越变越小，你的内心世界却依然跟随潮流，最后，你变得越来越傻。

关于气候：年轻的时候，这不算是一个问题，什么气候对我来说都是一样的，冷热都不会给我带来太多烦恼。现在，就像电影里的英国老太太，气候决定一切。在城市里过几个月的夏天，能热死，在我那五十平方米的小房子中间，被水泥包围，就像被煮了一样。如果你没有有钱的朋友或子女，到我这年龄，你上哪儿去避暑？只能不避暑了。通过桑托·多明戈街，在讨厌的噪音里，我已经看遍了春夏秋冬，来往的公共汽车能把你的耳朵吵聋。什么"畅通圣地亚哥"！那些黄色公交车总带着恐怖的噪音驶过街道，唯一的不同是以前它们是白绿色的。冬天，我说公寓有集中供暖，你们也不会相信。那栋楼里根本不存在这种东西。我有一个石蜡取暖炉，走哪儿就带到哪儿，比如卧室或者客厅。问题是买蜡。我求打扫卫生的小伙子给我买来一大桶蜡，我请他吃煎饼，或者其他什么吃的，小费我给不了。我一年比一年用得节省，因为蜡桶需要找人帮忙，也因为买蜡需要钱……晚上我就把炉子关掉，为了不浪费，也担心中毒，我把所有的毯子都铺在床上，因为我还是会冷。不用说，我的床冬天的时候要承担很多重量，所有这些毯子，还有长袜、披肩这些，从不离身。温度达到零下的时候，我就下不了床了。老年人总是身上冰冷，这是衰老的一部分。看到电影里的女人们大冬天穿着短袖睡衣，我都怀疑是不是在骗我们，或者真的有这样一个世界，冬天的时候可以在家里穿短袖。

我变得越来越居家。到最后生活就是：长袖或者短袖，再没什么大事儿了。

对时间的感知也有变化。一切都在呼吸之间，非常快。我们在聊某人的时候，我说，对，我那天看见他了，这时你们问我什么时候看见的，我发现"那天"其实是一年多以前。对我来说，一年就是"那天"。如果这种事情确实存在的话，那就是时间的确切数字和我对时间的真实感受已经分开了。也可能因为生活太单调了，什么都不发生，什么都不期待，时间就是一条直线。

还有城市。城市是平坦的，自愿进入，很容易。城市本身则是自我封闭，没有多少新奇的事儿。比如，市中心的老太太，就像我。所有老太太都是颓废的、贫穷的，大家穿同样的大衣，有点儿破旧但很合身。留同样的短发,并且稍微烫了一下。拎着同一种中号的黑包——不大不小。穿着同样的黑鞋,有一点点老旧,特别是脚孤拐那里被磨损得厉害。所有的老太太走路的时候都颤颤巍巍的,害怕磕着,那就真变得老不中用了。至于那些学生,都是留长发,穿连帽卫衣、破洞牛仔裤,但愿真的是穿破的,脖子上围着阿拉伯风的围巾,身上挎着书包,有的耳朵上塞着耳机。还有一群人,赶集的妇女。如果你们去拉维加看看,就会注意到她们一个个就像用同一把剪刀剪出来的,身躯肥胖,或者说总有些超重,衣服紧裹着身子,清一色地染了发,而且头发都有些受损,肤色很深,穿着牛仔裤和卡到臀部的卫衣,连说话方式都是一样的,起的名字也差不多,尤其喜欢外国名(我小时候,大家的名字都是西班牙语名)。还有开着小轿车从高档小区出来的富家女,她们占有很大的优势,柔亮的长直发,而且都很瘦,手里总是响着什么东西,手镯、钥匙,或者别的东西。她们背的都是大号的名牌包,从不穿普通的鞋子,都是长靴或者短靴。她们给女儿起的名字都改自男人名,比如多明加、费尔南达、安东尼娅、曼努埃拉。

总之,跟我当初一样,所有人都是想要挣脱枷锁的老鼠。

圣地亚哥没有多元性。

在发达国家,人的寿命不断延长。我很大胆坦率地问:为了什么?看看现在的孩子,出生后有曾祖母和曾外祖母,这是很正常的事。在我那个年代,这是不可能的!幸运的话,祖母或外祖母有一个在世。那么,回到我刚才的问题:哎哟,到底为了什么?把这些没人照顾的老家伙们聚集起来?没时间,没金钱,没空间,有时候也没那个意愿。过去,孤零零的老头在偌大的房子里几乎不被人发现,现在这个现象已经不存在了。悠闲的老太太过去要照顾老头，现在也不用了。老龄化已成为全球发展的一大障碍。上帝，我可不愿想象二十年后是什么样。有时候我看街上送葬的，有成年男子，这样称呼是因为不想说他们其实已经谢了顶，上岁数了，他们要给母亲下葬。但是他们的母亲本应该几个世纪前就去世了！

如果我们和其他文化一样，比如东方文化的尊老，我们在康复治疗的时候，可能会和小宝宝们一起！

老年期最主要的特征，大家都知道，就是孤独。如果让我说最后悔的事，那就是没有好好把时间用在友谊上。我有朋友，但是除了姑子，没有一个是精神上的朋友。本来我没有选择姑子，但她是鲁西奥的姊妹，我没得选。我和她也没有亲近到可以向她倾诉每天的鸡毛蒜皮。我不太相信女人，这在我年轻的时候，就已经成为当时的趋势。别的女人永远都有可能成为你的敌人。就像我，因为长得漂亮……成为女人们的公敌。那个时候还没出现女性主义者，没有人讨论性别孤独、女性关系，以及类似的话题。总之……我抱怨什么呀，就算我有一个亲密的朋友，估计也早已去世了。

服老是唯一的出路。否则，就会迷失：痛苦会永远缠着你。或许有丈夫和儿女的人会好一些，但是环境没变，老了就是老了，谁都瞒不过。如果是孤身一人，这座城市里有太多这样的老太太，她们最想做的就是两眼一闭，装作什么都不知。你们看那部电影了吗？叫《兰闺惊变》，是贝蒂·戴维斯和琼·克劳馥演的。她们俩演一对互相仇恨的老姐妹。最后，一个把另一个杀了，但这不是我关心的，我关注的是贝蒂·戴维斯的外貌。她因为不服老，穿着打扮都像一个少年，有时候像小女孩。我经常想起她脸上的腮红，两个阴阳怪气的红圈圈。如果有一天我和她一样，那我就走到人生尽头了。但这没有发生在我身上，这是肯定的。人的最后一天从来不是自己所想的那样。

我来讲一个小故事。

一天，大概十五年前——我当时六十岁——收到门多萨的一封信。我一看寄信人，心跳加速。他曾经很喜欢我，鲁西奥去世后，所有疯狂的追求者里，他可能是最喜欢我的。他在信中说，有个朋友去他那儿交给他我的地址，他便非常想知道我的情况。我立即给他回信，大概说了说我的生活，当然是加了修饰的，反正纸上什么都能写，就这样我们开始了频繁的书信来往。他当时从商，他的合法配偶，也就是他的妻子，是个很讨厌的人，从不接触外面的世界。他们有几个孩子。但是，我敢肯定他当时很烦她。总之，我们开始在信中暧昧。既不用花钱，对方又看不见你，你可以尽情发挥，变成许多年前那个美丽动人的完美女人。他的信让我感觉好极了。我更加热爱生活，终于有了可以期盼的东西。每封信都让我有一种和他同床共枕的感觉，况且他说话也一点儿不讲究分寸。那段时光很美妙，充满幻想和期望。我觉得我又有了做女人的感觉，可能是最后一次。后来我收到一封很紧急的信："我来智利了，我要看你。"糟糕！他要看我？我都六十岁了，这是我唯一关心的事情。我跑到镜子前，看着自己，我贴得很近，试着用他的眼睛看自己，我一点儿也不喜欢。那可是一次两性之间的见面，而我却像一只站在电线上的鹦鹉，丑老太婆一个。我又站在远处看，感觉就不一样了。"容貌决定一切。"鲁西奥总这样跟我说。我发现如果离开镜子几米远——没有光的直接照射——我再举止优雅一些,看起来就像五十岁或者四十五岁了。不管怎样,那家伙和我一样,也不是小伙子了。我开始在镜子前跳舞,就像小时候一样,要离得远,三米,四米,好了,很合适。但是,到时候他会离我很近。于是,接下来的十天,我一直在想,到底怎样能让自己看起来年轻,让这个男人喜欢。终于,这一天到了,我们约在晚上七点,在一家咖啡厅见(如果我提出约在我家,可能太挑逗、太明显了,毕竟床就在客厅附近)。是他提出在咖啡厅,我觉得挺合适,而且是他比较谨慎的选择,我就顺势答应了。我试遍衣柜里所有的衣服,甚至包括演完布兰奇之后的裙子,那条裙子当时又重新流行起来。我洗了头发,刷了一百次牙,回忆剧院化妆师的手法给自己化妆。目的就是要好看,并且很自然。总之……你们可以想象得到为了那次见面我有多紧张。我确实对他寄托希望,但不是为了结婚,而是彼此懂得,我只是说我终于可以幻想,对于一个六十岁的老人,拥有一场奇遇就像获得重生。

比小丑托尼还精心地打扮一番后,我走进了咖啡厅。他已经到了,我深深地松了口气。他正在前台打电话。我一下子就认出他了,他有了双下巴,还有点儿啤酒肚,除此之外都没变。他看见我,从远处向我打招呼,然后继续打电话。说实话,他打电话耽误了很久。说完后,他把注意力转向我,刚一靠近,我就感觉到他离我很远。他看起来好像为什么事情忧心忡忡,注意力都在那件事情上,和我一点儿关系都没有。我问他是什么事,他跟我讲,他的卡车在穿过连通智利和阿根廷的救世基督隧道时抛锚了,如果耽误了时间,水果就会烂掉。我们坐下来,我很自然地点了一杯咖啡,他也是(晚上七点了,但他并没有点酒),他继续跟我讲刚才的电话(我在想自己的黑眼圈），讲边境的问题（我抬起脖子防止被看到皱纹），讲他可能要失去的市场（我舔舔嘴唇，不让它们萎缩），他讲的都很没意思，我们的谈话有些让人担忧，而这本不应该发生的。我们继续聊着，但是内容和人一点儿关系都没有，比如关于智利、某个《协议》、和阿根廷做生意的困难、山上的雪这些话题。我们又点了一杯咖啡，很快又继续聊起来。这个喝着咖啡的男人和我旧情人的信一点儿关系都没有。他的眼里一点儿坏意都没有，没有玩笑，也没有对之前的回忆。九点钟，我停下来说我晚餐有约。"你要走了？"他问我，好像终于可以松口气了一样，我离开了。他不喜欢我。他回忆的是二十年前的我，是那个女人和他在信中打情骂俏。就是这么残忍、愚蠢、粗暴。分别的时候，我们用了智利人最常用的话，再见，是的，我们再见，再来智利的时候告诉我，好，我会告诉你的……他后来杳无音信，再也没联系过。就是这样。

我回到家，不可思议的是，我居然哭了。我从抽屉柜里拿出化妆盒，还是我在剧院演出的时候用的——虽然全干了，但我依然保存着。我站在镜子前，后退了好几米，尽可能看不到细节，然后我观察自己。我把脸洗干净，打了一盏灯，不直接照着我，我又开始化妆，重头开始。先从胭脂开始。我小心翼翼地拿起貂毛刷，在脸颊上轻轻碰了几下，转过身观察，又轻轻碰了几下，再观察，再碰了几下，我发现，每碰一下都能年轻几岁。等看起来像年轻姑娘了，我拿起一支颜色最艳的口红，犹如一道血光，我按照心形涂在嘴唇上：又年轻了。蓝色的眼影、睫毛膏都涂好了。头发最花时间，我试了很多种年轻人的发型，向上，向下，到最后，一边扎了一个小辫儿，一下子减龄不少。我穿上裙子，为了能在膝盖以上，我把裙子系紧。都弄好后，我肯定年轻了十五岁，我就开始在镜子前舞蹈。最后累极了，瘫在床上就睡着了。

第二天，我拿出卸妆霜擦脸，再用棉花擦掉，之前发生的一切都随之扔掉。尽管内心有个声音：什么有牛就用牛耕地，都见鬼去吧。一夜之后，手里正拿着第二杯酒，我没忍住，又重新再来。化妆，在镜子前跳舞，但永远都离它几米远。我演的《兰闺惊变》中的宝贝简才没有贝蒂·戴维斯演的那么滑稽可笑，我比她更漂亮，做得更细致。但是我们要表现的内容都是一样的。之后同样的事又接连发生。我戴着自己亲手制作的面具，穿着短裙，在镜子前跳舞，然后倒在床上，一动不动，像个布娃娃，被撕成了碎布。

就这样，新的马涅诞生了，一个衰老怪诞的小女孩，同时心中生出一个意念，任何男人都不能靠近我。我开始有了嗜好：当我孤独的时候，我就一直想和那个旧情人发生的一切，想着想着一阵恐惧袭上心头，害怕再也没有人碰我，这种致命伤一发作，伪装和舞蹈又开始了。只有这个时候，我才相信我可以博得别人的喜爱。远远地，那面模糊不清的镜子一直不停地给我编织着谎言，压抑我内心的强烈愿望，好想把这颗精疲力竭的脑袋，扔在一件皱皱巴巴却令我欣慰的衬衫上。

然而，衰老有一件很美妙的事，谁都不会对一个人有期待。这是期望的结束。对于很多事情，几乎全部，都为时已晚。所以，想变成疯子，晚了。想变成酒徒，晚了。想变成恶棍，晚了。想做些丧尽天良的事，还是晚了。如果年轻的时候，嫉妒之心就没有折磨过你，那么现在也不会。这是一种宽慰。

如果以前你就知道取悦自己，你就会一直做下去。衰老带来欲望的缺失，但把这份缺失留给了良善之事，能带来很多自由，很多。

有的人很怀旧，他们打开衣箱，一张张翻看那些老照片，读几十年前写的信。我没有衣箱。我只有一个盒子，里边存放着几件东西：我的结婚证，鲁西奥出版的书，还有母亲的高脚杯。这几个杯子勾起了一些回忆，外祖母把它们送给母亲，只有两个——肯定还有，只不过都碎了，玻璃晶莹剔透，是天蓝色的。母亲很珍惜它们，从来都舍不得用，据她说，是因为太漂亮了。临终前，她才把这两只玻璃杯交给我，并让我收好。我照她的话做了。因为太爱惜它们了，从来没用过。不久前我发现了它们，他妈的，既然不用，我拿着它们干啥。等待合适的时机用一下，没有任何意义，那一刻永远不会到来。那一刻根本不存在。

或许，每天都做一个小小的计划是解决之道。如果没有了每天早上起床的理由，生死又有什么意义。如果我决定一直穿着睡衣，不换衣服也不洗澡，在别人发现之前，我也能这样过很多天。你们不知道我对自己多严格，每天早上必须下床，而这一刻我要用尽力气，不过正因如此，我现在还能走到浴室，还能操控水流，还能给疲惫的身子注入一点点活力。这让我想起优秀演员的品质：高要求、高标准。你们知道我为什么这样做吗？我为什么这样强迫自己？因为等我放弃的那一天，就是我躺在床上、永远起不来的那一天。永远，永远。如果我屈服了，世界上就没有力量能够把我拉走。也因为放弃是我内心深处的渴望。如果放弃，我可以认为自己已经死了。

前不久，一部意大利电影在智利上映，我和查罗一起看的，叫

《灿烂人生》。电影中有一个角色让我思考了很多天，就是孩子们的母亲。她是那种很典型的母亲，无论在意大利、西班牙、还是智利，放在任何一个国家都很有代表性。表面上，她没什么可讲述的。她在一个学校教书，还要做饭，照顾家和孩子们，是典型的中产阶级。孩子们渐渐长大，离开家，父母也都老去。最后，她成了寡妇。这一切都让人以为她就要崩溃。然而，让观众意想不到的是，她决心不去抱怨。到了这一步，已经年老的她决定改变自己的生活，而且做到了。她每天早起，如果谁好几天一直穿着睡衣，她就会提醒他，从儿媳妇到孙子。去世后，所有人都很想念她。谁会想念我呢？这个人物给我留下深刻印象。如果我和她一样会怎样？当然了，在智利，你会被冻僵，没有西西里岛，没有巧合，我也没有家庭。这个女人在盘算她的孙子，因为孙子不会让她孤独终老：这种孤独是肌肤的孤独。

没有人触碰你。人走路的时候当然不会去碰你。性已经是丢失的记忆。你用生命去换取一个紧紧的拥抱，换取这种唯一能把你抓紧不放的力量。或者说，为了换取在你头发上的抚慰，让你安睡。有时候，我想我只有一个请求：在我长眠之前，有一只手放在我的头发上。

# 胡安娜

如果是一年前，我可能一开始会说："生活是如此美好！"确实如此，当然确实如此！有太多高兴的事情，从翻云覆雨时欲仙欲死，到夏天一杯冰镇的麦粒桃干汁。但是一年前，因为苏西，一切都变了。我已经不是从前的胡安妮——胡安娜是我的大名——我想把从前那个胡安妮找回来。

我的不幸都不是因为我，却让我受尽折磨。我问自己，既然没有一个绳结是我打的，为什么我的心会如此绞痛。如果是我铸成的，好，是我自作自受。但是有些厄运，我连手指都没动它就发生了。所有人都受尽折磨，谁他娘的敢说自己不受罪？必须想一个办法，从作孽的痛苦中重获快乐。

我今年三十七岁，可能看起来很老，因为活得太累了。我在美容中心工作，是脱毛师，阿道弗喜欢让我们把他的理发店叫做美容中心，它位于维塔库拉镇的洛卡斯蒂略商业中心附近，在一个高档小区里。我工作干得不错，有忠实的顾客。现在单身，可笑的是，我太渴望有个男人了，是不是丈夫不知道，但必须是生活伴侣，还得是床上伴侣。我十八岁的时候生下了苏西，这是很久以前的事了，她是我的心肝宝贝。

    生下苏西的时候，我没有结婚。母亲也是，她也一直未婚。她有伴侣，但不是我父亲，虽然他们在一起生活，但他并不珍惜母亲，他妈的，简直就是作践。从小我就学会保护母亲，一直到今天，只不过现在不是从男人手底下保护她，而是与病魔做斗争。我是独生女，出生在龙迪索尼地铁站和马塔大道中间的维尔街，就是奥希金斯公园东边。那个小区安静祥和，房子——属于外祖父——是土坯的，很坚固，当时觉得那座房子永远都屹立不倒。街角有一家杂货店，能保证日常生活，周围的居民进进出出，就像自己家一样，很随意。那时候，我走路上学，经常一个人到处走走，和小区的男孩儿玩耍，很少有汽车从那儿经过，天气热的时候，女人们一整天都在外面乘凉。到了夜晚，一片静谧。外祖母是个爱指手画脚又很苛责的老太太，但是也很亲切。她的手就像两个上了釉的烧菜铁锅，很硬，而且永远盛着东西。她教会我很多事情，所以我现在不仅厨艺很好，还会缝，会织，会修插座。对外祖父，我没有多少印象，我很小的时候他就去世了。后来有一天，我们那儿要修路，倒霉的是，就在我家门口修。大家收到通知的时候，几家欢喜几家愁，有的认为那条街以后会变得更重要，甚至认为，既然将来那里车水马龙，那就做点儿小买卖。根本没有！什么做买卖，连条死狗都没有！糟透了！水泥，水泥，除了水泥还是水泥。到处都是工人、机械和噪音。最后的结果是，修了地铁和南北线公路。我们被城市隔离出来，那是一条非常宽的公路，围栏里，双向汽车全速行驶。车辆根本不能停靠，那只是一条火速进城的公路。那些笨蛋，人家可是火速，都蠢到家了。随之而来的噪音让我们简直无法生活。隐蔽私密的生活都结束了，我们就像生活在玻璃柜里，倍感孤独。

大家会说，这是发展。但是有一点你们都承认，可恶的发展是以牺牲老百姓利益为代价的，当年的小女孩儿是怎样每天眼睁睁地看着她的童年被发展摧毁，曾以为永远不变的风景就在她眼前改变。我们不得不离开那里，和那里说再见。我还记得母亲和外祖母——外祖父已经逝世——讨论往哪儿搬，去哪个小区，有没有补助金，是住宅还是套房，最后我们来到了迈普。我们是开拓者，当时既没有今天成千上万的居民，也没有超市，更没有汽车，这些都是后来才有的。苏西出生在迈普，给她看我以前生活的小区，她都不相信曾经可以那么安静地生活。

房子非常重要。告诉我你家什么样，我就能说出你是什么样。一个女人的世界就在房子里。房子就像鸟的羽毛，覆盖着你。

我想发财，无非是为了能有一个漂亮房子。我工作的理发店附近有很多非常漂亮的套房，那里二十四小时都有门卫，不会害怕，而且冬暖夏凉，房子有阳台，伸手可以碰到树冠。每一个房间都宽敞明亮，特别是那些有二三十年的老房子。我没有抱怨，只是觉得如果迈普的房子墙再厚一些，再安静一些，屋顶再高一些，采光再好点儿，还要稍微大几平米，那我就很喜欢了。手里缺钱的时候，我上门给人家脱毛，因此能看看别人家的房子，我太喜欢了，自言自语道："他妈的，将来我也给母亲和苏西买个漂亮房子，肯定特舒服，而且一人一个房间。"现在我们只有两间房，一个母亲住，另一个苏西住，我根据需要视情况换着住。

我工作勤勤恳恳，从不挑三拣四。上中学的时候，我就学会了脱毛。以前我最喜欢美甲，但是我很难做到全神贯注，或者说，精细的活我都干不来，因为我一着急就做不好，想把东西都扔出去。有个邻居在自己家偷偷开理发店——因为不纳税，也没有许可证，只为小区里的人服务。我经常放学后去她那里帮忙，喜欢给她打下手。母亲说："女儿啊，你最好待在家里学习。"外祖母却反对道："让她干点儿活，学会做好一件事，总比一直学习好，反正将来都要工作。"剪发、染发、美甲、脱毛，这些我全学会了。我拿家人和朋友练手，有时候——刚开始——会毁了她们的形象，她们可怜兮兮的，却从不吭声。在我看来，母亲期望我能继续读书，学点儿技术，成为家里第一个高学历的人。我却是个笨蛋，十足的笨蛋，我太讨厌学习了，唯一想做的就是赶快上完中学走人，去他妈的，干活去！外祖母叫我"小蚂蚁"，因为我干活的时候永远不知疲倦。虽然我这样说自己，但我非常幸福。我幸福，但是有软肋，那就是男人。我太喜欢男人了，直到现在还喜欢。中学毕业的当天晚上，我就和乐队的一个乐手干了好事儿。第二个月，我开始难受，正值盛夏，酷热难捱，又恶心。我去药店买了验孕纸，把自己关在卫生间，家里只有一个，外祖母在门外喊："好了没有？"砰！"胡安娜，快点儿！"我焦急地等待结果（现在一秒钟就出来了），阳性，这一结果赫然在目。居然是阳性！上学已经不可能了。太多年轻女孩儿因为怀孕被毁了，太多了！

凯蒂——她喜欢凯字，从来不用卡字——是我非常好的朋友，如果我垂头丧气到了美容中心，她会看着我说："一副臭脸地来了。""是啊，"我说，"你以为呢？难道我要永远面带笑容吗？"他们都习惯我的回答了。等到顾客和阿道弗——我们老板——走了，凯蒂为了让我重新振作起来，给我洗头，吹头，詹妮弗泡茶，然后我们一起聊天，吸烟，我把不高兴的事讲给她们听，等到离开的时候，我又变得精神抖擞。状态不好的时候如果没有她们，真不知道我会成什么样。心情好的时候也一样。女人们在一起不会感到孤单，男人之间却彼此互不打扰。

母亲在手工巧克力厂工作了很久，和其他女人一起做手工巧克力。我称呼她为巧克力匠。她生活在巧克力的浓香里，各式各样醉人的巧克力，模子有心形、三叶草形、球形、小房子形、瓶子形。母亲的味道甚至我们的生活都是香甜、绵润、温暖、美好。真是唇齿留香的美食。我喜欢凝固前的巧克力酱，情不自禁想伸出手指，触碰它，如此柔软滑嫩、犹如奶油一般，刺激着你的感官。当然了，我也掌握了这项技能，还传授给苏西，我们都会做巧克力。母亲的朋友们——以前来我们家的时候——喜欢和我们一起吃点心，因为我们家永远有一盘巧克力。母亲退休了，现在身患重病，什么都做不了。我买了可可粉，等有时间的时候做。有个星期天我休假，便从储藏室拿出模具，开始做巧克力。她很开心，一直看着我。有人会说，她工作了那么久，应该一看见巧克力就躲。然而并没有，她依然喜欢，我给她做的时候，她看着我，眼里充满感激。

很多年前，有一次深夜，我突然醒来，看见她床头的灯还亮着。在外祖母的房子里，我和母亲睡一个屋。第二天，我在学校有演出，演的是《灰姑娘》里的仙女教母。有位同学答应借给我演出服，但是在最后一分钟，她告诉我裙子已经借出去了，按她的话说，她没能要回来。我忍着眼泪回到家里，当时有十四五岁，我决定装病，不演了，没有服装怎么演。我气急败坏地睡觉去了。可能是这个原因，我半夜醒来了，睁开眼睛，母亲在床边缝衣服。她一般六点起床，家里收拾好后，七点钟去巧克力厂。深夜，她的腰都弯了，不仅因为缝衣服，也是让生活的重担压的。晚间她的床动都没动，绿色和黄色印花床罩依然平展得一条褶皱都没有，人造板的白色床头柜上，亮着唯一一盏灯，普通的木制灯座，油纸糊的灯罩，灯泡不超过四十瓦。台灯旁边，一个水杯，绿色的玻璃，干净剔透未曾碰过，光线穿过，好像太平洋的海浪被囚禁在玻璃中。至今我还记得床头柜上的所有东西，那个水杯、药和圣母像。她没发现我醒了，我可以看见她，而且不被她发现，她太全神贯注了。裙子上躺着一块蓝色蝉翼般的布料，那是一种纱，据我所知，这块布是外祖母房间的一块帘子。母亲正在锁边，这时我发现帘子变成了一条裙子。我恍然大悟，这正是仙女教母穿的裙子。椅子上，是我夏天穿的天蓝色短袖，上面多了很多亮片，不知从哪儿来的，它在我睡觉的时候，变成了仙女穿的霓裳。母亲食指套着顶针，在微弱而纯洁的灯光下，因为专注而眉头皱起，她为我缝制了一件只属于我的演出服。她聚精会神，完全不在意病痛，这在少年时期深深地烙印在我心中——她不是在病魔中煎熬、自我牺牲的母亲，而是为了女儿不怕麻烦的女性。我第一次发现血管浮上她的手背，突起的筋已变得青紫。母亲的手是什么时候变老的？她的头发，剪得很糟，紧贴着后颈，不好看，也没有任何光泽，白发从缝隙中探出，和暗哑的铜色头发混在一起，那是几个月前染的。一个深夜操劳的身影，不知自己被暗暗观察，没有比这更触动人心的形象。我又闭上双眼，一阵酸楚涌上心头，在母亲庇护下，很久，我才入睡。

两年前的一个傍晚，我七点左右下班，从来没有比这更早过。苏西不在家，她告诉我在同学家学习，准备数学考试。我去市场买猪肘肉，因为路上突然想吃。我把钥匙塞进门锁，想着母亲可能已经烧了水，桌子上摆好了茶杯，希望还有热腾腾的麸皮面包，我们从来不做晚饭，回到家我们就吃十来个面包。我打开门，只见母亲倒在沙发旁边，双目紧闭，嘴巴张着，口水沿着嘴角流出。身旁是织毛衣用的八号针，和一个橄榄绿粗羊毛线团。腿上的血管因疲劳淤积成一个个结，就像李子叶柄顶端的突起。那天，母亲穿着一件衬衣裙，扣子在前，腰间系结，好几颗扣子都开着。裙子是奶油色冰丝制的，点缀着几朵咖啡色和黄色的小花儿。很长时间我做梦都能看到那些花儿，小小的，咖啡色和黄色。

在诊所，他们说是脑溢血，后来医生说是中风，还有的说是脑血栓，反正都是一回事儿。重要的是母亲最后偏瘫了，左半部分身体几乎瘫痪，胳膊和腿都不能动，嘴巴一直歪斜。这就是母亲今天的样子。她几乎不能说话，可能是以前说得太多，说完了，就像茶壶，水一旦冷却，就不能喝了。可恶的疾病！母亲一向最积极勤快，教会我坚持不懈，可如今，她每天坐在沙发上，等着有人来，等着生活给她一些和电视里不一样的故事，因为我每天给她把电视打开，让她不孤单。我多么希望陪在她身边，有充足的时间照顾她，每天给她洗澡、洗头、梳头，跟她说话，给她做饭，让她高兴。但是我不能丢掉工作。母亲的退休金只有一点点儿，在这个国家大家都这样，如果我不挣钱，我们就会饿死。我看着她日渐衰老，有的地方长了毛发，有的地方却越来越少，我要用镊子把她下巴上的毛拔掉。我一直把她收拾得很漂亮，而且很舒适，没有任何多余的修饰让她不舒服。她就像一个洋娃娃，我给她穿袜子，现在不穿裤袜了，太困难了，像灌肠一样，连我都尽可能少穿。母亲生病的第一年，苏西经常照顾她。按照时间,苏西放学回家照顾母亲,我从理发店下班,买东西,打扫卫生。虽然我一直,一直匆匆忙忙,我们两个人把一切都打理得还行。你们都想不到我现在有多忙,很久以前,忙这个词就不够形容我了,现在都找不到一个合适的词。

我有注意力缺失症,他们是这样叫的。现在能诊断也能治疗,过去可不行。据说这和遗传有很大的关系,但是母亲没有,苏西也没有,感谢上帝。就像其他事情一样,我把这个病归咎于那个不知是谁的父亲。母亲怀孕的时候,那个死家伙居然跑了。什么是注意力缺失症?就是注意力分散,又乐于付诸实践。比如有一天上班,我一边等蜡烧热,一边翻阅一本杂志。看到有一个很厉害的人物去世了,文章说他是解说员、歌手、译员、工程师、爵士乐小号手、话剧作家、歌剧作家。"显然,"我说,"这个家伙有注意力缺失症。"我想做的事情有上千件,而且我都有能力做。比如说所有和理发有关的,理发师、美甲师、按摩师、人体反射区按摩师和染发师,我都行。我还能成为优秀的厨师、服装设计师、舞者、瑜伽教练,如果再安排得紧一些,我还可以画画。如果我去做,所有这些我都能做到。但是,我肯定没时间,我一直忙碌生计。如果我出身富裕,我也会有和这个家伙一样的碑文。

我总是有些笨拙,所有细活儿和太女性的活儿,我都干不好,所以我最后只能给别人脱毛,如果做美甲师,我会给人家画到外面(有几次我费尽力气画成功了)。我一生都在克服自己的笨拙,不仅是身体笨拙,还有思维笨拙。我比大多数人动作都快,所以我非常讨厌开会。比方说苏西的家长会,其他人可真让我恼火,动作那么慢。我随生命奔跑,就像走鹃鸟一样,走到哪儿都是为了离开,永不停歇。因为总是丢三落四，我显得很笨拙，连最喜爱的东西都能弄丢，因此，我显得忘恩负义，又狂妄自大。其实并非如此，我一直生活在别人的批评里，外祖母、老师、领导和朋友总是因为我言行不当而指责我。我现在依然这样，但是通过诊断和治疗，好了些。无论我喜不喜欢，我还是我，从未改变。虽然接受治疗，我还是在没完没了地做无用功。我要找手机，看见眼镜，就停下来，一会儿又看到咖啡杯，就要把它拿到厨房，显然，我记不清我为什么停下来，直到我看见了手机。我如果想做好一件事情，眼前必须是一片荒芜的沙漠，我才不会分心。任何东西都能让我分心，噪音、人、脑子里不受控制地冒出各种想法，所以我比大多数人都容易累。我讨厌衣服的商标蹭着皮肤，就把它们都拆掉。从科学角度讲，这是因为我受到的刺激比我能接受的多，他们是这样解释的。因为我永远做不到直线到达港口，所以我疲惫不堪。其实也不全是坏的方面，我比别人更有创造力、想象力，而且一定比别人更独特，因为我总有一些奇怪的联想，所以会产生奇妙的点子。如果你能受得了我，有时候我还很幽默。

据说注意力缺失的人都很聪明。我不是，虽然我有这个症状，但我不是特别聪明。我无法有条不紊地连续讲一件事情，我总是跑题，我想说美容中心，下一分钟我就变了，说说苏西，或者评论对面那个女人的衣服，或者担心自己没交燃气费。我不能集中精力只说一个话题。

我有一个顾客，她叫玛利亚·德尔玛，是我最喜欢的顾客之一，经常来美容中心，住在大概两条街外。这个女人非常有文化、有教养，我就总给她讲我的事情。她也有这个出了名的缺失症，她称它为ADD，美国佬就是这样叫的。她吃利他林，走路快似子弹。她说这叫紧急事情选择无能症。她还说，做女人就意味着注意力缺失。按她所说，女人受到的刺激程度太高，以至于无法按级区分，她很喜欢这个词。所以，婴儿、股票、怕死，这三件事情一样重要、一样紧急（每当我遇到喜欢的家伙，想在他面前装成一个有趣的女人，我都会学玛利亚·德尔玛。我很擅长模仿和使用别人的话，所以我就用她的话来显示自己很聪明）。

这些年，经历了各种事情，总结出来就是，我知道很多，但都是一知半解。

对我来说，时间是不一样的。在普通人眼里，时间就是时间，或者说，它是短暂的。而我觉得它很漫长。我一直觉得自己有很多时间，这种思想影响了我对时间的安排，而且一直这样，虽然每天都意识到不该这样，但就是做不到。

无论怎样，不能说我过得不幸福。我疯狂过，愤怒过，冲动过，我什么都享受过了。如果说，命运安排我受苦受难，那它搞错了，它并没得逞。

父亲的未知，并不让我觉得非常悲惨。他是我们在维尔街的邻居。其实算不上邻居，是邻居的朋友。因为长得英俊，放得开，跳舞也好，母亲就喜欢上他。他从康塞普西翁市来，当时在圣地亚哥度假。外祖父那段时间只顾着足球俱乐部，所以母亲没能去度假。圣地亚哥热不可耐，母亲无所事事，邻居就请她参加给这个外地朋友准备的聚会。据母亲讲，他们俩眉目传情，进展得很顺利，但是当得知母亲怀孕，他就跑回康塞普西翁市去了。他妈的，可恶！很快，政变爆发，他被捕入狱，日后被放出来，他立即离开智利，在委内瑞拉落脚。这些消息是母亲从邻居那儿得知的,估计现在还在那儿。有时候,我看见委内瑞拉人,就猜想会不会是我的兄弟,就算是真的,我也不会睡卧不安,最多好奇一下,更不会去康塞普西翁市找他的家人。我没有父亲,知道这一点就行了,反正那时候有外祖父在我身边。

  有时候,我从理发店里的杂志上学到些没用的东西,比如说,负责愉悦的大脑皮层,名字很难记,当人遇到喜欢的事情时,该区域就被激活。我的皮层会因为性激活。面对性,我就像绽放的花朵。令我困惑的是,为什么男人向有的女人求婚,别的女人就不行?我是个守旧的人,坚持认为女人要端庄,但是这个词现在不仅罕见,而且被认为是错误的。现在二十五岁女孩儿认为愚蠢的事情,在我看来都是端庄的表现。在我看来,追求是男人的事,我一个女人,从不主动追求他们,也不明目张胆地挑逗他们。我等着他们来追求我,但是到后来,我脑子一热,就像脱缰野马。我知道我失去了所谓的端庄,我恨自己,鄙视自己。这就是我和男人的相处之道。最后,几乎所有人都抛弃我。为了性而性,我做不到,如果发生了关系,我会爱上他,至少我认为自己已经坠入情网。真羡慕男人能够做到这一点,一番云雨之后就说再见。我们女人很傻,对他们恋恋不忘,第二天醒来无所期盼的感觉最让我们难受。有时候我会觉得自己被利用了,可男人从来没有这种感觉,就算被利用,他们也不会发现,并且认为利用别人的永远是他们。我前男友是希腊人。他来美容中心理发,但是老板阿道弗正在给他哥们儿剪,虽然理发店规定男的只能给女的剪,詹妮弗也在忙,为了抓紧时间,只好我来给客人洗头发。他对我一见倾心。"他喜欢我的笑容。"我告诉阿道弗,所以头部按摩没算钱。下午,他来给我送鲜花。他不会说西班牙语，会一点儿英语，但是我不会。我们一起去吃饭，他带我去了一家非常漂亮的餐厅。你们会问我们怎么做到的。语言重要吗？打个比方，乌拉圭和荷兰两支球队比赛，互相不懂对方的语言，比赛需要吗？赛场上的用语完美极了，每一球，他们都彼此懂得。我和阿莱克斯就像这样交往。两周后，他返回希腊，浪漫也随之而去，但是他给我的感觉很好。我又变得神采奕奕、心情舒畅。如果没有性，我的状态就不好。一天，我在詹妮弗的姐姐多丽丝面前发牢骚，她比我大一些，她告诉我说："就我而言，我已经把那里关闭了，大小唇上移到背部，现在，我居然有了小翅膀！"

苏西的大多数时间都用于备战最后一学年，高三那一年，她好像头脑不够用，学习非常刻苦，我觉得她脑袋都要学炸了。那一年过得很艰难，母亲病倒了，苏西着魔似的学习也帮不上忙。"我想成为专业人才，妈妈。"当我问她为什么那么用功，她这样回答我。据说，高三的学业非常紧张，我很担心可怜的女儿突然倒下。年底，她取得了好成绩，我们为辛苦的一年好好庆祝了一番。我觉得女儿值得读完最后一学年。我把钱准备好，至今我还记得，把她送到公交总站时那张快乐的小脸。她一周都在城南，回家几天后，她做作业的时候突然哭起来。"怎么了，苏西？"我惊讶地问她。她说她害怕死亡。"死亡，你？宝贝儿，你不会死的。"我一边说，一边把她轻轻地拉到身边。我抱住她，感受她碰到我身体的那一瞬间。晚上，她和我一起睡。第二天，我和往常一样叫她起床。我做早餐，还要单独给母亲准备吃的，我盯着苏西的黑眼圈，问道："你没睡好吗，苏西？""我没睡，妈妈。"我看着她，心里说道："会过去的，就是青春期躁动。"

当天，我下班回家，母亲用那只好手示意我睡在沙发上的苏西。她从来不会傍晚七点睡觉，也很少在客厅睡。我叫醒她，请她给我帮忙做好吃的，这个办法一直都很奏效（她最喜欢吃油炸蜜糕，但是我不喜欢做蜜糖，因为它在锅里融化以后就像脱毛蜡，心里抵触）。我要给她做油炸蜜糕，但是这次她不领情，说她不饿，还想睡觉。我和母亲互相看着，同时预感到苏西有问题。她一直睡到第二天，都不知道我中途把她抱到床上，还把衣服脱了。

闹钟每天早上六点一刻响，一天的生活正式开始。我跳下床，沐浴，七点差一刻把苏西叫醒。等她从卫生间出来，早饭就做好了，有开水和烤面包。为了把所有事情完成，上班不迟到，每一分钟都很关键。那天早上，她轻轻对我说，她不想去上学。"你不舒服吗，孩子？""没有，我没有不舒服，就是不想去了。"她这样回答我，一脸悲伤。"好吧，那你就照顾外祖母。"我担心地走了，那天我一直在想应该带她去看医生。我家附近有一个诊所，医生是我朋友，或许能给我加急。我一直想她上高三的事情。是不是太用功，把她弄垮了？我心里问了无数遍，是不是到现在才出现症状？

美容中心的姑娘们建议我给苏西吃阿普唑仑镇定药，还送给我了一些，可以帮助她镇定情绪。"问题是，她太安静了。"我回答道。但是她们坚持让苏西吃。白天我给苏西打了三次电话，她每次都让我不要担心，说她很好。"糟透了！"我心想，"一个几乎残疾的母亲，一个抑郁的女儿，为什么我没有在家？为什么必须一天都在外面？钻在女人的毛发堆里，来回都是她们的腋窝和腿，要时刻注意蜡，要把它完美地撕扯下来，好的脱毛师就是蜡撕得好，否则毛断了，而根没有拔掉。"晚上，我把镇定药给苏西，只让她吃了很小的量，第二天，她回学校了，但是神情忧伤。到了周末，她不想出门。她有很多朋友，她们经常在一起，听音乐，跳舞，一起疯玩儿。那次她居然待在家里，手机关机，太奇怪了！她们经常电话或短信联系，像小狗一样被手机这根香肠牢牢牵制住，她们靠手机彼此联系，现实生活好像与她们无关，我一直疑惑，她们天天见面，怎么还有那么多话要说。

我的苏西把自己关在家里，一直到今天还是这样。

母亲刚病倒的时候，白天我不得不把她一个人留在家里，一直等到苏西放学回来。后来我分期付款给苏西买了一部手机，给她存了我的手机号和理发店的手机号，把手机放在沙发椅旁边的小桌子上，她白天常坐在那儿。每天早上，我把她的手机打开，屏幕上是我的电话，方便联系，她只要按一下键就可以。我担心突然有一天，家里只剩下苏西她一个人，这也是医生的建议。一年前的一天，我正在给客人脱毛，手机响了，显示的是母亲的号码，我有些恐慌，刚接起就喊："你怎么样，妈妈？"声音很大，好像她耳聋一样，从她含糊不清的话里得知，苏西出了问题。我放下一切，立即就走。从维塔库拉到迈普，当时竟如此漫长，好像一场障碍考验，面前是一座大山，布满岩石、沟渠和裂缝，那段路足够一生才能走完。最后一段，我打了出租。"妈的！"我自言自语，"哪怕活不到月末，我都要先到家。"

苏西出走了，就这件事。母亲困难地给我讲，苏西早上起来很奇怪，好像有点儿生气，以往都是一脸悲伤，我们也渐渐习惯了。她朝着母亲吼了几嗓子，说的什么她没听懂，没准备午饭，没收拾床，什么都没做就走了。四个小时之后，仍没有一点儿消息。

我给她的每个朋友都打了电话，给学校也打了，都不知道苏西在哪儿。我就跑到街上，像疯子一样，组织了一些邻居在小区找人。我记得,当我转过街角的那一瞬间,觉得生命中最重要的就是苏西。我记得,世界不断缩小,直到消失,前一天重要的事情在那一刻都消失不见了。我还记得,我的身体剧痛,每一寸肌肤都被害怕吞噬。我在一条小路上找到她,那里没有车辆,她坐在一栋房子门口的地上,在那儿玩几个小球,像耍杂技的。我轻轻地叫她,担心吓到她,但是她没有回答我。我一点点地靠近,她却避开我,站起身,朝相反的地方走了。最后,我拉住她的胳膊,她猛地挣脱掉,跑了。

我去找警察。

他们把她带回来了。

当晚,她被送进了医院。

我很艰难地让自己接受第一次的诊断结果,重度抑郁症。两个月里,我把伤心的女儿抱在怀里,轻轻地摇,观察她的痛苦,却不能帮她从胸口掏出。我去了学校,和她的老师们说明情况,并请了短假,想办法让她通过那一学年的课。我带着苏西去接受治疗,我在外面等着。在家也看不到健康的她,她对着电视,躺在外祖母身边,不再出去。好几天,我彻夜都在想,到底为什么会得这个病。能问的人,我都问了,找得到的资料,我都看了。女儿的抚养、我这个母亲称不称职、她的基因,这些我都反思两万遍了。最后,终于有人帮我了。玛利亚·德尔玛,就是我之前讲的那个顾客,她的哥哥是心理学家,他免费给苏西做心理辅导,真是一个圣人。每两周一次的治疗,是苏西唯一出门的时候。每次治疗,精神病医生也要给她开一些药。因为在普罗维登西亚治疗,我就把苏西带到理发店,我做脱毛,她就待在旁边的小床上。为了客人的隐私,窗帘都要拉上,我把柠檬马鞭草汤给她做好，再给她一本杂志。理发店的其他女孩儿活不多的时候，就陪陪她。凯蒂逗她笑，詹妮弗抚摸她的头发，连阿道弗都来安慰她。她很安静，不爱动，百依百顺。凯蒂说："你知道吗，胡安妮？苏西太听话了，好像被吸血鬼咬了似的。"有时候，我真想吼她，让她生气，让她叛逆，证明她还活着，但是没有，她依然像小绵羊一样，把自己交给我，因为生命对她来说是多余的。后来她第一次发火，直接被关起来，诊断结果也变了。

躁郁症。

狗娘养的。

这个病分四级。他们还不知道苏西是几级，或者说还没商量好。

把她关起来后，我很不理解为什么他们害怕苏西会自杀。他们好像在和我说另一个人，她来自另一个世界，说另一种语言。"我的苏西要自杀？为什么啊？"

每次警笛声响起，或者救护车开过，我就在想，警笛声一响起，大家都知道有悲剧正在上演，所以就不去听。但是有人正深受折磨，所以要鸣笛，但是大家视而不见。比如说，可能是苏西，或者母亲。我永远不知道是谁在痛苦，既不会上电视，也不会上报纸，但是这警笛声，是为其生命而响。

当我身边的马涅说到躁郁症，那一刻，我浑身的血液都凝滞了，好像她已经知道了我的故事。当下，躁郁症确实常见，以前可能没有这个名词。其实马涅真正要说的是经济问题。我跟你们讲，玛利亚·德尔玛的兄弟给苏西第一次治疗是免费的。后来有了诊断结果，由专家医生接着治疗，一个月一次，由社保付费。但是药费就不可能免费了，药很多，过去的药便宜，但是有副作用。更新更好的药太贵了。我上哪儿弄钱去。我想到了银行贷款，但是他们看到我的工资证明，拒绝了。要知道，阿道弗还帮我多写了点儿呢。后来听说可以抵押迈普的房子来贷款。房子在母亲名下。你们知道我办了多少手续？银行、公证处来回跑，我放弃了多少理发店的活儿？最后，银行终于给我贷款了。每个月要付利息，我需要准备很多钱来还息，如果没有，怎么办？你们不知道我有多感谢外祖父有一套自己的房子，如果没有这套房子，我就没有了苏西，如果买不到合适的药，我就会失去苏西，医生还换了好几次药。如果哪个母亲没有可以抵押的，真不知她该怎么办。

女儿离开学校一年了，放弃了学业。最后一学年没有念完，但她不得不辍学。她要长期接受治疗，现在不再是那个温顺忧伤的小女孩儿，而是对世界充满愤恨。有时候拒绝吃药，认为那些化学药品让她脱离了生活。她不愿意治疗，也没有办法说服她。这段时间，她不愿离开家，也不愿待在街角。她只与外祖母和我来往。因为外祖母生病，她只能靠我了解外面的世界。我，成为她和外界接触的唯一渠道。她会做一些很简单的事情，比如我上班的时候，她会用微波炉热午饭，帮助外祖母吃饭。但是如果家里没有面包了，一个瘫痪，一个麻木，两个无能的人就一起没有面包吃。那画面真美。在迈普，家里一切都由我负责，大事小事我都得操心，我还得花钱。有时候我没耐心了，就想逼她们全听我的，但是人言可畏啊，对不对？好吧，我就不断地跑腿，保证一切平安无事。苏西从来不想去治疗，我就连拖带拽，把她送去。我得去和阿道弗好好谈谈。让我花时间在那儿脱毛，简直比弄到摇滚音乐会门票还难，所以我们不得不谈一谈。我们一起十五年了，关系很好，他知道我很好，我也知道他尽可能多给我发工资，所以我们商量给我临时找一个助手，当然我的钱就要少一些，但是目前，这比丢掉工作好多了。这只是暂时的，我向阿道弗保证。孩子会学着和病痛相处，这是医生告诉我的，她也必须一直接受治疗。

"不，这不能怪她，夫人，"医生坚持说，"这和您，还有您的培养没有任何关系，是遗传的。她天生就有可能患这种病。"他们问我要孩子父亲的家族遗传病史。我不得不给他打电话，他一本正经地来了，把他母亲的各种疯病都坦白了。

我承认给他电话很尴尬。我们很少联系，他从不关心苏西，最多偶尔带她去吃次冰淇淋。他也没有给一点儿抚养费。他说是我当初想要这个孩子，是我的问题。除了这一点，他也不是个坏人。我跟他讲苏西的病，他立即就来了。至少，这是他的责任。

就这样，生活已经面目全非。有人会问，怎么会这样？我也问自己怎么会这样。一切如常，日月交替，冷暖更迭，心脏依然跳动，肾脏坚持运作，肺还能呼吸，腿也能走路。但是，快乐呢？快乐去哪儿了？我已经不记得苏西的笑容。我所有精力都用在照顾苏西和支撑这个家。家里有两个病人，她们是我的母亲和女儿，我没办法叫别人来照顾她们，还得我自己多做一些。她们从哪儿开始，我就跟着她们一直到哪儿结束，我就是她们，我不知道，我已经分不清楚了，好像我们三个已合为一体，我得考虑如何解决这个问题。苏西的手变得软绵绵，手心都是汗，我把手放在她的掌心，看着母亲在椅子上一动不动地坐着，她对疼痛已经麻木了，不像我，她已经无力感受疼痛。母亲是幸福的，每天早晨，她都感觉不到心碎。

我心乱如麻，又很累，累到连动一下都没有力气，有时打招呼这种平常的动作,都会把照顾苏西的力气耗费了。小时候住的社区附近有一个贫民窟,偶尔去聚会的时候穿过那里,一句话解释,就是一群穷人扎堆生活在一起,现在贫民窟不存在了。令我震惊的是,那些女人从木板、纸壳和破布搭的房子下面钻出来,裙子上沾满油污。我怔怔地看着她们,她们看起来极其疲惫,和一个男孩儿说话很吃力,连嘴都张不开。她们节省到这种程度,为了不消耗体力,连说话的力气都要省着。如今这些女人再次浮现在脑海,我似乎也成为她们的一员。

"你在睡觉吗,妈妈?"

"没有,亲爱的。"

"如果我用粉笔在路上画一只猴子,多长时间会消失?它会消失吗?"

"我想会的。"

"怎么消失?"

"比如雨水。"

"如果不下雨呢?"

"路人会踩到它。"

"你不要睡,求你了。"

"明天要上班。"

"那你不要上班了。"

"那你的药怎么买?"

"我不想喝药了,我害怕,妈妈。"

这就是我的黑夜。

我总是傻傻地爱动感情。高雅人士最恨这个，就像玛利亚·德尔玛说，多愁善感太俗气。有时候我辩解几句，她就说："胡安妮，情感和多愁善感是有很大区别的。"可能是我没文化，想想也应该是这个原因，不知道，我讲这个是想让你们知道我是如何自我定位的。每次被虚华的事情感动，我就热泪盈眶，把内心的情感暴露无遗，真是见鬼。只有我是这样，毫无例外。比如，女人们聚在一起唠闲话，聊聊这家母女关系啊，说说那家闺女过得痛苦啊。有时候我就想，你们说的这些只有我才能真正体会。

能把话说出来，而且有人听，这种感觉很好。凯蒂会听我说，但我们总是跑题，从一个话题跳到另一个，最后没有一个话题讲完。以前，我不用整天跑路，客人一走，我们俩就点根烟，沏杯热茶，然后开始聊天，她每说一件事，都被我扯到另一件事，就这样，能被打断二十次。但是现在，我不为此感到内疚。前不久，我认识了娜塔莎，她太严肃了，我有点儿怕她。我也不用付费，拿什么付啊！我是通过医院来到这儿的，苏西的医生希望我能全力做好准备，照顾好女儿。通过心理辅导，我心里更有底了，明白了很多，但还没有任何突破。我只知道，我现在过得很不好，再没别的。当然，表面上我就是这样。我的痛是由外而内的，不像苏西，她是从体内、从骨头里生出的疼痛。可怜的孩子好像想好的每个词都是为了什么都没说，就像猫一样。有一天，我在邻居家的厨房，只有我和她的猫。那个家伙无缘无故受到惊吓，毛都炸起来了，好像后面有魔鬼在追它，把它吓跑了，耳朵贴在后面，像被熨过一样。厨房里没别人，只有猫在窗前看着自己的影子。通过观察这只猫,我惊讶地发现,周围没什么可怕的东西,可它总是吓得乱跑。我恍然大悟,是猫自己吓唬自己。

我的苏西。

医生确定,苏西不会永远都这样。"总有一天她会好转,"佩拉雷斯说,"普天同庆。"如果真是这样,我们都能中彩票了,买一套公寓,有暖气,就像我去过的顾客家里一样,管他多少钱!然后,我想坐飞机,我还从来没坐过,天哪,那玩意儿太神奇了!如果能去最热的地方,那就收拾行李直接去坎昆。我能想象到,苏西和我躺在沙滩椅上,手里拿着彩色鸡尾酒,太阳把皮肤晒成了古铜色,旁边还有一个当地小伙儿,但愿夜晚能给我带来欢笑。(母亲?我把母亲放在哪儿?)我一直梦想有一双绿色的眼睛,两条修长的腿,这是彩票给不了的,如果美梦成真,我的人生肯定会大不一样。继续幻想,胡安妮,彩票不会被取消,每周都要准时买。然后偿还银行贷款,收回被抵押的房子,把全世界的药都买了。我要给自己买漂亮衣服,买顾客穿的那种高档衣服,很少有合成纤维,主要是棉或者丝绸,不知道她们怎么看,但是这些布料的垂感就是不一样,很轻柔,好像没有重量。还要买很多高跟鞋,牛皮的、漆皮的、鳄鱼皮的,我太喜欢了,走起路来气质挺拔,就好像把生命掌握在手的感觉,坚定又性感,这都是我想成为的样子。再买一辆车,去驾校学车,生活即将改变。晚上我可以接更多脱毛的活儿,来回就没那么担心家里出状况,瞧我多么充分利用时间。虽然有车的顾客总是咒骂圣地亚哥的交通状况,她们已经忍无可忍,还说停车点的激增太恐怖了。当然了,她们害怕,是因为像我这样的俗人抓住汽车就不放手了,所以马路被塞得满满的。这些外乡人发起牢骚来很好笑,她们抱怨这,抱怨那,什么都抱怨。

我身边有两个女人,她们让我想到自己,我在她们之间摇摆不定,一会儿朝这边儿,一会儿朝那边儿,因为我能在她们身上发现自己的影子,也想向她们学习。其中一个叫罗德丝,秘鲁移民,在理发店当清洁工。另一个就是之前提到的顾客,玛利亚·德尔玛。她们两人相距一个沙漠,不,沙漠都太小了,应该是一片海洋。一个贫穷,一个富有,一个是深色皮肤,一个是金发,有一点很重要,在这片大陆,对女性的认识是非常阶级主义和种族主义的。

我们从罗德丝讲起。有一天,我问她的生日,她说不知道。"你童年怎么过的,姑娘?"我问道。他们兄弟姐妹一共十个,出生在高原山区。父亲是搬运工,一辈子靠着嚼古柯叶保持体力。母亲抚养孩子,照顾一片小菜园,张罗一家人的饮食起居。最近的镇子步行需要一个小时,去医院要走三个小时,罗德丝的兄弟姐妹相继夭折,他们的生命像苍蝇一样微不足道。她不能上学,因为要在家里帮忙。男孩子可以学习,女孩子就没那个机会了,大家都知道,她是不可缺少的劳动力(当然也是免费的)。就这样,一家人半饥半饱地生活。从三岁起,她就做面包,炖玉米,洗衣服。自然谁都不会教她读书写字。父亲经常打她,每次醉酒回来,都是一顿毒打。估计那个变态也虐待过她,只是她没说。十二岁开始,她的哥哥们对她动手动脚,她说当时他们正值青春期。十五岁的一天,她下定决心,要么跳河,要么逃跑。有一次过节,是个宗教节日,一家人去了一个比他们那儿的小破村更远的地方,到那儿之后,她跑了,轻而易举。那么多孩子,直到很晚家人才发现她不见了。她上了一辆卡车,用她唯一拥有的东西——身体——换得司机带她去利马,就是这样直接。司机那家伙也不傻,立即就答应了。罗德丝很平安轻松地到了首都,没有一丝挂念,也不觉得良心不安。她从不回头。刚开始很艰难,那可真是苦不堪言呀!她在一家餐馆打工,那里是最贫穷的区域,整整一年,她洗碗擦地,餐馆给她饭吃,给她住宿,但是不付工钱。住宿,其实是扔在储藏室的一块草垫子,周围堆积着玉米和土豆。绝望中,她想在一家很小的妓院挣点儿钱,但是妓院嫌她年纪太小,又营养不良,惹了政府可划不来,就把她拒之门外。她只好从餐馆带客人到储藏室,这是唯一能够得到现金的办法。她这样干了很久。她一点儿也不傻,知道不识字哪儿都去不了,就开始学习。餐馆每天的饭菜就是她的学习资料。从音节开始,可怜的罗德丝付出很多努力才终于学会。我们不说她现在学富五车,但是文字已经掌握得很好。她另一个愿望就是修牙。就像我,觉得绿眼睛能让我大变身,罗德丝认为一口漂亮的牙齿能改变她的人生。她在智利实现了,现在牙齿成为她的骄傲,每个月坚持去给牙齿做美容。为了不把自己搅乱,我们还是继续说利马的餐馆。天天看着厨师做饭,她基本全学会了,现在能做出最棒的辣子鱼片和辣椒鸡,可能谁都没吃过这些菜。有一天,有个客人喜欢上她,想让她一起去塔克纳,然后试着穿越边境到智利。他说在智利也有洗盘子擦地的活儿,而且工钱很多。我们这儿可比不上美国啊!那么想到智利来,可想而知其他地方,比如玻利维亚、秘鲁和厄瓜多尔有多贫穷。

罗德丝是非法移民,和三个同胞一起住在市中心的一间小屋里,都是些年轻姑娘。屋子不超过九平米,每月房租是八万比索,有公用卫生间,可以在房间里做饭。她们不能用电,很多那样的楼以前发生过火灾。怎么样？她完全生活在猪圈里，可是她自己说从来没住过那么好的地方。她觉得自由，周末晚上和秘鲁同胞在武器广场旁边的教堂街聚会，还谈了男朋友。阿道弗要求她尽早把移民手续办好，否则就让她走人。如果我屋里还有一间房，我就把她收留了。她很可爱，手脚麻利，一直埋头干活，从不抱怨。因为没有办移民手续，她只能做那些活儿，如果是合法移民，她可以去当厨子。我经常听到顾客一来，就绝望地抱怨自己失业了。（这在她们的生活里已经是悲剧了。）也总听到别人回答说："把自己当成秘鲁人，她们太强大了。"我会想到罗德丝，但是如果她不变成合法移民，只能一直扫地，挣那么一点点钱。不知道她出生的时候，是什么天使一直跟着她，应该是悲惨和贫穷的天使。

我为什么讲别人的故事？你们觉得我应该讲自己的故事，但是，有时候我觉得，一个女人的故事永远是其他女人故事里的一部分。

玛利亚·德尔玛就要五十岁了，差不多是老人了，虽然她吸烟，也不锻炼，看起来却很年轻。她一出生就是美丽的，而且充满祝福，完全是罗德丝的另一个极端。父亲投身政治，拿着公务员工资。在民主体制下，一路升为外交大使。母亲是历史学家、第一批上大学的女性，直到今天，她每天都把一半的时间用于读书。有时候她也来理发店，我喜欢见到她，大概有八十岁高龄，看起来很幸福，苍白的头发垂在肩上，她的发型和同龄人都不一样，脸被太阳晒得有点儿红。她居然也吸烟！她一半时间在乡下，一半在圣地亚哥，离女儿很近，就在维塔库拉，她有一套非常漂亮的公寓。（如果我有这样一位母亲，我会是什么样？脱毛师不可能，估计是一名著名画家。）玛利亚·德尔玛的父母热衷于旅行，以前经常带着子女出游。学校上的课都一样，母亲就找老师说："我要带玛利亚·德尔玛去罗马，在那儿学得更多，不要给她算旷课。"老师们也不敢说什么，她们就走了。

她还记得很小的时候牵着母亲的手，走在全世界最美的博物馆里，听母亲说："这些历史事件、画家、建筑大师的名字都不重要，重要的是，我希望你的眼睛能习惯这种美。"她的确养成了习惯。审美是玛利亚·德尔玛最重要的事情。她学的好像是艺术史，现在在大学教书，给报社撰稿，她说那叫评论文，出过几本书，非常复杂，根本读不懂，她说都是关于利他林的书。我问她干这个挣钱吗，她说挣得不多，但是父亲留下的遗产能有些租金，就足够了。

（租金，她太幸运了。我身边没人有租金，就是说手指都不动，钱就来了。印象中只有在其他世界，或者神话故事里才可能发生。）

1973 年，军人掌握了国家政权，正好是我出生的那一年，玛利亚·德尔玛还是个小孩子，她的父亲被迫离开祖国，当时他是人民团结阵线的议员或者参议员。她记得那几天就像黑云压顶，一切陷入黑暗，近乎窒息，父母都不上班了，身边的人都压低嗓音，一些奇怪的人从她家进进出出，她从来没见过那些人，但是看起来他们对她父母比对自己家人还亲近。一天，她突然得知要离开那里。她一边哭，一边收拾行李，想念朋友、学校，和一切熟悉的事物。她不想离开祖国。到了华盛顿，就是她所说的"帝国的首都"，很快，他们开始了完全不同的生活，不同的人、语言、饮食和气候。她开始反抗，拒绝学英语。当然，她没坚持多久，渐渐地，她想和同学，还有邻居家一个很帅的男孩儿交朋友。她在最好的中小学和大学念书，如今，她非常感谢人生的那段经历。

每次她去华盛顿，回来都给我讲她的所见所闻，还有那些玻璃橱窗里陈列的东西。她寄宿的朋友家，我就像去过一样，位于国会大厦后面，是一幢狭长的四层官邸。她不停地讲奥巴马，奥巴马的一切她都"了如指掌"，她觉得奥巴马与自己密切相关。她讲那座城市的好与坏，我会问她一些细节，然后特别羡慕华盛顿大片的绿地，对迈普的绿地一脸嫌弃。最后她竟然送我一本书，上面有各种精美的图片，都是古迹、公园和河流。如果有一天我去那儿，很多都不会陌生。

她爱上了一个英国科学家，也在华盛顿学习，后来嫁给他。他们在伦敦生活了四年，玛利亚·德尔玛顺便念了硕士，然而婚姻也到此为止。那时候她还年轻，自由独立，便决定回智利。她说服自己唯一的亲哥哥——给苏西问诊的心理学家——跟她一起回智利。据她所说，他们在这里定居，希望参与推翻军政府，建设新民主。她又恋爱了，这次是智利人，她再次结婚。为了让故事简短，她讲了第三段婚姻，她讲得那么自然，好像结过三次婚是世间最正常的事情。她说，每一次分手都很害怕，备受折磨。同样，她认为人必须要铤而走险。"没有风险的话，哪儿都去不了，胡安妮。"她常常这样讲。她有两个孩子，是后两个智利丈夫的，孩子和丈夫都很敬重她。当然了，两个孩子非常优秀、勤奋，又长得漂亮，谁都没有遗传注意力缺失症。

她喜欢讲自己的不幸，把自己的故事讲得像悲剧，可是她过得那么好，无论怎么看，她的生活都让人羡慕，或许是为了让大家原谅她的幸运。为了掩盖天赋，她夸大自己的缺点。比如她来理发店的时候，有一根手指缠着绷带，她说："我简直太笨了，连昨天晚上做饭都能把自己切着。只要进厨房，不是切着自己，就是烫着自己。"其实我知道她厨艺精湛，给我传授过很多很棒的食谱。再比如，她匆忙进来吹头发,说道:"糟糕!我把手机落在家了。脑子这么不好使,真是什么都做不好。"我知道她是非常有条理的人,恰好因为注意力缺失症,总是无休止地想把事情做好。"我太讨厌了,太讨厌了。"她看着镜子说道。镜子里我唯一能看到的面庞是一个明艳动人的女子,浓厚的金发,修长的双腿。我给她脱毛,在帮她脱靴子的时候,那皮子摸起来就像柔软细腻的天鹅绒。我心想,她希望别人原谅她,原谅她这么聪明、优秀,有人爱,还那么有钱,所以她说自己很讨厌。我不仅不嫉妒她,还很喜欢她。她很大方,知道自己得天独厚,希望和别人分享,虽然不太知道该怎么做。她的周围有一种难以捉摸的感觉,好像一层天蓝色的轻纱将她笼罩,保护着她,一旦遇到不好的事物,她都不理会,也不参与。

你们会说,我怎么敢把自己比作她。我们都有幸福快乐的本事。一段经历,有的人享受,而有的人受尽折磨。如果母亲受过教育,我也能成为玛利亚·德尔玛那样的人。(曾经被迫跟着苏西学习贝尔纳多·奥希金斯[1]的一篇讲话,记得他说,只有文明和教化才能让人社会化,变得高雅,有德行。文明?教化?去他的!)贫穷是相对的,和玛利亚·德尔玛比,我是可怜的,和罗德丝比,我就是富翁。她们俩,我都沾点儿边。

还有弗拉科,把他讲完我就结束了。弗拉科唯一不足的是头皮屑和已婚。十一年前,甚至更久以前,某个月的18号,我去奥希金

---

[1] 贝尔纳多·奥希金斯(Bernardo O'Higgins Riquelme,1778年8月20日—1842年10月24日),智利民族独立运动领袖,独立后第一任最高执政长官(1817年—1823年)。被誉为智利的"解放者"。

斯公园的一个小餐馆,就在我家对面,有很多我喜欢的东西,奎卡舞、炸饺子、点心和红酒。我跳舞很棒,当时发现人群中有一个小伙儿看了我很久,他还算高,身体像被铁丝网裹住一样,干瘦,线条分明,四肢动起来像拧螺丝,眼睛漆黑如他的发卷。我喜欢他,而且是一见钟情。我身穿一条合身的黑色短裙,一件黄色短袖衫,鞋也是黄色的。他向我走来,对我说:"我想和这只快乐的小蜜蜂跳舞。"之后,他请我喝皮斯可乐。很快就凌晨两点了,我还在和他跳舞,和我一起的人都在另一边。当时整个世界一片空白,不知道发生了什么,或许发生了星星连成一条线这种不可能的事,反正我跟他走了。他的性能力是上天最好的馈赠。问题是,在初试云雨后,我才知道这个家伙有老婆了,是他第二天早上告诉我的,已经晚了。我犯了一个巨大的错误。回家的时候想,最好不要再见到他,我不喜欢已婚男人,从不和他们纠缠。但是,弗拉科是个与众不同的男人。

弗拉科虽然喜欢参加聚会,但是生活中,他非常认真努力。刚开始他开别人的出租车,慢慢地,他用积蓄和借来的钱买了一辆自己的车。他继续开别人的车,把挣来的钱一点点存起来,然后再买一辆车。到了三十四岁,都快有一个车队了,到现在已经把钱都还清了。他向上爬得辛苦,至今都记得自己走过的每一步。他很自豪,自己摇身一变成了小企业家。直到今天,他一直开着自己的出租车,不待在家里看自己挣了多少,也不叫别人给他干。或许这一点可以看出他对婚姻那么忠诚,多半是因为难为情。他让一个远房亲戚的女儿怀孕了,整个家庭——很大,又爱管闲事——都围攻他,强迫他结婚,现在有四个孩子。是谁说的,魁梧的男人,其实是自以为"洛奇"而依赖家庭的壮汉。

18号的一周后,他开着出租车从美容中心路过。我自己都没听到我说过在哪儿工作。他约我去麦当劳,点了一份汉堡加薯条。然后送我回家,他很礼貌,那个晚上的事他只字未提。而我一直在颤抖,是内心的暗自颤抖,还是一样很傻。

男人是我一直喜欢的话题,我曾经想象过一个男人的样子:他觉得世界以他为始终,他是世界的中心,去他的,天下男人都是这样!

你们不要以为弗拉科不是。

他开始追求我。一点一点地,非常有分寸。他就像夏天的苍蝇,又大又重,在我的唇与舌之间跳跃,就算我想喘口气,他都不走。最后,我欲罢不能。然后像个小傻瓜一样爱上了他。周末看不见他,就让我很痛苦。我想给他讲我的家、母亲和女儿、我看的电视节目"巨人周末",还有散步和购物。他想着另一女人,虽然恨她,却觉得对不起她。弗拉科爱我,他竟然爱的是我。三个月后,我告诉他,我不想再看见他,因为他已婚,我未婚,这让我很煎熬,觉得很不公平。我们有十天没见面,我们分手过二十次,那是第一次。我怎么能跟你们讲我们十天后又见面了,我们又不是饿狗。他停放出租车的车库里有一间小屋,被我们筑成了爱巢,我甚至给他缝新窗帘,买漂亮的床单。一年后,我给他下了最后通牒,要么和他妻子离婚,要么我们结束。"你总是要这要那,胡安妮。"他这样说我。我们相互远离了大概两个月,结果他妈的他居然不敢和他老婆分手,而我又回到他身边。

这是个很严重的错误。你们知道我们这样持续了多久?十年!整整十年!孩子们长大,他父亲去世,孩子们毕业。我为他而斗争,没有做作,没有羞耻,我比他的妻子更需要他,更爱他,一直如此。但是他都没胆量离开她,还宣称男人不再顺从和屈服。他的妻子还怀了他的孩子，怀孕的时候我们都在一起五年了。太过分了。我确实失去了耐心，每个生理周期我像个傻瓜一样小心翼翼，她却怀孕了，而我都不能有一个他的孩子。瞧这见不得人的生活。那一次我真的放弃他了。我说谎了，我只是抛弃他一段时间而已，不过是时间最长、最痛苦的一次。"我能怎么做？"我用一张无辜的脸问弗拉科。"让她去做人流。"我愤怒地对他喊道，那一刻我已不再是我。我给他一周时间做决定。约定的日子鸣铃而来，我去迎接他。我用唱歌般的嗓音向他打招呼，但是有根小提琴或者吉他的弦走音了。当然，你们能想象结果怎么样。当时我真的有点儿绝望。

胆小的弗拉科，真他妈不是男人！至于我，就像一个顾客说的，凄凉啊，凄凉。

我们分开了一年。这让他有时间毫无愧疚地看着儿子出生。我们和好的时候，我已经变了。我明白了，他不会倾向任何一边，我们不会有未来，他永远不会抛弃孩子的母亲。但是我们在一起依然很幸福，谁让我们相爱，而且合得来。我继续和他一起看球赛，边喝酒边看，看到丙级赛，我都醉了，弗拉科太迷足球了。看起来一切未曾改变，而我，已经不是电影的主角。

关于"致第三者"的文章，我在理发店的杂志上看了太多！就算我自己也不想，但我确实是第三者。差不多第三年开始，有几个晚上我在自己的房间睡，苏西去母亲的屋里睡。我一直不知道弗拉科用什么借口来敷衍妻子。我觉得是出租车，没有问过。同样，我一直告诉苏西："等你长大了，千万别跟已婚男人来往，苏西，不要做这种蠢事。""好，妈妈。"她回答得很自然，就像我建议她晚上不要喝咖啡，要不然睡不着觉一样。

我没什么后悔的。但是姐妹们，我就像一支优秀的足球队，失败让我付出惨重代价。时至今日，弗拉科一直为我难过。他知道如果不改变他的婚姻状况，他就不能踏进我家。也许有一天他会去做，也许到时候他已经找不到我了。明天我就可以认识别人，就像认识那个希腊人一样。当然，因为这段时间过得很艰辛，胸口就像扎了针，我没有心情去认识别人。

其实，什么弗拉科，什么这个那个，我脑袋里想的都是别的事情。医生说，苏西现在情绪波动大，睡眠不稳定，在没有刺激的情况下情绪高涨，暴躁易怒，焦虑不安。他们说的这些，我都要学会。我的生活就是围绕这些。

几天前，一个顾客跟我讲，北极有一个小岛，一直向北，在很北很北的地方，岛上有一个部落。令人震惊的是，每年5月10日左右小岛进入极昼时期，一直到8月底才进入极夜时期。我一直在想，天亮后，三个月才能天黑。当然，你们会问我什么才是一天。我觉得光线就是我的梦魇。什么时候才能把恶魔赶走，不要再围着我家转，它们都睡觉去？那儿时时刻刻都有光，世界一片白色，什么都是亮的，没有阴影。太阳一直在那里。任何事都在光天化日之下。这样的白天持久、炽热、让人精疲力竭。那里的居民该多想念夜晚，可以在黑暗中休息。如果光线毫不留情地直射着我，我会觉得自己无依无靠，任它斥责和欺凌。

讨厌的白昼。

黑夜就要来了，就要来了。

# 西蒙娜

每个人都有烦恼。我的烦恼是，实在受不了女人不惜一切地抓住男人，将他们拴在自己的身旁。男人不过是一个象征性物体，相信我，没了他们一样可以活下去。人们最初用象征代表一种事物，并且能够保持它的暗示和隐喻，我很赞同这个解释。但我不想与她们为伍。为了不沦落孤独，女人真是倾尽一生，我一点儿都不想看到这样的画面。谁说没有伴侣是一种悲剧？

我先自我介绍一下。我叫西蒙娜，名字源于圣西蒙，因为母亲是他虔诚的信徒，所以她读了《第二性》没有任何感悟。我六十一岁，毕业于天主教大学社会学专业，左派，为了男女平等，为了让女人可以有个性，走自己的路，我奋斗了大半辈子。我曾参与全国首批讨论、分析、撰写和出版有关该论题的活动组织。可以说，智利妇女解放运动就是从那个时候开始，不过有些历史学家并不同意我的说法。虽然之前的女性运动慢慢建立了明确的目标，但我们才是最早正视和研究女性主义理论的。我们刚开始引入"女性主义"这个词的时候，人们认为我们是一群铁石心肠的女人。它变成一个可怕的词语，代表邪恶、暴殄天物、迂腐、陈旧。其实这个词的意思很简单，也很单纯，就是争取更人性化的生活，让每一个女人和男人享有同样的空间和权利。简单地说，就是打破千年模式，改变权力法则……多么艰巨的任务！过去我们一直没能一手拿着胸罩，一手拿着剪刀上街游行，我们太缄默了，不敢大声疾呼，因为这场欢乐盛宴于我们来得太晚——当时我们国家非常贫穷，世界尚未全球化，我们向美国和欧洲女性学习，她们已经在女权斗争中迈进了很多步。我们读贝蒂·弗莱顿的作品，当时《女性的奥秘》在其他各大洲已经被反复讨论和强调了上千遍。我们来晚了，结果又进入独裁时期。我就不必解释在军事独裁环境里，大男子主义该是什么样子。现在看见一位年轻父亲怀里抱着小宝宝，上班时间在公园里给孩子喂食，我笑了，我想悄悄问他的妻子："你这么幸运，那你告诉我，为什么你去开会，丈夫在那儿照顾孩子？因为在你之前，每个女人都做了斗争，你的母亲在某一年的3月8号被独裁政府的警察毒打，你的外祖母支持妇女参政，支持美国工厂女工抗议站着工作，还有西蒙娜·德·波伏娃、多丽丝·莱辛、玛丽莲·弗兰奇等，总之，成千上万的女性都做了斗争。"

英语是我经常用来思考和工作的语言，"历史"这个词分个人和集体：小的叫"故事"，大的用"历史"。"故事"翻译成西班牙语也可叫 cuento。

我的故事是这样的。

我出身于大家庭，生活富裕、幸福欢乐。狄更斯作品里的人物会很羡慕我的童年。现在有的小孩儿很幸福，非常幸福，我小时候也是。幸福的童年让我成为一个相信世界和相信自我的人。我一直觉得——不用感觉——我们是世界的主人,至少是国家的主人。前几代人投身共和国的建设,后辈也代代传承了这种精神。我们那时候对公共事业十分热诚。很小的时候,我就听大家谈政治,有一次,一场政治运动要开始或者结束的时候,我还陪母亲去参加。餐桌上吃饭的时候,人们讨论的永远是政治,而且能各抒己见。我从小耳濡目染,所以变得好奇心强、消息灵通。我们家都是这样,前提是不涉及宗教。宗教让人失去理性和逻辑,尽说些蠢话。我当然也在一所天主教学校念书——是美国的,从那时起培养了说英语的习惯。在那儿念书的十二年里,我每天早晨都坐电车,它的速度,和它那两根电缆,我甚是喜欢,那是我们那一代人童年里一道美好的风景。在学校,我们就像"修女",所有女孩儿都是。除了祷告、做弥撒,还要举行一切宗教活动,比如圣母月、四旬斋,等等。我们经常斋戒,几乎每天都要领圣餐。这些事让我变得愚笨,绝对的。那些无用的道德要求,让人时刻都活在疑虑中。我们愿意当修女,来供奉饥饿又苛刻的上帝。我对《圣经》很感兴趣,觉得耶和华不是什么好人,上帝怎么能惩罚人,还特别自私自利?《新约全书》里,耶稣不像他父亲那么令人生畏,他能安抚心灵,你看他多么完美。

那时候,生活处处是规矩,我们只能活在唯一的世界里。那时候世界很美好。没有什么能遮住我的双眼,记忆中阳光永远是明媚的,按部就班的生活是多么温暖和亲切,曾经的大厨房是多么坚固,可爱的保姆会给我们讲故事(还给我们喂食),还有父亲的声音,多么有安全感,这些都历历在目,难以忘怀。然而我对真实的世界竟一无所知。(有件事我很困惑,女儿们什么都知道,她们是不是更幸福?)那个时候我从来不知道哪位与我同龄的人在公立学校上学,不是我没有上学的朋友，而是几乎没听说过公立教育。因为我们是女性，所以一切消息和事情都和性别有关。令人惊讶的是，在同一座城市，就在我身边，近在咫尺的地方，居然有其他世界，这些世界与我的世界共存，我们在同一片天空下呼吸，我竟然一无所知，更别说见过。

在外面，人与人之间彼此非常尊重，就像每位父亲都会告诉自己的儿子："别忘了，你不仅仅属于自己。"着装和言谈最能说明这一点。我们必须时刻注意着装。女人一般不穿裤子，而是一种挂在短裤上——用一种带子，毫无性感可言——的透明长袜，后来才出现连裤袜，真是方便多了。成年后，我再没穿过那种透视长袜，人们把它视为不雅又死板的东西。十五岁的花季少女，我们一个个穿得像老太太，尽是些丝绸或山东绸的连衣裙、百褶裙、粗呢套装、高跟鞋、舞鞋，头发要梳得一丝不苟。我现在看女儿去参加聚会，身上就两块布，头发也不梳，心里就在想，为什么我生错了年代？（我现在根本搞不明白什么时候穿睡裙，什么时候穿连衣裙，两个看起来差不多啊。）大学二年级的时候，我有了第一条牛仔裤。当时的智利很穷，我不想再讲第二遍，连富人都过得很朴素。

然后是言谈，好坏都有，有的人嘴巴说个不停，有的人口无遮拦，有的话是阿谀奉承，能把你捧到天上，有的话让你产生共鸣，还有的话暴露了你的本性。

和其他方面一样，那时候讲话都是一板一眼，死板得不得了。回头想想，过去我们的词汇太贫乏了。有太多的词汇容易引起误解，都不使用了，所以有些东西叫不上名字。比如，ambo（上下不同色的男套装）这个词，被归为不可言明的一类。而在此之前，你想说上下不同色的男套装，搭配得又很和谐，是没有词可以用的。我还记得第一次听到我的一个男朋友用这个词,当时我已经离开家很多年,没有了出身背景带来的偏见,但我还是愣住了。我正和他下床,心想:"ambos(两人)不是用在很亲密的人之间吗?"(我很客气地请他不要再说这个词,他就好好给我上了一课,说我的社会圈子用词太狭隘,没文化,吧啦吧啦说了一大堆,还来了句,一点儿幽默感都没有!)

那时候不讲粗话。偶尔听到哥哥弟弟们打架的时候说一两句,但绝不会在父母面前说。学校里也不说,更何况是女子学校,说那种话是不可想象的。连父母都绝不会在我们面前说不恰当的话,家里其他人也不会。我没见过那种怪女人,她们说话随心所欲,一生气就骂街,但是现在人人都见过。我上大学后,听到有人说粗话,为了掩饰内心的恐惧,我只好不停地咽口水,把舌头咬得生疼。有个女同学用"鸟嘴"指代男性生殖器官,我听到都快昏过去了。更想不到有一天这个词会成为我的口头禅。(嘴脸,鸟知道是哪天,关我鸟事,等等。用起来感觉很棒,意思太贴切了!)我讲一件趣事来结束这个话题。有一天,我和母亲去购物,在普罗维登西亚街上,她开着沃尔沃皮卡。当时我上社会学三年级,大概二十岁。突然一辆出租车跟我们追尾,听到铁皮的撞击声,我吓坏了,母亲一脚踩下去,我身体向前一冲,脑门子撞到了储物箱,这时——那段时间,我一直分裂成两种状态,一个在家,一个在学校——我大喊一声:"傻x!"你们绝对想不到,母亲没有先下去和出租车司机理论,看看撞得严不严重,而是身子倾过来,把我这边的门打开,声色俱厉地说:"下去。"

那个年代,一切和性还有身体需求有关的词都没有,更没有各种生殖器官的词。

大家太纯洁了。

好，我们回到开头。小时候我很幸福，长大一点儿后，我也过得非常好，学习非常用功，但是也有时间参加聚会，和朋友玩儿，谈恋爱。我生得漂亮，胆儿又大，只挑喜欢的男孩儿交往，而且朝三暮四。

那时候，我们的社交活动主要在家里，舞厅只能去父母同意的，比如"女巫"——就在拉雷纳区，前不久刚拆，对我们这一代人来说，真的太遗憾了。还有"洛古洛"，在城北靠近山脉的地方。重要的是，男人邀请你，你才可以去，没人邀请你，一个女人是绝对不能去的，否则她就会像赤裸裸地迷失在武器广场，实在太尴尬了。有的女人没男人缘，得不到邀请，所以没去过这些地方。男人作为彬彬有礼的绅士，要负责买单，我们女人连要掏钱的玩笑话都不会说。私人聚会一般在朋友家里举办，你要等男人邀请你跳舞，有男人缘的女人甚至要给他们排号，和约舞卡一样。我还记得我排到十号的时候，内心无比骄傲。曾经有个家伙很可怜，在边上一首接一首数着等我，一直等到第十首才能和我跳舞，多可怕！至于那些丑女人，就只能晾在一边儿，"晾"这个词，是指没人邀请跳舞而坐了冷板凳。

性完全不重要，女性在社会生活中，贞洁是最重要的。跳舞也是有规矩的，男女之间要保持多少厘米的距离，不可以贴面，大家把贴面叫"不要脸"，只有好色之徒和水性杨花的女人会这样做，水性杨花指的就是坏了规矩的女人。对女人来说，水性杨花是最严重的罪责，没人会娶这种女人。谈情说爱的时候大家也只是先拉拉手，过一会儿才亲一下。我在想，欲火焚身了怎么办？好吧，过去根本没有这个概念。再长大一点儿，中学毕业前，接吻会更有激情一些，但是必须抓住对方的手，防止他有企图。不知从哪里听说的，男人有办法达到目的，但只跟和我们不一样的女人。这是可以接受的，他们有权利发泄呢！过去，我们也不能问谁有没有贞洁，所有女人，不只是你，都是纯洁的，谁都没想过在成家之前身子是残缺的。贞洁太重要了，为了守住它，全身的肌肉和神经都绷紧了。

现在我们继续来说言谈方面。它像不像裹尸布，或者是把病人固定在床的约束衣？把我们紧紧捆住，嘴巴也塞住，连话都不能讲！这么多年过去了，直到现在，我依然受制于自己的偏见。谁敢说一个女人摆脱了从小接受的教育？如果没有自我解放，没有反抗，她永远不可能获得彻底的独立。

刚上大学的那会儿，生活发生了翻天覆地的变化。我发现人并非千篇一律，这个国家竟然有一些与众不同的人，太不可思议了！抱着对世界略懂一二的希望，我选学了社会学，结果越学越迷茫。当时是60年代末，即弗雷·蒙塔瓦执政末期，也是智利，乃至全世界的两极分化时期，在那种环境下，人们很难再支持右派。一切积极向上的事情都来自左派，比如革命的神父、切·格瓦拉、柯恩·本迪特、米格尔·安赫尔·索拉尔，以及天主教大学获得自治权这件事（智利大学的人总是小瞧我们，直到现在才承认天主教大学的学生是在他们之前获得自治权）。当时我还不理解，为什么一切和艺术有关的都和右派对着干。作家、诗人、音乐家、演员、画家、电影制片人都站在左派一边。连性自由好像也属于左派思想。总之，一切有意义、有价值的事物都是反派的。

困惑接二连三地产生,又被我各个击破,新思想代替旧思想,有如排山倒海之势。其中,信仰最不受待见,直接被我扔了。就像美国作家约翰·厄普代克说的:"圣灵……究竟是谁?不过是一群鸽子罢了。"

我不再相信宗教,改走政治路线,并加入了左派。

我的故事很普通。一个叛逆的女孩儿,放弃自己优越的阶级生活去搞革命。我简直活成了教科书!四十年后的我,眼睁睁看着自己一辈子按部就班地活着,只是旧瓶换新水而已。

没必要的我就不再多讲,从我的专业角度总结我们那一批女性就是,我们经历了从信仰到责任的过程。很难,但我想我们做得很成功。感谢上帝,锦瑟华年的时候,我们没有故步自封。那是一段历练,风吹雨打之后,我们终于破茧成蝶。

我爱上了我们专业一位比我高几届的学长,他是我们年级的助教,叫胡安·何塞,是我的初恋。我拖延了很久才和他确定关系,毕竟摆脱了以前受约束的生活,和很多男人混在一起的暧昧滋味儿真是太好了。通过大街小巷中的交际和街头涂鸦,我发现,原来性是美好的,我不想错过。如果我中学毕业就结婚——和某个未来企业家或政治家,这对我很合适,然后和他过一辈子,我的很多中学同学都是这样——实际上是几乎全部,那么,严格地讲,这一生我就只了解一个男人的身体。

我们的决定是被逼无奈。胡安·何塞,我叫他胡安何,获得了杜克大学硕士奖学金,在美国北卡罗莱那州。我们不得不结婚。"你别异想天开,西蒙娜,美国佬可是相当麻烦的,弄不好会给你拒签。"我无力反驳,只得接受婚姻。

那段时光过得很惬意。我太感谢避孕药这玩意儿了。胡安何的奖学金不多,还要维持两个人的生活,所以绝对不能在那个时候怀孕。有的女人不会享受这种学习机会和逍遥自在的生活,要求丈夫给她一个孩子,填补内心的空虚,解决后顾之忧,然而,她们从来没有考虑过,丈夫要学习,需要集中精力。我很在乎胡安何付出的一切努力,也从不浪费自己的时间。我在英语学院选修了几门课,对我来说,这真是上天的馈赠,只不过后来发现我太痛恨语言学和语音学,倒是对阅读情有独钟。我很享受阅读,可我差点儿与之失之交臂,上大学的时候尽是些没完没了的分析研究。我不再去上课,根据之前的学习笔记,利用图书馆丰富的资源,我在家里唯一的沙发上认认真真读了几个月的书。当时智利正逐渐崩溃,而我则与英俊的达西先生眉目传情,或者说正在推开布赖兹赫德豪华庄园的大门。

一半的人携家带口流亡海外,大家反目成仇,土地改革深化,土地没收,这一切把我们推向最后的结局:阿连德总统被害。他是世界上第一位社会主义民选总统。后来的事情我们都知道了,但是今天我不想就此戛然而止,还有很多痛苦紧跟着我们,如影随形,直到生命的尽头。

到了独裁时期,我和胡安何回到杜克大学,这次他要读博,我的第一个女儿刚出生不久,叫露西亚。放弃语言学之前我不能做一点儿奢侈的事情,现在又是这样,满眼都是尿布、奶瓶、甜菜胡萝卜汤。

每天连续在家待好几个小时，美国的冷空气把我冻得半死，心也随之日渐冷漠。直到有一天，我突然感觉地上裂开一条缝。我带着女儿返回智利，那段婚姻也到此为止了。

本来我还要多找几个伴侣的，但是我遇到了奥克塔维奥，他是我的挚爱。该死的奥克塔维奥！讲之前，我先告诉你们，我们俩都是狮子座，那可是两把火呢。很少见过像我们这样爱得轰轰烈烈，相爱相恨，又相杀，就像下层的那不勒斯刁民一样。我们惺惺相惜，一起游山玩水，聊天，读同样的书，好似神仙眷侣。我想为他生一个孩子，因为我爱他太深，虽然他没有多大热情，我还是生了一个。她是我的二女儿，叫弗洛伦西亚。我伟大的母亲会在我需要的时候，照顾两个孩子。我和他继续旅行，过着疯狂的日子。我们在一起二十多年，为什么二十多年的感情还能破裂？听起来难以置信，但事实就是这样。分手的原因是，奥克塔维奥脾气暴躁，电视和球赛不知是哪个让他痴迷，或者说两个都是。那台机器几乎就是神，被他供奉着，他的脑袋里装着开关键，一打开，完了，上帝都管不了。

当然，都是我自找的，谁都没强迫我做他的女人，这一点我从一开始就很清楚。我们大概恋爱了三个月，他想带我去西班牙，因为工作的事情，他要先上几天班，然后需要一周的时间穿越南部。我跟他走了，因为旅行会让你重新了解一个人，平时在城市里，大家都会把那一面隐藏起来，所以我想来一场旅行，印证这个说法。我们租了一辆车，穿越一座座城镇，来到了塞维利亚。在旅馆落脚后，我们出去散步，路上发现一张琼·曼努埃尔·塞拉特的演唱会海报，就在当晚，斗牛广场举行。我立刻激动万分（智利正处于独裁时期，塞拉特去不了），无论如何都要去。我们很早就吃了晚饭，出发前我们在旅馆休息了一会儿。奥克塔维奥躺在床上，打开电视，正好曼联比赛，他就沦陷了。十五分钟后，该出发去演唱会了，我叫他起来，他只说了句："等一下。"我坐在床上，每过两分钟，我都看一下表。"奥克塔维奥，要迟到了。""不会的，放心吧，马上就走。"等到必须要出发了，我挡在屏幕前，义正言辞地说："必须得走了。"那时我第一次见他脸色大变，他愤怒得满脸通红，目光浑浊，嘴巴丑陋地扭曲起来，朝我大喊："别挡屏幕！"奥克塔维奥从没对我吼过，我难以置信地看着他，一动不动，愣在那儿了。他又说了一遍，这次带着威胁的语气："不要挡住屏幕。"我反应过来，立即冲出房间，独自一人去了演唱会，因为他脑袋里的开关打开了。我惊慌失措地走着，既伤心又愤怒，心想："这就是我的新郎君？刚刚还一起游玩，现在就消失了。"我知道我要立刻坐飞机回智利。他不仅对我不好，还言而无信，光凭这两点，我都应该和他分手。"今天是塞拉特，明天也许就是别的事情，我已经晓得他了，我要离开他！"

赶到音乐会已是中场休息，我若无其事地进去了。后来我没有坐飞机回去。

（这件事后，我经常跟他讲，当初竟然没有坐那该死的飞机走人，我怎么这么蠢？他的回答永远都是那句话："你没想过你会迷路吗？这世上谁比我更爱你？你跟谁比跟我更幸福？"戏剧性的是，我居然觉得他说的有理。）

我无数次地扪心自问："我为什么爱上了一个懒人？因为他并不是一直懒，不是天天都犯懒毛病，而只有脑袋里的开关开了，他才犯懒病。"更糟糕的是，他对烹饪如痴如醉，但我从来没听过做饭有那么多讲究。有他在，哪样菜我都做得不合格。在我父母家，评论菜肴被认为非常没有教养。我从那种高度一落千丈，和一个只会在餐桌上评头论足的男人一起生活，我真是疯了。我也喜欢美食，就像我对其他事情一样热爱。（不得不承认，奥克塔维奥在其他领域还是很值得称赞的，或许因为饮食关乎日常，和其他的没有可比性，所以才无法忽略它。）

说件有趣的事，我怀弗洛伦西亚待产那几天，正好举行"南美解放者杯"。奥克塔维奥躺在床上看比赛，都看疯了。我躺在他身边，想午睡一会儿，但是电视声吵得我睡不着，就起身去厨房找点儿吃的。刚走到过道，感觉一阵刺痛，两腿间不知什么东西，凉飕飕的，有点儿怪，紧接着一股水流出来。我突然意识到发生了什么，大喊道："奥克塔维奥，羊水破了！"没人回答，显然他没听见。我艰难地走到卧室，羊水流得满地都是。我又朝他喊："羊水破了！"他看着我，我那个样子，他不得不看着我，当时画面太可怕了，我劈开腿，羊水哗哗地流着。你们以为他会马上跳起来，找车钥匙送我去医院？根本没那回事儿。他来了句："稍等一下，上半时马上就踢完了。"我记得内心的无助让我突然爆发，从他手中抢走遥控器，甩到墙上，摔成了碎片，至少他真的被我吓到了。十五年过去了，墙上还留着那个印记，每次生气的时候，我都会看看，心中默念："对不起，宝贝，但是你怎么作孽似的还在他身边？"

小时候，我养了一条狗，在它身上倾注了全部的爱。它叫柯皮特，和我一起吃，一起玩儿，一起睡觉，从不分开。我第一次领了圣餐后,作为虔诚的天主教徒,我决定给柯皮特也办一场。我自己安排整场仪式,邀请了父母、兄弟姐妹、所有保姆,还有几个亲戚家的孩子。模仿当时的场景,我做了圣像,自己裁纸,在上面画天使图和耶稣诞生图,后面写上一句福音、柯皮特的名字和日期。一切都进展得很顺利。在举办圣事的前一天,哥哥从远处看见我在花园里打柯皮特!(他后来经常讲这段故事,不是我讲的。)他很担心,便上前一瞧究竟。"它不想念祷辞,"我生气地解释说,"我教了好几个时辰,它就是不念!"

江山易改,本性难移。从第一天起就应该明白这个道理,哪儿还用得着这么多年费尽千辛万苦才明白。如果说,上帝在人间创造了随和的特性,那都让女人占了,男人丁点儿都没捞着,所以他们冥顽不化。百忧解这个药是个例外,前提是,你得说服他们。

提到百忧解,就不得不说说药物。男人觉得独立克服困难很爷们儿,独立就是不吃药,不治疗。他们认为,遇到问题不求助于化学品是对阳刚之气的磨炼。这么愚蠢的想法,从哪儿冒出来的?我亲耳听过,有的男人曾经意志消沉,后来独立走出困境,觉得自己很了不起。一天一片百忧解,那么简简单单的小药片,就能拨云见日,消除烦恼,他们怎么就不理解呢?比如奥克塔维奥,一听到心理疗法和神经性药物就毛骨悚然。

我离开奥克塔维奥这件事,没有人不说我傻,不说我疯。事情是这样的,当时我心情郁闷,在娜塔莎这儿治疗,还吃了些药。奥克塔维奥根本不懂我到底怎么回事,对他来说,情绪不好没什么大碍。因为不理解我，他想帮都帮不了。为了把我从晦暗的心情里拉出来，他想了各种娱乐活动，甚至还计划带我去中国，用旅行来治愈我。我连床都不想离开，可他没意识到。为了过一段清闲日子，我在海边租了一栋房子，他答应每个周末来看我。

第一个周五的晚上，奥克塔维奥来了，为了关心我，还提了一篮吃的，都是我最喜欢的，有肉酱、布里干酪、乡村面包和红酒。他说很想我，没有我很空虚。我们在餐厅共进晚餐，彼此靠得很近，这一幕，多日的闷闷不乐突然减缓了不少。上楼去卧室的时候，他东张西望，非常愕然地问了句："电视在哪儿？""屋里没电视。"我回答道。"你租的房子竟然没有电视！"我辩解说："对我来说更清静些。"当时他提高嗓门说："但是今天晚上直播巴萨和皇马的比赛！我这么早从圣地亚哥赶来，就是为了看比赛。"我心里有点不安，因为没有提前告诉他这件事："对不起，可以让孩子给你录下来。"他脑袋里的开关开了，对我大吼大叫，说我自私，没有为他着想，虐待他。"抑郁的人是我，奥克塔维奥，我连自己都照顾不好。"他瞟了我一眼，气得脸红筋暴，抓起车钥匙就走了。下楼时大声喊道："我再也不来了！"

我看着他走了。亲眼目睹了一个神志清醒的聪明男人瞬间变得愚不可及，想想都心有余悸。和巴塞罗那的足球赛比起来，我的抑郁症根本无足轻重。我就像约翰·斯坦贝克笔下的那个傻大个儿，渴望柔情，所以口袋里揣着小老鼠，手指伸进去抚摸。

果然，奥克塔维奥再也没回来。我打电话提醒他，我还没有好，很脆弱，让他过来看我，他也不来。他是真的怒不可遏了。等我回到圣地亚哥，两周后我就和他分手了。

我暗下决心,不能再给男人当垃圾桶。他,因为和你一起生活,被所谓的婚姻联系在一起,就觉得可以随便把自己那些破铜烂铁都扔给你,比如愤怒、过错、失败、恐惧和不安。这不是我说的,是小说里写的。作者也是女的,书中女主人公自称是"丈夫的垃圾桶",看到这里,我茅塞顿开,可不是吗,几乎所有女人都正在或曾经给男人当垃圾桶。如果谁不是,请举手,大家应该为她鼓掌。

周围的人都好心提醒我想一想曾经和他在一起如胶似漆、甜甜蜜蜜的幸福时光。这的确是真的,然而我的内心深处有一个地方受到了伤害。如果再让我看见奥克塔维奥突然大发雷霆,我会崩溃,会四分五裂,或者直接上去把他杀了。没完没了地看电视,脑袋哪儿能经得住?他肯定会痴呆。我明白,再和他过下去,我就只能让步,这个词暗藏了多少危机。如何才能保持自我,维护尊严?想想以后的日子,谁知道他脑袋里的开关还会开多少次!

作为坚定的女权主义者,竟然没能捍卫自己的尊严,这让我陷入恐慌。我想,如果连我都这样,其他女性呢?这种矛盾让我一度萎靡不振,我的人生,还有我自己,原来都是打肿脸充胖子,虚张声势。

刚认识奥克塔维奥的时候,我送给他一幅字,是诗人雪莱的一句话:"你是奇迹,是美,却又是恐怖!"等到奇迹与美渐行渐远,二十年后,我又写给他这句话,并且在最后一个词下面重重画了一笔。

我成了单身,时年五十七岁。

不想再找伴侣。帕特里西奥·埃尔文总统说过,市场竞争很残酷。对于一个五十七岁的女人,虽然从情感和智力上,有适合的男人，但是这些男人宁愿选择三十七岁的女人。就算有，我也没兴趣，实话，我不想再过二人生活。该经历的我都经历了，一个人生活，反倒轻松许多。

屏幕上再也没有足球。

床上再也不会躺着一个男人，手里拿着遥控器，两眼发直。

再也听不到没完没了的电视声。

再也不用把耳朵塞住睡觉。

再也不用拿着书在屋里找地方看，因为在我的卧室里找不到这样的空间。

再也不用和科洛科洛俱乐部竞争，只为了引起另一个人的注意。

再也不会发生：

——西蒙娜，你去买今晚的红酒，我没时间，上半时马上就开始了。

——天啊，西蒙娜，我在看球赛，你能不能让孩子们别吵？

——喂，西蒙娜，你把电话线拔了，我看球赛呢，电话一概不接。

——这是家吗？冰箱都是空的。一个大男人在自己家里竟然得不到一点理解！

——把灯关了，西蒙娜，顶灯开着电视看不清，你上别处看书。

我不用管别人的想法、身体、欲望、生活习惯，或者痛苦，反正我如释负重。能做出如此大胆的决定，娜塔莎功不可没。一想到还在婚姻中的女人，我就心生质疑："有几个能随心所欲地生活？"以前在圣地亚哥，有时候我在小区散步，看着一座座房子和一栋栋公寓楼，想到窗帘后面的饮食起居，我就问自己："谁不想换个地方生活呢？"

曾经我一直在心底挣扎，就这样如犬儒一般委曲求全，还是离开奥克塔维奥？很多人，甚至越来越多的人都把犬儒主义作为一种生活方式，说自己已经成年了，没必要把爱情视为一切，就像桌布上沾了一点儿油污，并不影响全局，如果难看了，放个花瓶不就好了吗？这样的确很简单，但想法糟糕透了！犬儒主义就像一条蛇，潜伏在人的背后，蠢蠢欲动。

不过，它再怎么动，我也没上钩，没有成为犬儒主义的俘虏，我现在的位置是我当初自己选择的。女人都不太习惯选择，要想独立，就必须会选择，从金钱到情感，处处需要我们选择。

然而，很多选择的机会我都失去了，因为奥克塔维奥给我安排的事情一个接一个，我还要经营好我们的关系，好的一面要和坏的一面平衡。就是因为好的太好，我才在他身边待了那么多年。有时候我琢磨："天哪，我们的默契去哪儿了？……"我们曾经比翼连枝，只要他出现，我都能感觉到，好像体内有一股强大的力量，促使我渴望见到他，才会觉得开心。如果我起身去找水喝，他正在读报，我总是摸一下他，就这样，轻轻地。他一旦察觉到，我都会说，感谢生命里有他。触碰他，是我最常做的事情。他每天都喜欢和我亲昵，因为一点儿也不枯燥乏味，我从不让他觉得，两个人亲昵只是一种习惯。他对我的爱是高贵又独一无二的。他毫不吝啬地爱我，从不测量也不计算。他全心全意地爱我，没有一点儿遮掩，哪怕在最糟糕的场合，也从不关起一扇门。只要是我，他的床从来都是敞开的。他从不允许我怀疑他的爱，一秒都不可以。

那段感情是多么深厚，我可以藏在里面，消失得无影无踪，躲避除他以外的世界。我无数次乞求他别再那么懒，戒掉电视瘾，就是别那么沉迷电视，改改坏脾气，我跟他说这些毛病会破坏我们的感情，我们拥有的也只有感情。我一次次地求他，我心里明白，迟早有一天，他的懒惰和臭脾气会把我逼走，但是他根本不在乎。

我失去了太多。

莎士比亚说：爱情不过是一种疯狂。

我的好友，特别是思想传统的，跟我讲，单身女人最后都很凄凉。她们和丈夫去参加聚会，总是有单身女人可怜地在那儿观望，一看她们的举手投足，就知道是受了诅咒，她们凑在一起，把即将离婚的和已经丧偶的男人列个名单，时刻准备冲锋陷阵。单身的都喜欢凑在一起，别人都有丈夫陪，她们就只能希望旁边的人充当丈夫，陪自己去看电影，尝尝新餐厅，一起过周六下午，等等。我心想："她们怎么不自己去？一个人安安静静看场电影多好。"我没权利对她们评头论足，但是我为她们感到痛心，她们认为自己被抛弃，并且一直带着这种思想苟且，这太不公平了。朋友给我讲没有丈夫多可怕，我却暗自不以为然，不就是个象征物，去他的，我一定能过上自由自在的生活。无论过去还是现在，还有更让我痛心疾首的事情，为了脱单，竟然可以降低标准。年纪一年年增长，期望却不断降低。年轻时候遇到的男人，那时候根本不会看第二眼，现在居然都觉得满意。一切标准都化为泡影，全无势均力敌可言。假使真的有机会选择，她会选择现在这个男人吗？因此，我经常看见花容月貌的女子身边跟着一个歪瓜裂枣的男人，而且彼此都很满意。

我的妹妹嫁给了一个著名企业家，丈夫有很多应酬，她也不得不跟着去。反正我孤家寡人,晚上我就提前去看她,她在镜子前准备行头,我就在旁边想:她要面对很多重要谈话;很晚才能吃到东西;闲聊时间不能冷场;假装对旁边的人很感兴趣——别人对她也一样;得喝多少酒才能打发无聊的时间;为了不让大家觉得丈夫娶了一个傻女人,她得想出多少有智慧的见解;一直踩着高跟鞋,回来以后得多疼;如果旁边的女人讲她家孩子发生了什么意外,她肯定困得想睡觉。所以我想说:"要取消一切来自丈夫的应酬!"自己的应酬都顾不过来,凭什么配偶的也算作自己的?陪伴有时候是甜蜜的。"来,陪陪我,我一个人。"这时候如果自愿去陪他,那是有意义的。我,第一主语,陪另一个人,第二主语,动词"陪"蕴含美好的意思。但是如果加入第三者,就成了"喂,你跟我去陪别人……"这就不行,绝对不行。

夫妻由两个相互独立的人组成,不是一个混合体!噢,上帝啊!

我想任何人都天生有一定的厌倦情绪,有的人肯定比其他人更容易产生这种情绪。我们要留意自己的厌倦能力是不是弱化了,一定要及时发现。一旦疏忽了,你会有灭顶之灾。注意了!你经历过厌烦透顶的感受吗?如果是,走吧,立即,马上,让一切结束。不要再伤害自己。

绝对的乐观并不显得有风度,我坚信这一点,也努力区别看待各种事物。我曾告诉自己:"好了,西蒙娜,现在你往前走需要灯光,近光灯还是远光灯,你自己选吧。"有一个细节很重要,我的大女儿露西亚那时候已经结婚了,小女儿弗洛伦西亚在英国读研,就是说,我这个母亲已经没什么负担了。

我不想追求真理了，我渴望幻想。那么多年一直为追求绝对的真理而活，现在不相信，也不需要真理了。我越来越渴望生活在想象的世界里，伴随着新的一天，我睁开双眼，这种愿望愈加强烈。这句话听起来好奇怪，我以前从不觉得真理和幻想是对立的。我也不知道现在是否真的还这样认为。

有时候，我会像路易斯·卡罗尔一样，想知道蜡烛熄灭后是什么颜色。

我开车去了智利沿海，圣地亚哥的房子交给中介帮我出售。我想找一个小镇，就像欧洲和美国的那种，冬天也充满生机，有居民，生活服务也一应俱全。其他国家有很多这种小镇，闭着眼都能找到。智利没有这种地方，一切美景都隐藏在杳无人烟的地方，这里有世界最美的风景，但都未开发。要想在这儿找一个地方和大家一起生活，远离城市的喧嚣，实在太难了。（况且，这个地方还要漂亮，风景如画，引人入胜，太普通的地方不行。作为母亲的好闺女，外祖母的好外孙，那种高贵气质是丢不掉的。）

有好几年我都享受着在家工作的优待，因为公司还没有在智利设办公点，所以我可以在任何地方干活。每个月只需要去一趟圣地亚哥，核查一下材料，在图书馆查阅资料，就没别的了。我渴望大海和无边无际的海平线。我想活得简单，活得轻松。我想，那简单而永恒的海天一线，正指引着我前行的方向。五十七年，一个人能积攒很多东西，从一堆家具到各种人际关系，从日积月累的朋友到一件件桌面摆饰。我要把一切都放下。为了以示决心，我把头发剪了，为了不再染发，已经染的都洗掉了。然后，我约了所有朋友，把一大堆不需要的都送给她们，从一串项链到一个花瓶，只留下以后要用的，看见东西变少了，心情无比愉悦。你们想过一个女人有多少没用的东西吗？比如手镯，我非常喜欢，每次看见好看的都买，结果不戴，我要在电脑前坐好几个小时，这些银圈或者木头圈在桌子上、鼠标上碰得叮叮响，听着很不舒服。还有家纺，就是常说的白色用品，但是现在几乎都不用全白的，母亲以前教我要买三套床上用品和三条毛巾，一套用，一套洗，一套干净的放在柜子里。我只买了两条羽绒被。我还像过去那样抖来抖去地铺床吗？不是。然后说说我的衣物。有的鞋一年只穿一次，只为了一场饭局，但我早就不去了，所以没有那种鞋。社交关系就像酸奶一样，是有有效期的。所以鞋子、裙子和配套物品都给了朋友，她们可是连别人婚礼都不错过的人。我留下几条围巾和披肩，都是蚕丝、开司米羊绒或羊驼毛做的，不是因为它们有多精美，而是贴在皮肤上很舒服，我还留了两件比较宽松的夏装。周围的东西一下少了好多，但留下的都是我最喜欢的。

我在智利最美丽的海滨买了一套公寓。

我不想住独门独院的房子，没精力收拾那么大的房子。公寓不仅有壁炉，还有暖气、保安、二十四小时门卫，还能找人帮我把从超市买来的东西搬上楼。什么煤气啊、电啊，这些鸡毛蒜皮的麻烦事情都不用我管。既不用找人守门，也不用找园丁。我在阳台上摆满盆栽，那儿就是我的小花园。屋里有几扇大窗户，面朝大海，没有防护栏，视野很好。整套公寓有两间卧室，各有一个卫生间，还有一个小客厅，那里放着书桌。孩子们和朋友过来有地方睡，环境舒适，东西齐全，一切都很方便。

有一个很关键的人物我还没说，班格罗·比尔。它是女儿们送给我的狗，她们担心我在海边一个人住着孤单。现在它已经不是小狗了，长得很大，在家比我还占地方。那家伙全身奶白色，就像乡下做的黄油一样。一开始我不怎么待见它，因为要像奴隶一样每天带它出去遛，还要教它养成各种习惯。结果正如孩子们所料，我上钩了，如今成了它最虔诚的崇拜者。有时候它深色的眼神里流露出些许悲伤，"喂，班格罗·比尔，你把哪个小东西杀了？"这世上没人比它更爱我，唉，它只是一条狗，的确有点儿悲哀。它在家里长大，又只和我在一起，所以它很有教养。一般这些家伙不仅顽皮，还都是捣蛋鬼，但是班格罗·比尔很聪明，懂得随遇而安，有时候好几个小时我不去管它，它也不会来打扰我。有时候我躺在床上看书，正看得欲罢不能，不想起来，就给安赫利卡打电话，她是镇上的一个小姑娘，手机从来不关，我请她帮忙去遛狗。

孩子们给我的第二件礼物是教我使用便携式多媒体播放器（iPod），她们把所有我喜欢的音乐都存下来，都不需要用激光唱机（CD）（过去的磁带和黑胶唱片就更不用说了）。每次和班格罗·比尔去散步，我就带着iPod和耳机，它在那儿跑，我就享受在维森迪克或者勃拉姆斯的旋律里。这个小玩意儿对我的生活很重要，还好身边有年轻人，要不然错过很多新鲜事物。

谁会去告诉奥克塔维奥？我买了一台液晶大彩电，又申请了一个电子邮箱账号，为了在亚马逊网站买我喜欢的书、唱片和电影。现在电视剧很受欢迎，就像19世纪人们对小说极其热衷。那时候巴尔扎克每周都要出新章节，就像现在《广告狂人》的编剧一样。观众迫不及待地等着看下一集，就像过去等新章节一样。如今，人们用这种新方式体验另一种生活，去云游四方，体会别人的故事。就是说，电视剧是讲故事的新方法，可我以前总责骂丈夫沉迷电视。我无法一集一集地追剧,一旦着了迷,我就要一次看完,所以我要等到有很长的空闲时间才看,甚至看一个通宵,比如《二十四小时》,我对剧中的杰克·鲍尔——实际上是个法西斯——没什么可说的,但不管怎样,我很崇拜他。不知什么原因,以前在圣地亚哥,我不敢熬夜。很奇怪,按照那儿的生活方式,早上我没办法睡懒觉,因为总有事情打扰我,不是 A,就是 B,或者 C,如果没事情找我,反倒满心愧疚。

我喜欢现在的家,经常久久地看着它——这些年我变得总是若有所思,脑子里尽是天马行空的想象。有时候觉得房子是洞穴,夏娃曾在这里哺育后代。有时候是土耳其大亨妻室的房间,他的小妾正享受着丝绸、地毯带来的自由,因为大人这会儿把她忘了。有时候又变成中世纪苦行僧的修行之地,只有几个弟子进出,摆着古籍的书架很高,一直到房顶,把几面墙都遮住了。在各式各样的幻想中,有一种最特别的,它是西班牙的一家店铺,地址是觉悟街一号,1977 年的时候售卖戈雅的《奇想集》铜版画,现在是一家香水和酒品店。

现在我要自顾自地生活,我感觉这还是第一次。清晨我不用像法国作家玛格丽特·尤瑟纳尔一样揉面团,现在都是从外面买面包。从买面包到安排自己的时间,一切都掌握在自己手中。我去码头的鱼市买最新鲜的鱼,都是刚从海里捞的。我是常客,如果去晚了,他们会把无须鳕或者石首鱼给我留着。安赫利卡,就是那个替我去遛狗的姑娘,每周有两次来家里做清洁,使用吸尘器和洗衣服能把我累得气喘吁吁,这是我唯一一请别人帮我做的事,也是小时候没学好的一方面。每年 2 月,和大家一样,家门一锁,我就出去度假了。你们不要以为我生活节制,禁一切欲望,恰恰相反。如果我不想做晚饭,我就吃面包或者奶酪，这些是我最爱吃的，还要配一杯红酒。第二天早上我就开车去海边，把前一天晚上摄入的热量都消耗掉（我不需要跟芭比娃娃一样，都六十一岁了，没人对我的曲线感兴趣）。有几个黄昏，我手里端着酒杯，静静地坐在阳台上，一切放空，眼睛凝视着一个地方。之前说过，我变得沉静寡言，这种感觉很好，以前从没体会过。我学会了沉思，而且每天如此，没想到效果非常好，为什么之前没领悟？

现在早上效率很高，因为休息得好，起床后精力充沛，脑袋也好使。我喜欢清晨，特别是冬天的清晨。雨天是我最爱的天气，雨点的声音就像旋律一样动听，不是说我想淋雨，或者像好莱坞电影一样，在雨中漫步，而是喜欢在窗前慵懒地裹着毯子，抱着班格罗·比尔，望着海面的波涛，虽然外面阴冷，我却享受着室内的温暖，以前从未如此幸福美好。任大自然千变万化，冷暖无常，我独安好。或许这种安逸源于我战胜了外界环境，任其暴风骤雨，我都静观其变。因此，为了紧紧抓住男人这种象征物，而不惜一切出卖灵魂的女人，我同情她们。我想大声地对他们说："没有男人，生活也是完整的，快放手吧！"

我独自一人，却从未孤单。

作为一个人，我觉得心怀执念，或者说有固定的想法，非常有意思。没有比执念更强大的力量，它强势又贪婪。或许女人之间唯一的不同就是，我们的执念不同。

要想活得像我一样，必须懂得自娱自乐，坚持自我，如果没有这些心理条件，我也不会有这种生活。塞缪尔·贝克特写过一句话："无所谓,再试一次。即使又失败了,也比上一次好。"每次怀疑自己的时候,我都会默念这句话。

大家都知道,缺点——因为不确定是不是优秀品质——会随着时间被放大,如果没有社会的制约,就更是变本加厉。就是说,一个人活得随心所欲,有近乎百分之百的选择权,外界因素也奈何不了他。我就是这样,黑暗面已经膨胀,但是必须这样活着。比如我已经选择了自由的生活方式,我就还想解放思想,质疑一切。不仅让身体,还要让思想自由地飞翔。但是,我发现自己不愿接受别人的质疑,让我放弃一直坚信不疑的事情真的太难了。有时觉得自己像个自以为是的傻瓜,甚至装腔作势,一副很懂生活的样子。我不想变成这样。

我最糟糕的毛病是坚持精英主义,其中只有一部分源于家庭,我想说的不是种族和阶级歧视,绝对不是。我的精英主义体现在另一方面,比如对目光短浅的人完全没耐心;瞧不起中层领导,我受不了他们,觉得他们庸俗低贱,总想往上爬。所有和中层有关的我都敬而远之,包括中产阶级心理最卑微的一面,攀龙附凤,固守陈规,又缺乏想象力。

我第一次带女儿去纽约的时候,露西亚只有十五岁,她站在第五大道中间,看着两边,天真烂漫地说:"这就是纽约?好有家的感觉!"但是每当我显得很俗气的时候,感觉被赶出家门了,通常都是些日常小事,比如露骨的电视节目、美国国情、自助借书机、酒吧的"快乐时间"无限畅饮、人们对时尚趋之若鹜、组团游,我被一次次冲击。这些都是美国文化,我不想冒犯大家,其实我对乡巴佬、白种废物,还有这些人的生活习惯、生活观念,都嗤之以鼻,绝不愿与这类人为伍。我不害怕思想堕落,也不觉得与他们为敌很粗鄙。总而言之,奥克塔维奥属于国家的精英阶层,我也是,这是事实,无可回避,所以在参与愚蠢可笑的谈话前,我宁愿沉默几个月。我真是佩服有的女人跟谁都是朋友,傻也好,无趣也好,粗陋也罢,都能情同姐妹,而我的不屑一顾更让自己折服。

孤独不是绝对的。陪伴我的人永远不离不弃,所以孤独是相对的,真是这样。总结出来,这恰恰就是爱,是陪伴的力量。有可爱的人儿陪你喝下午茶或者喝一杯酒,比如,我的孩子们。妈的,母亲被人们视为草芥,却又对她如此歌功颂德。这种爱,就像孩子们活在我的心里一样,坚不可摧,甚至能感觉到疼痛,我怎么能把它说得如此看不见摸不着?露西亚和弗洛伦西亚出现了,我很仔细地观察她们,这种感觉很幸福,她们的一颦一笑、一招一式,总能逗笑我,她们剪了什么发型、头发染了什么颜色、动作手势、鞋子、怎么扭脖子,我都看在眼里,而且目不转睛,像丢了魂儿似的。弗洛伦西亚严以自律,做事一丝不苟,所有才华都集中在这方面了,比如吃早餐的时候,她一点一点在面包片上涂果酱,很从容,很认真,每次只涂下一口的量,从来不一次涂满,这就是她。露西亚呢,平衡性很好,就算一只手提的东西轻,另一只手提的重,也不用把两边的重量均衡一下。但是她缺乏自信,总是对自己不满意。就像有一次在她的新房子里挂一幅画,她手里拿着锤子,闭上一只眼,仔细瞧挂得正不正,但总觉得有点儿歪,从旁边看她天使般可爱又夸张的眼神,有趣极了。

没有她们,我压根儿不理解什么是爱。

我时不时会去圣地亚哥办些事儿:来看看娜塔莎和牙医,还要看望朋友或者亲戚,再逛逛商店。一切都一如既往,但是我却和以前不一样了。我不把大都市和海边小镇放一起对比,我只想问,什么时候才能不抱怨交通拥堵和环境污染?什么时候下定决心改变生活质量?首都不是要什么有什么,远非如此。

上一次来圣地亚哥,我去医院做妇科检查,是强制性的。听一个朋友讲,体检项目有巴氏涂片检查、乳房检查和阴道超声监测。我躺在床上,两腿劈开,医生——非常温和的意大利混血年轻小伙子——把探头深进下边儿,眼睛看着上边的屏幕。过了一会儿,他告诉我说:"很好,没有问题。"后来又加了一句:"卵巢有些萎缩,不过到您这个年纪很正常,不用担心。"回家后我就琢磨:"我这个年纪可以既没毛病又萎缩,去他的!"

就个人来说,我一点儿也不觉得生活范围变窄了,自己被限制住了,或者机会减少了。我依然保持对政治的关心,每天早晨工作之前,我都要在线读《国家报》和《纽约时报》。至于智利的报纸,我花十分钟时间浏览一下题目就行了,它意识形态味道太重了,质量很差。我的DNA天生带有对政治的喜好,从来离不开政治。出国的时候,朝着智利的方向望去,心中泛起一阵涟漪,觉得祖国很伟大,自豪感油然而生。第三世界的人民都很敏感,很爱国,不像欧洲人那样嘲讽或者漠视自己的国家,除非斩断我们的根,才会像他们一样一提到祖国就变成一群犬儒之辈。我们的历史还很短,很脆弱,可能会像树枝一样掉落下来,所以我们不能太讲究。

我和孩子们(没有伴侣,就我们仨)一年出去旅游一次。我平时很少花钱,把存下来的钱给一个朋友——金融专家——帮我投资,没想到一下子挣了那么多。有的旅行很贵,以后可能不会给孩子留下多少遗产，但是我们说好——三个人一起做的决定——活的时候把钱全花完。比如去年春天，我们在圣托里尼岛租了一栋小别墅。每次选择下一次去哪儿都很有趣，准备好地图和网页，大家就开始选。露西亚是最异想天开的，尽想一些去不了的地方，比如她想让我们经西伯利亚大铁路穿越蒙古一直到符拉迪沃斯托克，我说这么玩儿把钱全折腾光了。

我完全做好当外祖母的准备了，但愿马上能实现。问题是女儿们还没这个打算，现代的优秀女性都这样。但是这种行为的背后我能感觉到希望，我很耐心，也充满喜悦地等待着。我和我的家都准备好了，随时迎接。


问我是否需要性？不知道，不是很需要。

说实话，绝经其实是一种莫大的解脱。谁说是不幸？的确，更年期会感到潮热，头痛，体温变化，但是，看看好处啊！每个月再也没有倒霉的那几天，再也不需要避孕药，等等。这是多么巨大的解脱！

关于性。我偶尔怀念和男人亲昵的感觉，紧紧握住他的一只手，放心地靠在他身上，把脸埋在他的肩上，对他撒娇，背后我还练了很久呢！

离开奥克塔维奥后，他一年多都没和我说话，只是来看过几次。和我一样，他再也没有认真地找个伴侣，只随便谈了几次恋爱。我想我们都觉得在这个世界里已经经历了属于自己的爱情，不可能有下一次。

顺便讲一下，有一天我就在想，如果我一个人在海边的公寓里离开人世，谁去告诉奥克塔维奥我曾经多么爱他？他并不知道我很爱他,任何人都不知道,因为我自己才可怕地刚刚发现。

我从没对他说过,也不可能说。无言才是爱。但如果总是玫瑰,还有华而不实的东西,就让人厌倦。没有比一句情话更朴实,更容易。以前,奥克塔维奥的形象和观念就像一只手,在我的身体里不断地挖,一直渗透,直到最深,达到完全占有。我的呼吸里有他,吞咽的时候也有他。(我认识他的时候给他讲爱丽丝的故事,就是梦游仙境的那个女孩儿,我说想当那个瓶子:喝我吧,还有那块蛋糕:吃我吧。)

二十多年的日日夜夜,我把全部身心付与他。他却全然不知。

三年前公司把他派去巴塞罗那,一直没回智利,但他曾在邮件中说,退休后——马上就退了——回来在我住的海边买一座房子,我们像朋友一样往来。他还写了一句:"不管怎么说,我是孩子们的父亲。"我回信说不要拿孩子威胁我,还用索菲亚姨妈的话提醒他说:"没有攻不破的堡垒,只有没围困严的城墙。"

最后我再讲讲人们给我安的罪名,以及对我的意义。

人们指责我反社会、对人冷漠无情,为了显示自己清高,放弃自己得天独厚的优势。要在我的墓志铭上写:利己主义者,纯粹、冷酷。

他们说我有社会恐惧症。逃避社会义务和规则,受不了就逃离这个世界。说我厌世,讨厌人类,我变成了隐士,对世俗不屑一顾,一切为空。还说我不通人情,因为我只关心自己的尊严。

他们说我卖弄,视红尘为多余。

这样看,大家确实有道理。但是我要说明,在这背后我有一个追求：超凡脱俗。

这段时间我读了很多关于大海的书籍，从叔本华到佛教大师。我舍弃了很多东西，从家具、衣服到丈夫，还有社会地位，这可能是最难舍弃的。我执着于这种修行，冥想让我体会到什么是当下。深吸一口气，慢慢地，尽最大的努力释放自己，但可能永远达不到自己想要的程度。这时，我感觉生命在流淌，流啊流，手可以触摸到，对死亡的恐惧也随之消散。

虽然我六十一岁了，但我并不哀伤。甚至正好相反，我可以心无挂碍，这是另一种宁静。过去的就过去了，心中不留。未来还没有来。

庆祝我们真正拥有的，也是唯一拥有的：当下。

# 莱拉

我生于 1969 年 1 月 30 日,那一天,甲壳虫乐队在伦敦一栋大楼顶层举办了告别演唱会。我叫莱拉。

我毕业于智利大学,现从事新闻工作。我是智利第二代阿拉伯后裔,然而生活却把我变得像犹太人,满脑子的猜疑和妄想。

我有酒精依赖症。还好今天不是在嗜酒者互诚协会,我可以无拘无束地敞开心扉,娜塔莎说她不会阻止我反对你们的言论,这让我觉得很放松,在互诚协会我必须无条件地给予同伴肯定和支持。但当我真的面对你们时,我说不出来了,连酒鬼的脾气都收敛了。很奇怪,在全球化的环境下,强调个人身份也是一种趋势,你总要被这个社会边缘化,比如同性恋、种族,或者残疾人。令人震惊的是,大家竟如此强烈地拥护自己的群体,为了证明和其他群体不一样,我们不断强调群体间的不同。

母亲二十岁时才从巴勒斯坦来到智利,但我的祖父可是很小就从奥斯曼土耳其帝国逃亡到这里的,他和几个近亲一起被带上船,漂洋过海,最终来到这个陌生的国家。当时都不知道它在地图上的方位,只知道很多人移民到了这里，他就跟着来了。他们拿着奥斯曼土耳其帝国的护照来到智利，所以被称为土耳其人。这是错的，土耳其共和国的人和我们非亲非故，没什么关系。和祖父一起来的一个亲属开了一家纺织店，连初中都没念过的祖父便给他做了帮工。接下来是我父亲，他事业心很强，对任何工作都不畏惧，二十岁就自己开铺子卖布，如今在独立大街开了一家很大的纺织店，自己当老板了。智利本土的制造业水平非常低，店里的顾客尽是些让他心里烦的人，但也很清楚，如果不愿意那就等着破产吧。他成家的时候也没想过要娶当地人做媳妇，一心要找老家那边的人，所以才娶了母亲，但是结婚之前他们并不相识。

我成长在男尊女卑的环境里，母亲说话一直带乡音，直到离开人世也没改过来。她一辈子都在父亲的店里做收纳，等到年纪大了，干不动了，也不能回家休息，自家做生意都这样。终于有一天，母亲突然觉得账本上的数字都跳起舞来，胸口被什么东西压着，之后就不省人事了，昏迷了十二小时才醒过来。她从小生活的环境就是只知道弓着背干活，自己昏迷了不止十二个小时都不清楚，似乎一出生就被判了刑，永远不能抬头。住院的时候，她只想着不给父亲添麻烦。她跟我讲，以前外祖父家里只有一张床，外祖父睡床，外祖母只能打地铺。外祖父常年在外打仗，最后壮烈牺牲，成了民族英雄。至于外祖母，一辈子除了干活儿，别的什么也没做，所以腰病得很严重。母亲和外祖母都有很多孩子，真主说生就生，母亲一共生了八个，我是老五，夹在中间，有没有都一样，老大和老小才是最受父母关爱的。母亲不能干了，姐姐就接着在店里干活。正因如此，我才决定学点儿别的，越远越好，比如新闻专业，以防谁来找我当会计或者采购员。我向来都不守家里的规矩，最讨厌那些条条框框。想想可怜的母亲，一个无辜的生命在约旦河西岸的比特·杰拉镇降生，却不幸被连根拔起，远离家乡，远离亲人，远离祖国。就像花园里的一棵树苗，被园丁一把拽出来，送到另一片大陆，她被送去一场陌生的婚姻，好像这还不够，直至送到了生命的尽头。

我从不觉得阿拉伯女人有什么值得羡慕的地方。母亲在智利生活了很多年才敢在街上抛头露面地走，所以我才知道——事实也是如此——智利没有这些宗教限制，至少我的父母都不是宗教徒。那种对宗教的狂热，无论伊斯兰教还是天主教，都离我很远，这真是一大幸事。人们向来都是随大流，哪个香火旺，就信哪个，名字都无所谓。我在一所非教会学校上学，兄弟姐妹接受的都是世俗教育。或许因此，从小到大，尽管我从没忘记自己的根，但一直觉得自己和普通智利人一样。很小的时候我就让母亲给我讲她的家乡，那里的地名和环境我都能记得一清二楚。几个孩子里只有我对那儿最关心，一有消息说犹太人屠杀巴勒斯坦民众，我就义愤填膺地说："他们竟然这样对我们！"大哥总说："不，莱拉，我们是智利人。"对，我们是智利人，但也是巴勒斯坦人啊。虽然我很容易被环境同化，但有一个承诺一直埋在心底，我要去那儿看看，我的另一个故乡。

我不想了解阿拉伯布料，也不想学做阿拉伯美食。母亲唯一教会我做的菜就是鹰嘴豆泥，我做的别提有多香了，虽然这样说显得太狂妄，但我做的绝对比任何人都做得好吃（我放很多柠檬，这是丹娜姑姑的独门秘籍）。大学一毕业，我就投身于新闻工作，并决定找机会兑现曾经的承诺。八个兄弟姐妹里，我第一个去了中东。父亲家的人早已离开以色列，迁去黎巴嫩了（他们先到达夏蒂拉难民营，结果沙龙把家里的一半人都杀害了[1]）。母亲的家族目前还生活在比特·杰拉镇，我的两个表兄弟入伍了哈马斯组织[2]，其中一个还身居要职。当时的情形是哈马斯的势力还不如法塔赫[3]。他们兄弟俩负责接待我，我在加沙地带住了很久，就在加沙城里，他们四处打听才找到了我，带我离开了那里。那真是一个可怕的地方，恐惧会深入你的骨髓，渐渐把你吞噬。

我不喜欢突发性新闻，所以从不给天天出版的报纸写稿，也不去那种报社工作。我喜欢观察现象，先发现一个现象，然后揭开它的面纱，写稿也没有时间上的压力。在新闻领域，和我志同道合的人可能都去写调查性新闻报道了。所以从工作角度讲，这是我前往加沙的另一个原因。通过表兄弟或者他们的朋友，我了解了那里很多不为人知的事情。但从此，痛苦与我相生相伴。我常常问自己，如果当初没去呢？遗忘有用吗？通过与家人和同胞一起生活，我才懂得，回忆是一种病，而我的民族正饱受其苦。巴勒斯坦，既是承诺之地，又是死亡之地。一个人的记忆力如果太好，什么都记得清清楚楚，就等于每天用刀把自己身上的肉一片一片地割下来。我们必须学会遗忘。既然个人的痛有这个权利和诉求，凭什么历史之痛就不可以？就算理解了一切，宽恕了一切，也好不过遗忘。在我看来，遗忘才是最美好的祝

---

1 指1982年发生的萨布拉、夏蒂拉大屠杀（Sabra and Chatila Massacre），以色列当局宣称黎巴嫩首都贝鲁特地区有"残存的巴勒斯坦游击队"，以色列军队按照国防部长沙龙（Ariel Sharon）的指令，假手黎巴嫩长枪党民兵进入贝鲁特西南部夏蒂拉、萨布拉，大肆屠杀巴勒斯坦难民营的居民。
2 巴勒斯坦伊斯兰抵抗运动。
3 巴勒斯坦民族解放运动。

福。通过种种见闻和思考后，我出版了一本书，叫《甜橙树和橄榄树的地方》，对此我挺自豪的。在比特·杰拉镇的姨妈家门前，我还种过一棵橄榄树。我生了一个儿子，本应过个平静的日子。但是，你们看到了，我过得并不平静。

身体是储藏经历的容器。你的一切都装在里面，最后，你的身体就是你的故事。我只想说，如果生活的土地被他人占领是一种耻辱、不幸和不公，那么和加沙地带相比，约旦河西岸的生活就是人间天堂。如果要求我只用一种感觉来形容，我会选择害怕。黎明醒来时感到害怕，刷牙的时候感到害怕，吃饭的时候——如果你能找到吃的——害怕，男欢女爱的时候害怕，晚上睡觉的时候也害怕。还有贫穷，家家都穷得揭不开锅，比都没法比。结果疾病、卫生差、乱交已是家常便饭，日日上演。但这一切都不算什么，饥饿才是主角，而且是严重饥饿。面对满眼的生灵涂炭，要么抗争，要么等死。然而并不是每个人的血管里都流淌着革命之血，都能浴血奋战，不是的，大家只是为了继续活下去。抛头颅洒热血对我来说太难了，被智利中产阶级同化了的我，早就变得逆来顺受。在那儿生活的时候，只有一件事能让我接受，就是夜里大家悄悄地聚在一起喝上一杯亚力酒，当地只能买到这种酒，是一种烈性酒，能一直燃烧到你的内脏。大家一边喝酒，一边贪婪地吸着装水的烟斗，叫做水烟袋。只有这个时候我才能放下恐惧。但是当我回到智利，我发现在加沙的生活经历使我对死亡的认识都改变了。死亡就是死亡，如此而已，没必要执着。

起初我喝酒还没像中毒那么危险。在家没人喝酒，我进入青春期才开始喝,而且是在那种比较无聊的聚会上喝。在圣地亚哥,没有哪个年轻姑娘不喝酒,反正也不会导致什么严重后果。当时只是发现自己喝得越多,心情越好,还可以让我变得强大、勇猛,甚至坚不可摧。我不是那种一喝多就多愁善感的人,绝对不是。最讨厌那种矫情的人,总喜欢吐露自己脆弱的内心,实在受不了。

我讨厌一大堆东西,但也有喜欢的,比如黑色。我身上都是黑色的,我的头发又黑又亮,眼睛黑如焦炭,衣服也是一身黑。我觉得黑色代表力量,所以用黑色把自己从头到脚地裹起来。深紫色我也喜欢。还有白色,因为它是所有颜色的本色。但如果是玫红色,我看都不想看,天蓝色也一样。我讨厌听娇声娇气的故事。请原谅我,西蒙娜,仅仅因为男人爱看电视,你就不要他啦?如果他有暴力倾向,我尽量理解。如果他都打人了……父亲一直认为打老婆和孩子天经地义。我小时候有几次眼睛被他打青了,因为没办法给人解释,就没去学校。照你这样说,难道父亲就成魔鬼啦?当然不是,他认为这是一种教育方法,仅此而已。

马上要离开巴勒斯坦回智利了,有一天,我从比特·杰拉镇前往贝伦镇看一个表姐。两个镇子是挨着的,一路上我边走边搭顺风车。在那里,镇子之间都离得很近,国家也小得不可思议,可就在这芝麻大点儿的地方,问题却一个比一个骇人听闻。表姐的家在一条小街边,有一道墙把路分成了两半——实际是一刀切开,就是臭名昭著的隔离墙,正是沙龙下令建的。字面上讲,整座墙是从路的正中间穿过,可这说明不了什么。灰色的墙体,由混凝土长板一块块连接而成,虽然薄了点儿,但是非常非常高,让人以为柏林墙还立在那里呢。隔离墙在有些地方建得很不合理,所以经常引发争执。比如在贝伦,我的侄子们要去上学,学校离家只有几步远,却被隔离墙挡在了另一边。

还是在贝伦镇。看望表姐的当天傍晚,我决定去郊外看看整个隔离墙。我想试试沿着墙边一直走,在房子或者学校挡住路之前,看看能走多远。我走啊走,没注意到天色已晚,光线越来越暗。脑子里只想着如何准确地在文章里描述我正在做的前所未有的事情。这时,三个以色列士兵,我当时没看见他们,突然质问着我走过来,那口气一听就是清清楚楚地在怀疑我。他们十分傲慢地停下脚步。因为他们讲的是希伯来语,我便回答说——用西班牙语——听不懂。他们仨看起来都很年轻,加起来也不超过六十岁,胡子都还没长多少,其中两个人的眼睛和肤色都很浅,应该是阿什肯纳兹犹太人,另一个肤色深一些,可能是塞法迪犹太人,三个都很高很健壮。他们身穿制服,虽然皱了,但很干净,戴着头盔,手里的枪对着我,随时准备射击,至少看起来是这样。从他们身上我闻到一股杀气,甚至盖过了我的恐惧。看我完全没有和他们交流的意思,他们换成了英文。一分钟问了十个问题,就像连环炮,一个接着一个。我是什么人?我在那儿干什么?从哪儿来?哪个国家的?为什么在以色列?什么时候离境?我回答得非常流利,但他们根本不信,一口咬死说我是间谍。他们看了看我的护照,问我智利在哪儿。随后,三个人用希伯来语商量起来。看起来他们达成共识并不容易,因为争论了很久。最后,两个人抓着我的胳膊,另一个肤色较深的走在前面,就像向导。我被粗鲁地拽着走了大概一公里,来到一个军营里。我就直说了,不想绕那么多弯子,我被他们强奸了,一个接着一个,一次,两次,三次。

我又来到加沙，待了几个月。我和表兄弟商量，求他们让我加入哈马斯。他们拒绝了，说我不够狠毒。我还不够狠毒？天呐！我绝对够！归根结底，他们认为我是女人，带上是个累赘，只是没明说而已。（如果我真的和他们一样狠，为什么我没有想办法知道那三个士兵的名字，然后找到他们？就算同归于尽，也会一枪把他们干掉。）"回去吧，写点儿东西帮我们筹集资金。"他们要求我说。在他们的认知中根本不存在中庸这个概念，就像戈壁，要么炙热，要么冰冻，一切非黑即白，没有实际意义上的春秋两个季节。他们沉醉在人民的愤怒中，无法自拔。还想拉别人和他们联盟，真是异想天开，这一点我很清楚。于是我动身回国了。没敢直接从特拉维夫的机场回，而是穿过耶路撒冷附近的艾伦比桥口岸到约旦，从那儿回来的，避免又被讯问（机场警察的凶狠可是出了名的，一旦被他们怀疑，能把你的灵魂都卸下来检查，或者直接遣送回国，好像每个乘客都要去轰炸整个以色列一样）。当我终于踏上飞机的那一刻，整个人都散了。咔嚓一声，就像断了弦的弓。

回国后，我很确信自己已经不知道什么是惊恐，什么是胆颤。将来不会有什么事情对我来说是场意外，这辈子已经注定了永无安宁之日。我看到自己坚强却孤立无援的样子，就像电影《正午》里的加里·库珀[1]，身处绝境，依然相信正义，伸张正义。

当时的避孕措施是上环。因为我的月事从来都不准，任何气候、地理或情绪变化都能使我的周期紊乱，所以即使日子推迟了也没担心

---

[1] 加里·库珀饰演《正午》的小镇警长威尔·凯恩。

过。虽然无数次看到消息说有的人上环后还是怀孕，但我从没想过会发生在我身上。有些事情是命中注定的，说来就来，没有商量的余地，就像避孕套破了，或者避孕药没起效，这都是概率问题。当我乘坐的飞机在智利着陆时，我已经怀孕三个月了，当时我三十岁出头，没人会给我做人流手术，付多少钱也没用。在智利，任何事都是一件严肃的事情，哪怕去犯法，也是认真的。

我可怜的阿麦德，一出生就长着一双绿色的眼睛，浅色的毛发。家里一下子炸开了锅！我从不回答孩子的父亲是谁。家里人一次又一次求我说，我就是不说。

在黎巴嫩，我认识了叔公，一位老战士。他皮肤黝黑，脸上的皱纹如一道道深深的刻痕，能随着表情伸缩变化。头上裹着穆斯林头巾，是白色的，如清晨的第一缕阳光，看得出，它经历了无数岁月和阳光的磨砺。我们讨论了很久"六日战争"[1]，还有难民营，从他那儿我了解了很多东西。当他讲到在夏蒂拉兵营医院住院的时候——为了讲他胃部受了重伤，他看到了我的反应，很严肃地说："同情？我们可承受不起哟。"

阿麦德不会被任何人同情，因为我们做不到。

（我和叔公一直用英语交流，因为没有别的语言可以沟通。我不像西蒙娜，一出生就说英语。周围没人跟我讲英语，上中学的时候也几乎不讲。决定去以色列之前，我才不得不上了英语强化班。我很努力，可荒唐的是，我学外语竟然为了和亲人交流，而对他们来说，英

---

[1] 第三次中东战争，以色列方面称六日战争，阿拉伯国家方面称六月战争，亦称六五战争、六天战争，发生在 1967 年 6 月初。

语也是外语。)

父亲要赶我走,说他无法抚养一个私生子。我也确实到了离开家的年纪了,自给自足是很正常的事。问题是钱从哪儿来。我求父亲先让我留下来把书写完,他迫于家人的压力,才答应了。我的书卖出去了,而且卖得挺好。我也因此用挣来的钱维持了一段生活。之后我就搬了出来,和阿麦德住在秘鲁大道的一套出租房里。房子离父母家很近,方便姐妹们过来帮我照顾阿麦德。有时候晚上孩子睡觉,我会坐在他身边观察他。看着他的肤色,想起那段屈辱。我一边看他,一边喝兑了可乐的皮斯科酒。心想,屋里什么都可以没有,就是不能没有这种酒。它便宜,低等皮斯科酒要比一公斤刚下来的水果都便宜。到后来,都不需要兑可乐了,我直接用皮斯科酒度过一个个心烦意乱的夜晚。平时只喝三杯,一时贪嘴,就喝了六杯,醉意阑珊中,我便再次闯入如史诗般波澜壮阔的画面。我是一名战士,所向披靡,无往不胜,是骁勇善战的阿拉伯突击队员[1]。之后,每次都是如此,各自为阵的我开始打架,看哪个最终能在残酷的竞争中崭露头角。最理智的我在一旁观战,那些我为了主宰我的意志,都互不相容,一定要争个你死我活。欲望之我,也就是中了酒毒的我,在那儿坐享其成,心想反正最后总是这个我赢。我在远处观望着战况,最后投之一笑,便睡去了,那种感觉,就是以色列坦克来了我都不怕。所以,在入睡之前的几分钟,我觉得自己是一个幸福的女人。

那段时间,我在一所大学的新闻学院教书来维持生计,教的正是调查性新闻学。但是收入相当微薄,当老师的都一样。传统的公立

---

[1] (尤指反对以色列的)阿拉伯突击队员。

大学认为，你在他们的教室教书，付钱的应该是你。私立大学工资高一些，但不认识人，所以进不去。有时候想到那群傻乎乎的孩子，竟然认为可以上电视才喜欢新闻学，我真宁可自己穷点儿，不挣那个钱了。再穷也要有尊严啊。总的来说，我不怎么抱怨，去了趟父母的家乡，见识了什么才是真正的贫穷，我怎么还能抱怨！

每个夜晚，我的眼里都是儿子弱小的身躯，那么小，那么脆弱。我轻轻地给他盖上被子。我没让任何人知道这个小小的身躯恰恰是敌人的孩子。

问题是，我知道。

刚上大学的时候，我发现这个世界比我想象的大很多。有的女生来自上层社会，她们人很好，和她们接触后，我才大概了解了传说中的富人圈子。卡塔利娜是和我关系最近的女生，自称是左派，还是坚定的积极分子。但她在我眼里，不过就是一个社会民主党成员罢了，我根本不当回事儿。要不然呢？我还能怎么样！她经常去父亲的庄园避暑，每年都要和家人一起出游，二十岁的时候家里就送她一辆车，班上只有她有自己的车（每次出行我们都坐她的车），衣服都是名牌，而且是她母亲给她买的，她还是标准的金发碧眼。总之，只要有机会搞活动，我们都不会错过，而且每次都是在她家。也不知道怎么回事，我们最后相处得很好，一直形影不离。她很大方，为了让我开心，她可以做任何事。比如，她可以想办法为我买到音乐会门票；她的朋友里只要有我喜欢的，都可以帮我介绍；她还邀请我去她们家农场度假。除此之外，她为人亲切。在她眼中，生活是那么美好！她总是慷慨解囊，跟任何人打招呼都要用亲吻，所有人都是她的朋友。真是个有趣的卡塔利娜。我们俩站在一起，别提那画面有多好笑，她金发碧眼，我却上下一般黑！我们经常穿对方的衣服，在一起学习，而且一学就是好几个小时。现在她在电视台工作，一切都顺风顺水。那时候她很喜欢来我家玩儿，对阿拉伯菜肴赞不绝口，还要去店里逛逛，但别的就没什么可做的了，她最喜欢在店里买些漂亮的布。"我妈有裁缝。"她这样说。有裁缝，这话让我听起来很稀奇。有几次我陪她去她姨妈家找东西，还陪她去她的表姐妹的聚会。就这样，我慢慢了解了那个社会。如果你不属于那个社会，就不可能有机会窥伺之。在她家吃饭的时候，她的父母会和我聊天，他们对我们这群人很感兴趣，聊到最后，总是说到中东问题。他们很有素养，卡塔利娜对这种生活早已见惯不怪了，所以看到我家吃饭的时候鸡飞狗跳的样子，她喜欢得不得了。八个野人除了吃自己盘里的，还要抢别人的，大家从不聊天，因为全是吵闹声。更别提听母亲讲话了，她的声音根本不存在。

卡塔利娜有一个哥哥，叫罗德里戈。显然，正如所料，我爱上了他。女孩子都曾经爱上过挚友的哥哥。罗德里戈比我们俩大几岁，学习法律。在他们家，只有他看起来最严肃。上大学后，我和卡塔利娜结为朋友，罗德里戈总是瞧不起我们，喜欢叫我们小屁孩儿。但是慢慢地，他看我们的眼神变了，之后我和他还有了一段浪漫的爱情故事。只是没想到，那段感情被隐藏得那么深，都没几个人知道，可我还是忍不住寻找我们相爱的痕迹。正因为隐秘，所以就像一团火，一直燃烧着我们的激情。坦诚地说，我爱得情真意切，甚至愿意生死相许。就在我飞蛾扑火的时候，从卡塔利娜那儿得知，她哥哥已经有了新恋情，对方是他们那个世界里的女孩。后来当着面，他告诉我说：

"我是要结婚的,莱拉,你知道我绝不可能和你结婚。"我问他为什么,结果却残酷得令人措手不及:"浪漫和激情是一回事,婚姻是另一回事,我不可能和独立大街上一家店铺老板的女儿结婚,况且他还是阿拉伯人!"

这是全世界阶级主义和种族主义最严重的国家之一。智利为什么存在这些阶层?曾经发生过什么?如果是君主制国家还可以理解,比如英国。但我们国家不是,确切地说,我们根本没有真正意义上的贵族阶级,过去也不是总督区[1]。西班牙征服美洲之后,智利和秘鲁、墨西哥一样,已经没几个土著人了,面对赶尽杀绝的殖民者,大家想想,他们能不害怕吗?马普切人连比奥比奥河都不能穿过[2]。所以怎么样?智利人的目光丝毫不单纯,对眼前的事物,先是上下打量一番,然后判断,最后对号入座。神不知,鬼不觉,快似离弦之箭。这是潜意识的,或许他并不知道自己的所作所为,这种观念早已根深蒂固,改也改不掉。好了,这时候他的眼睛停住了,经过这一番打量,他已经获得了信息。现在,他开始说话,十个词,或者二十个词,好了,再不多说。对智利人来说,眼睛和耳朵就足以让他们立即获得想要的信息,并加以区分。

很奇怪,有的人喜欢小孩子,可我不喜欢。并不是所有人,或者说,不是所有女人都喜欢小孩子。就像信仰,可有可无,但不是说有

---

[1] 1535年起西班牙王室为了统治西属美洲,先后建立四个总督区。智利属于秘鲁总督区,1778年被设为都督区。
[2] 在北方西班牙殖民者和南方印第安部族马普切人的长期战争后,比奥比奥河成为双方领地的界线。

就有。说到这里，几年前我听过一个故事，令我思绪万千。娜塔莎听我讲过。一个叫伊雷娜·森德勒的波兰女人，1910年出生于华沙郊外，是某个社会福利部门的主管，当时波兰已落入希特勒之手。五十万犹太人被纳粹隔离起来，尽管担心爆发瘟疫，也不允许任何食品药品进入。伊雷娜·森德勒被要求在隔离区内监察结核病，因为可以进出自如，她开始利用职务之便拯救里面的孩子。她挨个劝说父母，允许她把襁褓里的孩子带走，这可没么容易。伊雷娜觉得关在里面就没有活的希望了，但是那些父母还在用各种幻想欺骗自己，就是不愿意和孩子分开。最后，他们还是同意了，不仅是担心断子绝孙，还因为饥饿和疾病笼罩着所有人。渐渐地，伊雷娜每天都能带走一个孩子。她把孩子藏在手提箱里，或者斗篷里。她训练了一条狗，只要有德国人靠近，它就叫，把孩子的啼哭声掩盖住。这样就骗过了纳粹，她带着狗和那个秘密，从后面登上每天负责接送的救护车，经过隔离区的墙离开了。她把孩子留给那些基督教家庭，由他们来哺养。为了日后让孩子们知道自己的真实身份，她写了一份名单，新名字旁边都注着原来的犹太名，然后把名单装进一个玻璃瓶里，埋在自家院子里的苹果树下。

后来，盖世太保将伊雷娜逮捕入狱，对她残酷用刑，用棍子打烂她的腿脚，用木槌捶打她的身体，最后宣布她有罪，判处死刑。后来通过贿赂狱警，她才逃了出来。她隐姓埋名地藏了起来，一直到战争结束重获自由之后，她才敢出头露面，并且出来的第一件事就是去家里的苹果树下，把瓶子挖出来，发现名单上几乎所有孩子的父母都被杀害了。

晚年的时候伊雷娜住在养老院，照顾她的人就是曾经被她从犹太隔离区救出来的女婴,女婴被救时只有六个月大,她把孩子装在工具箱里,那只狗跟在身边。伊雷娜前不久才逝世。因为2007年她被提名参选诺贝尔和平奖,所以我才知道这个人,而与她竞争这一大奖的是艾伯特·戈尔,即最后的获奖者。

奖项都无所谓了,伊雷娜·森德勒一生都献给了与她毫无关系的几千个孩子。他们都是犹太人的子女,说不定阿麦德的祖母就是其中之一?

我想,这才叫爱,但我感受不到。

接下来我按时间顺序讲,先从儿子的出生开始。自然,一个人堕落并不是一蹴而就的,一开始,我努力做得和普通妈妈一样,照顾他,喂养他,鼓励他,但亲吻和拥抱让我一直觉得很不自然。我对他的爱,只在黑夜里摄入至少五杯以上的酒精之后才有。上帝垂怜,我真的想好好爱他。为了维持生计,我要上班。白天穿梭在城市里,等到夜幕飘进家中的小客厅,我便开始休息。看着桌上静候的皮斯科酒,伸手之前,我扪心自问:"到底是什么让你这样贪恋?"我自己也不清楚,从来没有满意的答案,于是,斟满酒杯,一口灌下去,再多困惑都被抛到九霄云外了,只知道现实世界不是我想要的,那里冰冷刺骨,毫无幸福可言,我不想生活在那儿。

有一次喝多了,第二天不能去上班,我随便编了一个理由就没事儿了。那是第一次,到了第三次,被学校严厉批评,我向学校保证不会再有下一次。可结果重蹈覆辙,第二个学期的时候我就被学校赶走了。

这是第一次严重打击,失业。

大家对我的劝告我全当耳旁风了，酒鬼向来什么都不听。从酗酒成性到适当饮酒有一段距离，有时候很长，很长，长到遥不可及。我认识有的人成功做到了很长时间地控制住自己。有一点很不利于戒酒，就是否认。酗酒的人从来不承认自己有酒精依赖症，对这种病也毫无意识。所以，大多数情况下，只有在别人的帮助下，才能擦亮眼睛，认清事实。问题是，谁来帮？这个人必须做到两点：一是有胆量；二是这个人非常关爱患者。

系里有三四个朋友，都是学新闻的，和我一样在那儿教书。我们平时聊工作、聊专业，还交流世界观，可以说是无所不聊。当我开始因喝酒误课时，她们便察觉到我有酒精依赖症，当然，她们非常关心我的情况，因为我在她们心中是有一席之地的。大家都想阻止我酗酒，却不知道该怎么做。终于，最勇敢的一个冲到了前面，她跑来家里找我。她叫阿波洛尼娅，和电影《教父》里的阿波洛尼娅一个名字。我们平时走得很近，但即使这样，她在面对我时，也是鼓足了勇气。她开门见山地讲，我病了，但我自己好像没意识到。她很真诚地说大家在考虑我的工作问题，每个朋友此刻都在为我担心，她提到了阿麦德，还拆穿了我曾经的那些谎言。她尽一切努力地帮助我，为我约了这方面的心理专家（我当然没去）。我知道，我这个人强势又自闭，她做这一切非常困难，只能说这是她对我莫大的关怀。因为她，第一次有人告诉我酒精中毒这个词。我否认了，而且否认了一切。我继续在她面前编造各种违背事实的谎言，就像编电影一样。我装作很幸福的样子，事实上我没感受到一丝一毫。我口中的生活，其实根本不是我的生活。我憋了一肚子火想对她撒，但是忍住了。每次吃午饭或者聚会的时候，为了背地里反抗她，我就故意多喝点儿酒，戏弄她对我的一片好意。最后,她走了,我失去了她。就像她后来说:"这些酒鬼满口谎言,和莱拉做朋友简直就是浪费时间。"

失业快把我逼疯了,我找了所有能找的工作。最后,只得去一家专做广告的杂志社写些无聊的东西。钱很少,但至少付得起房租了。那时候房租很便宜,但剩下的钱还是不够我生活,这句话可不是撒谎。我开始四处借钱,先跟家里借,之后跟朋友借。起初还能按时还,后来便懈怠起来,因为确实记不得了,想还也还不了。我开始经常撒谎,可我自己却意识不到。阿麦德由家里人照顾,多亏有七个兄弟姐妹,总有一个能照顾他。小点儿的妹妹经常带阿麦德去爸妈家,能给他饭吃。当然,他们后来发现有些不对劲。平时我都按时去接阿麦德,结果有一天我忘记了,晚上七点还没去。因为那天在路上遇到几个大学同学,大家就决定一起去酒吧。不经意间就很晚了,当我终于想起来去接阿麦德,同学们劝我再喝几杯,说他们请客,我就留下继续和他们饮酒作乐。回家的时候已是次日凌晨,阿麦德被我忘得一干二净。喝了酒,我酣睡如泥,一觉醒来已经很晚了,我去父母家接阿麦德,大哥在家等着我。你们知道他做了什么?他居然打我,直接狠狠地给了我一个耳光。他说我是这个家的耻辱。家里不让我把阿麦德带走,说我没资格抚养他。我跟家里保证要洗心革面,还说得跟真的似的!

受到这样的羞辱,我决心戒酒。那段时间真是一场噩梦,我给自己设了一个圈套,许下了我根本做不到的承诺。我把酒全部藏起来,果然,电影里对酒徒的描述都是对的。但问题是,戒了酒,我怎么做母亲?或者说,被祖国的三个敌人强奸,还有了一个儿子,我该怎样面对？没有酒精，那段经历就会像电影一样不断重播，那些画面翻来覆去，根本无法删除。身体的疼痛、满腔的怒火和屈辱，周而复始，永无止境。我可怜又不幸的孩子，他有一双绿色的小眼睛，总是勾起我那段恐怖的记忆。为什么当初不把他送人领养？都怪我没及时想到，自以为是地认为能克服一切困难。等到后来再送走，家人肯定反对。他们都喜欢阿麦德，什么私生子，已经无所谓了。就连父亲都开始喜欢他，哪怕心里一万个不愿意。他从没跟我说过，但是我的姐妹们告诉我父亲是如何一步步被那个小家伙俘获的。

但是还没到最后。总是这样，永无止境。

那段时间，我试着戒酒，并不是每次都能做到，有时候意志力还是不够。但是隔段时间沾点儿酒，能让我精神焕发，耳聪目明，连阿麦德的事儿都抛在了脑后。我真是大错特错，人一醉酒就犯傻。这时候，我就想再写一本书，以中国为主题。我坚信，这是神明给我的启示。怀揣着激情，我去找大哥借钱，说我要去做戒酒改造。他毫不犹豫地把钱给我，还很欣慰，通知了几个住在爸妈家的妹妹，让她们再多照顾阿麦德一段时间。和大哥告别后，我揣着一大笔钱离开了，那全都是用来买威士忌的，威士忌的味道最好了。毫无疑问，我已经准备好了要好好过把瘾。家里跟我要治疗的地址，我不给，辩解说是我的隐私。可怜的亲人们为我牵肠挂肚到疲惫不堪，又害怕我反悔，再去酗酒，所以都不再追问我。

我买了一大堆威士忌。本来可以买几瓶芝华士牌的，反正手头钱多，最后还是买了红牌尊尼获加，因为便宜，可以多买几瓶。我去不同的超市和商场买，每次都要拎个口袋，防止别人看见。记得有一次在公交车上，我坐在窗边，朝窗外望去，天空一片混沌之色，只好观察起旁边的姑娘。她和我挺像，看起来年龄差不多，正在读一本书，栗色的头发扎成一个马尾，身穿蓝色牛仔裤，黑色长靴，灰色连帽衫，上面印着智利大学的徽标。她正看得全神贯注，总是有一缕头发垂下来挡住了视线，她时不时地用手捋到耳后。她一会儿越过我看看窗外，一会儿从包里拿出一支圆珠笔，在一段文字下画线。突然有一瞬间我们目光相碰，她冲我微微一笑。我清晰地记得，她的笑容是那么纯真，如水一般清透，直戳我背后那个弥天大谎。她好像在说："我们正肩并肩一起走呢。"就像两个同龄姐妹，外貌相似，都很努力，都很聪慧，年轻的我们都希望给生活增添一些有意义的事。而她面前的我，正有几瓶尊尼获加藏在地上的塑料口袋里，准备让它们在我体内流淌、燃烧，直到胃里，那个地方埋藏着千丝万缕的哀愁，怎么解也解不开。任何讲经说道的人都比不上那个微笑，它仿佛在对我说："你不过是个大诈骗犯，一点儿没错。"

我把自己关在家里。从妹妹那里把房子钥匙要了回来，确保家人找不到我，因为他们可能会来家里找孩子的东西，或者来打扫卫生。我的姐妹们都是些豪爽的人，担心我出什么事，才拿了我的钥匙。我把钥匙从她们手里要来，是想一个人躲起来静静地舔舐自己的伤口。或许它永远无法愈合，并伴随我一生。但当它重新裂开，又流血的时候，需要我轻轻地抚慰它。

我消失了，毫不留情。

五天后，他们找到了我，当时我已经奄奄一息。因为钥匙被我拿走了，几个哥哥只好破门而入。是楼下的邻居之前总听到奇怪的声音，好几次来敲门都无人回应，但家里有声音，我想可能是我在卫生间呕吐或者摔倒的声音。邻居找了我的房东，房东就找到了我的父母。或许大家觉得我应该感谢那可恶的邻居，但我并不这样认为。

我被送到急救室。脱离危险后被转移到另一个诊室，精神病科，在那儿住了很久，直到把酒戒了。说得难听点儿，我只是不喝了，酒瘾根本没戒掉。医生总是要求我们想象一些美好的事物，可是进入我脑海的只有甜橙树和橄榄树。那片土地，尽管饱受摧残，但永远有甜橙和一点儿橄榄油，让你享受她的恩泽。

等我又能站起来了，便回到父母身边，把那套出租房退了。我的东西都被尘封在父亲店里的仓库。我开始了新的生活，是暗无天日的艰难生活。阿麦德就在我身边，真是可怜又不幸的孩子。一开始他拒绝我的亲近，仿佛完全忘记了我这个母亲，他只让姨妈抱，后来才慢慢地注意我。我躺在床上，久久地注视着他，到最后我甚至感谢他能出生在智利。我觉得，一个人在哪儿出生能决定他的命运，而且谁都不知道你会在哪里降生。五十多年了，整个智利大地没听到过一声爆炸，而另一些地方却炮火连天。比如我朋友卡塔利娜，就是那个金发碧眼的女孩儿，从没听过空中飞啸的子弹声，连她父亲和祖父都没经历过。（当年政变的时候他们一家人去哪儿了？海边吗？）当我看电影《和巴什尔跳华尔兹》时，我在想，这个以色列导演曾亲眼目睹萨布拉和夏蒂拉巴勒斯坦难民营大屠杀，而他的父母就是奥斯维辛集中营的幸存者。如今，这位导演的儿子能够讲出父亲和祖父所见证的一切，他天生就带着伤痛。我的阿麦德就是这样，他带着伤痛来到这个世界。

我再回头讲讲出精神病科后的那几日，接二连三的事情把父亲的脾气都磨软了，他容许我住在他们家，需要钱可以跟他要，甚至还听从姑妈的建议，给我找了心理医生。"不是戒毒所，"他说道，一个字都不多说，"能帮助你。"我问道："帮助我什么？""能帮到你。"他又说道，有些不好意思。我不想接受心理治疗，从来不相信花钱能解决个人问题。这不是男人嫖娼吗？我不是说娜塔莎干的是那档子事。但让我花钱买人听，买人爱，买人心，不，我不干。我是被逼无奈才来的，事情就是这样！第一次治疗的时候，娜塔莎就发现了。她肯定想，我是块难啃的骨头。

时光荏苒。

和大学领导沟通了很久，终于重新站上讲台。我要努力做最优秀的教师，弥补曾经的过失，让大家相信我。现在感觉挺好，有了归属感。我不再给那家杂志社写虚假轻浮的广告宣传，更不会去电视台和广播电台工作，因为伏案执笔才是我的最爱。工作之余，我还在一家私立大学上晚课，其实不算讲课，只是辅导论文，报酬也很可观。因为我不想再穷下去，不仅为了多挣些钱，也为了满足我的自尊心。

另外，我还要出版那本关于中国的书，已经开始写了，我写了很多随笔，也读了很多书。我马上就要去旅行了。我现在还和父母住一起，都这个年纪了，确实难为情，但之前接二连三的变故，实在走投无路了。大家内心其实不希望我离开，当然不是为了我，而是阿麦德。他现在不仅仅是我的孩子，也是父亲和其他兄弟姐妹的孩子，是所有人的孩子。阿麦德过得很开心，看到大家对他悉心照顾，我心里十分安慰。现在他已经上学了，在一所公立学校，放学后整个下午就和父亲在店里，帮他量尺寸和卷布。虽然很少见他眼里含笑，但他很健康，也很可爱。我把他当作一个普通人，为他考虑未来，甚至开始理解点儿犹太人这个民族。我努力了，真的。我喜欢读书，只有阅读能帮助我，这是任何清规戒律都办不到的。我喜欢三位以色列作家的作品，阿莫斯·奥兹、亚伯拉罕·巴·约书亚和大卫·格罗斯曼[1]，那都是为了阿麦德。

我想我终于理解什么是心灵创伤了，特别是埋藏在我心里的那道伤。

每次把自己折磨得醉生梦死，才发觉历史已经留下了抹不掉的伤口，而我却把它死死地压抑在心底。伤口反复开裂，仿佛有冥冥之音呼唤着它，要求再给我一次痛的洗礼，它立刻狂躁起来，任谁都无法平息。不知大家有没有理解这些，简单地说，就是我放不下那一次暴行和它带来的一连串后果。那种切肤之痛，只有酒精才能缓解。在酒精的催发下，一声呐喊终于从伤口迸发，茫茫中我却寻不得它的踪迹。受伤的永远是肉体。虽然酒精让我思维混乱，时间、意识和世界被撕成碎片，但痛苦还是重新刺痛了我的身体，每次都是如此，就像在贝伦镇附近军营里的那次遭遇。

没想到那场意外会变成幽灵，每次一犯酒瘾，正是它又在缠绕着我。

离开贝伦镇去加沙的时候，我本来以为没事儿了。之前发生的一切就像一场意外车祸。在现场，人们从地上爬起来，发现自己没什么大碍，向警察提供口供后，便各自回到家中躺下休息，一周后他们将

---

[1] 以色列的三位重要作家，被誉为以色列当代文坛三巨头。

遭遇沉重打击。意外之后，我不停感慨自己强大的内心，经历了性暴力，还能平安无事，自己都佩服。也庆幸三个残暴的士兵加起来都没把我摧毁。

我的打击来自回国之后。我怀孕了，这时才发现一切真实不虚，之前的平静只是对事实的否认，我万念俱灰。验孕结果赫然在目，痛苦又对我席卷而来，就像经历了第二次强暴。打击只是或早或晚的事，再晚都会来。是我太天真了，苦海无涯，岂能让我轻易地逃走？当头一棒，我只得俯首称臣。只是不知，到底或早或晚，哪种更来得痛彻心扉。

从前，是再也回不去的流年。

第二次打击后，我的身体裂出一道道痕，变成了碎片散落满地，过去、现在和未来都已支离破碎。

真实只能用言语大声地讲出，把我拉回过去的不是我的声音，不是的，我什么都没做，也不想听到那个声音，那是我儿子的声音。那个声音证明一切真实不虚，它无时无刻不在提醒着我，它来自那道伤，是刻在我心里的伤。

娜塔莎告诉我，故事只有讲出来，才能控制得住。今天我做到了。回忆是沉重的，为了治愈心灵，每一个经历痛苦的人都要学会拿起它，但这需要他人的帮助。今天，你们作为见证人，我把它拿起，转交给你们，记得，它很沉。

如释重负的我，早已精疲力竭了。

# 路易莎

我叫路易莎。

我是南方人。来自努布雷省的一座小镇,伊塔塔河从镇子穿流而过。今天我只想说说他,卡洛斯。我在乡下长大,是农民的孩子。如果不是卡洛斯,我就留在农村了。父亲是庄园里的佃农。我有很多兄弟姐妹,有的没活下来,现在剩我们五个。那时候在农村,小孩会夭折,尤其是刚出生的孩子。女人把孩子生下来也不会留在身边。没有人有文化。现在变化实在太大了。嗯,毕竟是很多年以前的事情了。我已经老了,都六十七岁了。

我们悄无声息地生活在世界的一个角落里。但只要是头脑清醒的人,都不愿意活在世界的中心,因为那里发生的一切都让我们宁愿待在角落里。我上过学,可是没学到什么东西。冬季一下雨,满地都是烂泥,根本去不了学校,所以老师经常缺课。学校把所有学生都放到一间教室里,只有两节课,学生年龄参差不齐,但老师教的都一样。(一天,庄园主问埃尔纳尼的名字开头有没有字母 H[1],埃尔纳尼是和父

---

[1] 埃尔纳尼既可以写作 Ernani,又可以写作 Hernani。

亲一起干活的另一个农民。他回答说:"没有。那是给有钱人的,我们要那 H 干啥用?")

后来我退学开始帮家里干活,我既要在菜园里帮母亲,又要帮父亲喂养牲畜,都是清一色的奶牛,有大有小,马只有几匹,这些全属于庄园主,只有那只叫泰的狗是父亲的,它一身黑毛,长得很漂亮。田野里有很多蜻蜓、大马蝇和牛虻,它们很快就习惯了我的存在,不会来叮我。那里的蛇很细,也不太长,不会把你怎么样。毛茸茸的蜘蛛也不吓人,农村里到处是它们的身影,它们常常藏在自己打的小土洞里,我的几个哥哥弟弟把它们从洞里挖出来装在瓶子里,蜘蛛看起来太丑了,但是和蛇一样不会伤人。田野里没有什么危险。我最喜欢做的事情就是感受从北方吹来的风。我仰起脸,等待它飘来抚摸我的面庞,我等啊等,它来了,就像来看望我一样。等到北风离开,树叶就被雨水装扮得晶莹剔透。我家的房子盖在一个水塘边,我们掉进去好几次,但是水不深,而且清澈见底。在乡下,家家户户的院子里都有很多狗,没人晓得它们从哪里来,走的时候也不知道它们要到哪里去,母亲有时候抱怨说家里连口吃的都给不了它们。都是些流浪的土狗,它们当中我最喜欢的是尼诺和巴塔利亚。尼诺体型小,浅咖啡色,就像打好的土鸡蛋和拇指饼干混合的颜色,它的耳朵和四肢都比较短。和尼诺相比,巴塔利亚是只长毛狗,有的地方是栗色,有的是橙色,看起来挺漂亮的,也是因为它身形比较高大。我把巴塔利亚留在身边,它日夜跟随着我,它太爱我了!巴塔利亚喜欢在地上打滚,四条腿一伸,在地上滚啊滚,滚成了一个火球,冒着橙色的火焰。它看起来是那么悠然自得,我在一旁羡慕得恨不得也趴地上陪它一起滚。我曾经多少次希望自己也是一条狗,至少尼诺和巴塔利亚比我们过得好多了。有时候我和巴塔利亚跑到牧场去，摘几株山羊豆，然后藏在灯心草丛里玩儿。一旦被父亲发现，他就解下皮带抽我，这时候巴塔利亚开始低吼，父亲有点儿害怕被狗咬，就走了，一边穿皮带一边扯着嗓门儿骂，如果我再不回去干活儿，下次就把我撕碎。还好巴塔利亚有它的优点，母亲喜欢它，因为它会抓老鼠，简直就是捕鼠能手！问题是，每次它逮到老鼠，都叼过来给我，作为礼物送给我。我从不喜欢老鼠，那些家伙看着真让人恶心，农村的老鼠又肥又大，巴塔利亚捕到的也是这样，它居然还把那东西叼给我。不仅如此，之后，还用舔过老鼠的舌头舔我的脸和胳膊。

巴塔利亚死后，我躺在栗子树下，也装得像死人一样。我们家最漂亮的东西就数那棵栗子树了，是棵老树，树冠硕大，枝繁叶茂。平时我们都在那棵树下活动，特别是夏天的时候。树下放着一个大木盆，我们就坐在它的树枝下洗衣服、剥豆子和玉米粒。所以巴塔利亚一走，我就在树下闭着眼躺了三天。家里人也都不来叫我干活，也没人敢和我说话。到了第四天，母亲过来跟我说："好了，路易莎，巴塔利亚去了另一个世界，它不会回来了。"我睁开眼，站起身，便开始和母亲洗衣服。

这就是死亡。

我最喜欢的树木之一是酒果树，它长在野地里，努布雷的田野里到处可见。它的树干很细，树枝很长，叶子密实。它的果实很小，圆圆的。蓝黑色的皮肉能把你的嘴和手都染上颜色，染得到处都是。它的味道甜甜的，十分可口。最开心的事就是和兄弟们回到家，一个个都变得不像人样，是蓝模蓝样的，母亲也只能在一边责骂我们。我们的牙齿像焦炭，但没有那么黑，带点儿蓝色。我们从来不找东西把牙洗一洗,就那样,牙齿好久都是蓝色的。

你印着酒果的围裙。[1]

乡下最好的东西就是庄园主家的房子。也是那儿唯一的大房子,所以大家都觉得很神秘。他们不准我们进去,但我们家离那儿非常近,马厩那儿有一个小山丘,我和兄弟们就爬上去偷窥。有时候父亲要去给他们家修草坪,小时候我从没见过哪片草地被剪过,只有庄园主家才会剪草,所以父亲答应带我同他前去。我喜欢青草修剪后的味道,那是乡下最好闻的味道,我太喜欢了,无论刚出炉的面包,还是刚熨平整的床单,都比不上那种青草香。据说我曾经发愿长大后要当园丁。太少见了,多少女人都被埋在干不完的活里,至今我都没见过哪个女人当园丁!

在我十岁左右的时候,村里修了一座教堂,虽然简陋,但也算是个了不起的新鲜物了。过了很久,来了一个神甫,他给大家主持弥撒、洗礼、婚礼,全村人都领了第一次圣餐。他每天都和大家在一起,说他到这里来是为了拯救我们,让我们脱离苦海。教堂很美,我很喜欢去那儿。卡洛斯不喜欢神甫,有一次他告诉我:"路易莎,你知道吗?地狱并不存在。""怎么可能没有地狱,卡洛斯,你别乱说。"我回答他。他说天主教会编造出一个地狱来安抚贫苦百姓,让大家以为存在一个比现世更悲惨的地方。我跟他讲:"哎呀,卡洛斯,瞧你说的这些话,看上帝到时候怎么收拾你。"他回答说:"我已经在受罚了,路易莎,自打来到这个世界我就一直在受罪。"

---

[1] 摘自智利民歌《比奥莱塔·帕拉的捍卫》,比奥莱塔·帕拉(1917—1967)创作并演唱,她是智利人民的"歌魂",也是底层人民尊严的象征。

卡洛斯说话就是这样，虽然我会啐他几口，但我喜欢听他讲，他太有主见了。既然小时候教的东西对他来说无所谓，那我就在想，他会怎么看待现在的恋童癖，他那么反教权，可能会大说特说一番，肯定的。

十五岁时我被送去奇廉那个城市打工。是姐姐先去的，她给我找了一份工，就是在人家家里打扫卫生，照顾几个小孩。我并不喜欢，便回了乡下。但是父亲让我回去，我只好继续干下去。房子的主人们都不坏，也不是什么富贵人家，房子普普通通。孩子们都很乖，不惹事，但是我总是吃不饱饭，他们把东西全都锁起来，女主人一天只开一次储藏室。那时候还没有冰箱，至少奇廉没有，所有的新鲜食材只能每天去市场买，会有一个账单。我没经手钱，从来不经手。至今我还记得女主人走哪儿都带着一大串钥匙，生怕发生点儿什么意外，我觉得是这样。在乡下我们都没见过钥匙。我在那一家干了一年，夏天的时候就回乡下了。还是自己家住着舒服。虽然家里从不准我休息，总把我叫去牧场放牧，但是我可以和狗玩儿，可以爬树上摘梨和苹果吃，虽然不怎么好吃，但我很喜欢，因为没尝过别的果子。还有酸樱桃，那个我也吃，我们那儿有一片林子，都是这种树，谁都没去种过。听父亲说，它们是自己长出来的。那种果子味道很酸，颜色偏白。后来知道有红樱桃，我经常吃。我很怀念池塘边的那棵波尔多树，我藏在它茂密的树冠里，它的叶子是深绿色的，很厚，看起来是那么优雅，低头便是池塘的水。我在树上幻想着有一天也能有一幢房子，就像奇廉的那个夫人家一样，那就是我的全部了。

后来有一天庄园主太太来了。"路易莎到了该干活的年纪了吗？"她问我母亲。"早到啦，都长那么大了！"母亲回答道。我当时十六岁。

那年夏天,我被带去几户人家干活,看看我干得怎么样。如果好,之后可以去首都干。当他们提到首都圣地亚哥,我想象的是一幅巨大的画面,一座座洁白的房子整齐划一,都是两层楼,中间有扇大门,上方有两扇窗户,好多好多这样的白房子,数都数不清。村里人都想去首都,就像约好了似的,卡洛斯后来这样形容。对村里的女人来说,去首都要更难,除非夫人带你去,再没别的办法。男人可以去服兵役,但我们女人不行。听说我可以去首都,庄园里所有人看我的眼神里都带着嫉妒,女的就更别提了。我没那么傻,知道这意味着一种特权,只不过当时还不会特权这个词罢了。后来是听卡洛斯说的,他总在各种大会上针对有钱人的特权问题侃侃而谈,第一次听到他说这个词,我在家念叨了好多遍。好了,那年夏天我在庄园主家里干活合格了,便起身前往圣地亚哥。当我看到宽阔的马路和密密麻麻的汽车时,不禁感叹:"好大的城市!"上帝啊,我有点儿恐惧……我不敢一个人上街,周日有时候只能待在家里,没有人可以一起出去,直到我哥哥来了。他之前离开农村去参军,所以在首都生活。他教我如何去他家,他就住在洛巴列多住宅区。那时候我才觉得没那么孤单了。后来正是在他家发生了最重要的事情:我认识了卡洛斯。

卡洛斯在建筑工地上班,是施工队长,平时工作认真,所以工头对他不错。他出生在艾森市,说话带南方口音,却总嘲笑我的南方口音,我便觉得他很幼稚。他的父亲是个脚夫,母亲很早就去世了。他有一个哥哥,去了阿根廷,后来就一直杳无音信。所以卡洛斯身世凄凉。我们刚认识,他就开始追求我。我那时候算是个黑美人,长得丰满迷人。当年我们就结婚了,只走了法律程序,我本来想再办一次宗教婚礼,但是卡洛斯有自己的想法,他说在教堂结婚没意义。总之,我们别的都没做。他跟我说:"上帝不喜欢送祝福。"起初我们在委拉斯凯兹将军大街那里租了一座房子里的一间屋子。女儿戈隆德里亚娜出生之前,我一直在别人家干活。我怀孕后,女主人立马就明白了,她说:"路易莎,大门随时为你敞开,你随时可以回来。"靠着卡洛斯的工资,我们依然维持着生活。那一年,卡利托降生了,现在在瑞典,是个电工,他娶了一个金发碧眼的女人,就像从杂志里走出来的一样。有件事我一直不能原谅卡利托,就是他把我的戈隆德里亚娜也带走了。他把瑞典跟她讲得天花乱坠,直到有一天,女儿禁不住诱惑,把我一个人丢下了。"行了,唉,路易莎,"我劝说自己,"既然孩子们有权掌握自己的生活,就不可能永远待在母亲身边了。"不过这都是很久很久以后的事了。

我太喜欢和卡洛斯在一起生活了,所以从没提起过农村。沉默的我,一直都很怀念农村,怎么可能不怀念!我们多了两个孩子,委拉斯凯兹将军大街的屋子实在住不下了,我们搬了家,之后我买了一只公鸡和一只母鸡,因为想听它们打鸣儿。结果公鸡太没规矩了,要不就是老犯迷糊,谁知道呢。我习惯了天亮鸡鸣,结果那只公鸡根本不分时间,说叫就叫。在南方,每次母鸡下了蛋,公鸡就会叫起来,父亲说鸡叫是为了庆祝。在宁静的傍晚,如果听到好多次公鸡叫,父亲就准备第二天吃鸡蛋了。后来在圣地亚哥,我把鲜蛋留给孩子们吃,卡洛斯不吃,他说他不会吃一只"认识的鸡"的蛋。这个傻瓜,他的脑袋里都在想些什么。正如我刚才所说,我怀念乡村,怀念夜晚。人们总觉得乡村的夜晚是静谧的,其实不然。当然了,那里没有车,没有吵闹的音乐，也没有汽车喇叭声和孩童的聒噪，这跟城市不一样，但依然有一片声音的海洋。我可以分辨出那些声音，有各种各样的鸟鸣、蝉鸣、蛐蛐的歌声，所有生灵都在同时唱歌，所有声音都交织在一起。还有狗……它们在夜里哭泣，心里有太多苦楚。

我们的生活是这样，卡洛斯盖楼房，我抚养孩子，当时正是阿连德当选总统的时候。"世界即将改变，路易莎。"卡洛斯一次又一次地跟我讲，满怀憧憬。那些年来去匆匆，就像被困在旋涡里，深感焦虑不安，而所有人就生活在那旋涡里。卡洛斯工作很辛苦，要参加工会、工人联盟[1]，还有各种会议。

有一天十一点的时候他找到我，求我仔细听他讲。"我要赢，路易莎，"他说，"我为胜利而战，并且知道这么做是为了什么。就是因为小的时候没有权力，什么都做不了。以前和一群手无寸铁的人生活在一起，我看到了我们所遭受的一切苦难，那种苦难永无止境，而它的根源就在于我曾经无法拥有的权力。你明白吗，路易莎？"

他接着讲那些政治党派。"你不要掺和进去，卡洛斯，"我跟他说，"你去是为了啥……"他很严肃地看着我，他在思考，但没跟我讲他脑袋里在思考些什么。他还讲到了他的同伴，都是些志同道合的伙伴。但在这之后，我再也没听过伙伴这个词。他递给我几本书，希望我能看懂，受到一些启发。"你别再为别人的肮脏去清洗了，路易莎，"他说道，"等你再工作的时候，去做些值得你做的事情吧。"那些日子很美好，卡洛斯后来把那段时间称为一千日，是等到所有恐怖的日子过去之后。

---

[1] 是一个工人民主机构。在阿连德政府（1970—1973）期间，由工人阶级在智利成立。

1973年开年的时候,我们去南方度假。父亲对我说:"这一年小麦的收成会很糟,路易莎。"

9月11日那一天,太阳落在我们头顶上,仿佛一个杀人犯。

一天夜晚,他们来搜捕卡洛斯,把他从我身边带走了。那一年我三十一岁,他三十三岁。当时是11月,是政变发生两个月后。我们正在睡觉,因为街上有宵禁,听到敲门的时候,我跟卡洛斯说:"都这个点了,街上不应该有人啊。"但是还有人在敲。他们大呼小叫地进来,叫着卡洛斯的名字,瞬间把他抓了起来。"让我把衣服穿上。"他说道。但是,他就那样穿着睡衣、胳膊被人抓着给带走了。我开始叫喊。"别喊,阿黑,如果我一会儿回来了,就说明他们抓错人了。"这是所有他最后对我说的话。

别喊,阿黑。

孩子们醒了。没看见卡洛斯离开,也没见到那些士兵,他们什么都没看见。第二天,我跟孩子们讲爸爸去南方了,就会回来的。

从9月11日起,从拉莫内达宫遭到轰炸之后,卡洛斯非常痛心。哎哟,我看他那样子,心里就嘀咕:"以后还有事等着他呢,他能撑得住吗?"当时只是我的一种感觉,但从没真的那样想过。

等待开始了。

我们住在格兰大街七站巴勃罗·聂鲁达住宅区,后来叫贝尔纳多·奥希金斯小区,是在不久前才改的名字。我们搬进去的时候,正值人民团结阵线执政期间,大家疲于奔命,邻里间也不来往,所以我们对附近的人都不太认识。卡洛斯被抓走后的第二天早晨,我走出家门,希望能遇见什么人告诉我究竟发生了什么事情。但是没人向我走来，没人知道，也没人看见，就好像一切只是我的臆想。我的床空了，这可不是臆想。我一声不吭，我觉得我必须把嘴闭住。只要不张口，卡洛斯就会回来。我说话越少，他回来得越早。

时间日复一日地过去了。我连面包都不敢出去买，生怕卡洛斯回来找不到我。我和孩子们每天都待在家里，完全当作一件任务在做，而且很艰巨，压得我喘不过气来。让我认真办一件事情实在太难了。一天，我带着孩子们去洛巴列多，就是我哥哥住的地方。我跟他讲了之前发生的事情。卡洛斯有一次自告奋勇去跟工头说说工作的事情。但是谁都不知道什么事。"他们施工队有三个工人到现在都没回来。"他对工头说。我不认识他的同伴，卡洛斯从没带他们来过家里。"路易莎，"哥哥说，"你回乡下去吧，那边先照顾好你的生活，然后等卡洛斯回来。"我回答说："如果他回来看我不在怎么办？"

我记得卡洛斯曾跟我讲："法律和正义不是一回事。路易莎，你记住，法律绝对不是正义。"我记住了，那我应该去伸张什么正义？

我的苦难日子就这样开始了。

第一，我要装作什么都没发生。第二，弄钱。我有两个孩子要养，还有房租要交。别人有补助金，但是我什么都没有。气死我了，卡洛斯又是参加工会，又是这事那事一大堆，怎么就没想过给自己弄一套房子？可怜的卡洛斯可能觉得我这一辈子都用来给自己整套房子了。第三，学会适应没有卡洛斯的生活。女人如果一直和一群小孩子在一起，她会变傻。我不和任何人说话，也认不得几个人。我开始需要和成年人说说话。但是慢慢地，我习惯一个人了，虽然付出了许多汗水和泪水。说实话，我流的泪比汗水还多，但我不得不等到夜深人静才默默地落泪。我静静地躺在床上，就像一个人不喜欢什么东西在赌气一样。我学会了把泪水咽在心里。

我想卡洛斯。想他可能会遭受寒冷。他们为什么当时不让他穿上衣服再走？那件睡衣一点也不暖和。我想抱着他，想和他说所有没说过的话。

我去找以前的庄园主夫人，就是父母常年生活的那个庄园。有人可能会问，怎么有那么多穷苦女人当保姆？因为干家务活儿本来就是女人生活的部分，只是把范围扩大了而已。而且这些人别的都不会做，家务是天生就会的，每天都做，还能挣到钱。我还能干什么？我还会干什么？当然了，卡洛斯不喜欢我把这些力气用来给别人家干活，但是我也没别的地方可以使力啊。问题是孩子们。夫人只能留下一个孩子，"两个不行，路易莎。"她跟我说。我又去找邻居，那个女主人很和蔼，但很少说话。我比较喜欢的是她不爱说闲话。她问我丈夫去哪了，我说去南方了，她就信了。我们商量好她帮我照顾卡利托，我拿出工资的一部分给她作为报酬。她也有几个小孩子，反正一样要在家里照顾。我带着戈隆德里亚娜去干活，公交车上我把她紧紧地抱在怀里，一声不吭。我干活的时候，她的表现特别好。我可怜的孩儿啊！从早上八点到下午六点，我打扫房间，洗衣服，熨衣服。厨房由另一个保姆负责，是家里的常住保姆。工作期间，我不断地观察着那个家里的日常生活，第一次感受到了羡慕之情，以前从没羡慕过谁，也不知道什么是羡慕。女主人很和蔼，但有些傲慢，还很优雅……她上半晌出门，说是去"办手续"。谁晓得她去做什么。男主人很少在家，经常去南方，那里有他的天下。孩子们都上大学了，两男两女。别提那几个孩子有多乱了，把衣服扔在地上，捡起来能怎样？什么东西都往地上扔，书、本子、内衣、信、光碟、唱片，扔得满地都是。保利娜最小,是我最喜欢的孩子,刚认识她的时候特别小,她那小脸儿长得可漂亮了。

有一天,保利娜把自己关在房间里,怎么叫都不出来,最后被送去看医生了。事后,夫人很严肃地跟我讲:"太可怕了,路易莎,保利娜得了抑郁症。""保利娜为什么抑郁?"我问道,不知道该怎么理解,因为我才是一直很抑郁。她没有经历丈夫被抓走,她有家,有吃的,也不用像我一样照顾两个孩子,而且还能上大学,谁都没给她添麻烦。我实在不理解抑郁症,看起来像有钱人才会得的病。那年的整个冬天,保利娜都在抑郁,她整天黏着我,一刻不让我消停。现在这些年轻漂亮的小姑娘突然就伤心得死去活来,别人都不明白为什么。夫人和我谈了话,说她可以另外找人来做清洁,但是我不能离开保利娜。就这样,我在保利娜的房间里度过了整个昏暗寒冷的冬天,和她一起看电视,一直陪着她。我俩就像两个幽灵,也不知道到底谁更哀伤。有时候,好像有幽灵在和我们讲话。听着雨水打落在窗户的玻璃上,她一次又一次地问我:"你为我难过吗,路易莎?"她们允许我把戈隆德里亚娜带到房间里,让她静静地在地毯上玩耍。一天,保利娜跟我说:"你知道吗,路易莎?妈妈为什么那么担心,让你专门负责陪我?""不知道,"我回答说,"你说说看。""因为他们害怕我自杀,所以才这样。""你自杀!小美女,看在上帝的份上,你在说什么呀?"我想象着保利娜长大后的样子,她有自己的工作,有爱她的丈夫,这个人要工作有工作,要钱有钱,她可以去父亲的庄园度假,再请一个路易莎来做清洁,有可爱健康的孩子,陪他们旅行,给他们买衣服,住漂亮的房子。全世界都在她手里了,这样一个姑娘,怎么能说自杀?哎呀,上帝啊,或许到现在我还没把人弄明白,但这对我也没什么意义，和她的未来相比，我女儿的未来……如果我女儿要什么有什么，享尽荣华富贵，那会是什么样？卡洛斯走后的第一个冬天，也是最难熬的一个冬天，多亏了保利娜我才熬过去，我的女儿才没受冻，因为一回到自己家就觉得冷。家里只有一个石蜡取暖炉，但是卡洛斯让我晚上睡觉的时候不要开着它，会着火，所以每次睡觉我都关了它。两个孩子都裹得严严实实的，像两只僵硬的乌鸦，我们仨紧紧地贴在一起睡觉。孩子们不缺吃也不缺穿，从没邋遢过。至于我，嘴里永远都是谎言，每次孩子们问父亲的事情，我都回答说，他在南方。

卡洛斯没回来。又过了多少日日夜夜，他还是没回来。可是我心里的痛苦丝毫未减，它就像傍晚的太阳，始终不肯离去。

有一天，我问夫人信不信新政府一上台，人会失踪。"你怎么了，路易莎？"她这样回答我。干活的时候我总希望能从她那儿知道点儿什么，但她好像什么都不知道，似乎在拉斯孔德斯[1]根本什么都没发生。于是，所有人都以为卡洛斯在南方，抛弃不要我了。

如今我还是学会了一些东西。我知道上哪儿能问事情和寻求帮助。还知道不是所有女人都像我这样孤单。但是那个时候我哪会知道这些？

我太想要一个家了！有个婆婆和我一起过这艰难的日子，有个小叔子去四处打探消息，有个小姑子让我时不时把孩子们留给她照顾，那我就可以松口气了。想跟人讲讲卡洛斯，又不想被怀疑。就连我哥

---

[1] 是智利的一个城，位于圣地亚哥首都大区的圣地亚哥省。

哥也因为那时候过得不顺,离开首都回南方农村谋生去了。我身边一个人都没有了。

每天清晨。七点差一刻我去上班,我在门上留一张纸板,下午回来把它取下来,第二天再放上去。纸板上写的是:"卡洛斯:我在上班,七点半回来。路易莎"。有一天,帮我照看卡利托的女邻居说:"我说邻居呀,您打算一直这样放张小纸板到什么时候?""如果上帝同意,就这样一直等他回来。"我回答说。她同情地看着我。

你们知道什么东西能置人于死地?沉默。沉默能杀人。

除了哥哥,我从没和任何人讲过。

别喊,阿黑。

我把嘴紧紧地闭住,年复一年。慢慢地,心里打了好多结,最后绕成了一团乱麻,怎么解也解不开。黑暗正渐渐吞噬着一切。企图绕开那些痛苦的事情是一种错误,学不到任何东西。即使付出代价,也应该停下来,抓住它们,不要放手,就像在乡下逮兔子一样,要想抓住就得设陷阱,不能让它们跑了。如果医生是想让大家在这儿讲话,凭我的经验,这对我们有好处。我称呼她为医生,是因为我做不到直接称呼她的教名,刚开始我叫她娜塔莎女士,但她很不喜欢,我就改叫她医生了。我是通过资助来到这里的,是资助,因为我根本付不起钱。还好,不只我一个人得到了资助。这件事让我不太好意思,至于诊疗费用多少,我一点儿也不想知道。但我来诊所还因为另一件事,去看病的时候,他们会给你开阿司匹林。"我觉得难受,医生,很痛苦。""哪儿难受?""神经,医生,全身都疼。"然后看见医生眼里露出一丝异样,就给你一盒阿司匹林。我进医院后,幸好有位心理医生同情我,她人很好,遇到她之后一切都改变了,是她带我到这里看医生。那是我第一次讲我的故事。第一次给一个人讲我的丈夫被抓走以后失踪了。我都没给自己讲过。但这些都是很久以后的事情,很久很久以后了。

日子一天天地过去,接着一个月一个月地过去,最后一年一年地过去。忧伤已经笼罩了一切,从天到地。而我,一个典型的农妇,啥事儿不管,乡下人都这样。我继续等卡洛斯,从没想过死亡。他还活着,穿着睡衣在那儿挨冻,但还活着。有一天,夫人说当年失踪的人在阿根廷,"如果他们利用当时的政局,抛弃妻子悄无声息地离开的话。"她跟我讲。我想到了小叔子,他就是翻过山脉再也没回来。但是卡洛斯呢?为什么不能回来?他爱我。有一段时间我一直在想他会不会在阿根廷,说不定是呢。我想起巴塔利亚死后,我闭着眼在栗子树下躺了三天三夜,这个办法很好。怎么样都比干等着强。

你在哪儿,亲爱的?你在哪儿?你没听到我说话了吗?

那时候小区里贴着皮诺切特的海报,那是喜欢他的人干的,如果不喜欢,就一声不吭。所有人都担惊受怕地活着,害怕丢了工作,当然,也怕丢了性命。皮诺切特就像一种病,全国一半的人都被这种病魔缠身,只能任由它摆弄。我不希望孩子们被传染,不希望他们为了父亲的事情倒霉,我一个人倒霉就够了。

遇到医生之前,我找过占卜师和通灵师,只要是能给我点儿消息的人,我就去找。有一天在公交车上,一个女人递给我一张卡片,上面说:"心灵进化者"。我去了,她跟我讲:"从苍天到最后一克泥土,都是哀伤,都是哀伤啊。您就要得伤心病了。"我就在想:"人还能得伤心病?"要知道人刚一睁眼就是痛苦的,我想起戈隆德里亚娜刚出生的时候就是一声啼叫,然后号哭,那是她来到人世间做的第一件事情。想象一个婴儿笑着出生了呢?她会去哪个世界?但是那个心灵进化者说得有道理,我已经病了,只是自己没意识到。我总是身子疼,而且全身都疼,这和生病有什么区别?还有神经,神经一直在疼。可能是我脑子里一直想着这件事,我后来找医院给我预约一个小时的诊断时间,等了很久才约到,去了之后他们找到了症结。左胸的位置,有癌。可不是么!你们知道我怎么想的吗?就是因为沉默和哀伤堆在胸里了。

癌症是再晚一些的事情了。

家。

是一剂毒药。

我始终认为,卡洛斯回来了一定会回这个家。如果在其他地方他会找不到我。房子是租来的,终于有一天,房东来了,是个老头儿,我们住同一个小区,街角的小卖部也是他的。"我要卖这个房子。"他跟我说。我吓了一跳,说道:"不行,哦,阿尔贝托先生,您怎么要把房子卖掉?"他说:"对,唉,路易莎女士,我想把它卖了,现在手头有笔不错的买卖,我需要这笔钱。"我和他大吵了一架!

以后卡洛斯回哪儿?

比奥莱塔曾经唱道:"路易莎没有家。"我也不知道是怎么传到我耳朵里的,可能是小时候在奇廉听到的。

> 国庆节到了
> 路易莎没有火
> 没有一盏灯

没有一块尿布

路易莎没有家
士兵在检阅
如果去公园
她回哪里去

当时是9月份。我突然有了主意,因为房子是我一直放不下的事情,我那时候唯一想的事情就是房子。那个老先生阿尔贝托的小卖部在我住的那条街的街角,走过两栋房子就到了。大家都在那儿买东西,有饮料、香烟、零食、针线和彩票,不过那地方很小。小卖部后面还有一个很大的地方,是他用来存货的仓库,里面只有四张板子,都当房顶用了。于是我跟他说:"您把仓库卖给我吧,阿尔贝托先生,我干活付您钱。"我当时就是这样讲的。他看了我一眼,那张脸在说我疯了。"干活?干什么活儿,路易莎女士?"他问我。我向他提议每天傍晚七点起——他晚上九点关门,包括周末,我在小卖部给他照顾生意。他很尊敬地回答我说不行,对他来说这笔买卖不合适,他做不得。那天晚上我一直没睡,一直想啊想。到了第二天,我给女主人打电话说我病了,不能去干活。我抓起一张大纸板,写道:"路易莎没有家。"我拿起厨房的凳子,走到小卖部对面,怀里抱着戈隆德里亚娜,手里举着纸板,在那儿一坐。路过的邻居们停下脚步问我怎么回事,最后全居民区的人都知道我没有家了,也没有地方可去了。他们问我是否能在别的小区租房子,我说不能,我住的小区是这儿,我的孩子们出生在这里,我不会走的。或许他们觉得我是个死脑筋,但是没有人知道这场纠纷是因卡洛斯而起。我手里拿着纸板,一动不动在凳子上坐了三天,直到第四天,阿尔贝托先生来了。"天呐,路易莎女士,所有邻居都跟我讲了,还能怎么办?我接受您的提议,我会把仓库给您,但是我的货还得存在那儿,请您帮我打理好。"

就这样我在小区的买卖就做起来了。

女主人帮我从耶稣之家买来了墙板,当月我就把一座板房建好了,只有一间屋子,但无所谓,之后可以再扩建。和孩子们在里面睡的第一个晚上,我闻到了快乐的味道,那种味道就像棉花洗过之后的清香。那片荒芜的土地对我来说就是一片长满雏菊的田野。那年秋天没有一点雨水,我每天都望着我种的那些东西,给它们一棵一棵地浇水,好让它们迎接卡洛斯的到来。那段时间是我最忙的时候,感谢上帝,当时还算年轻,还有足够的力气。我在富人家不停地爬上爬下,一直干到下午六点,然后再去小卖部打理生意。新家厨房的窗户是朝街的,正好是卡洛斯离开的路,以后他还会从那条街回来。

我在简陋但井井有条的板房里,看着岁月在眼前匆匆流逝。我从不喜欢圣地亚哥灰蒙蒙的天空,一直都是那个样子却不下雨,那还有什么用?孩子们长大了。卡利托终于离开了学校,到十站去给一个电工做学徒,出徒后,开始给家里挣钱。再后来,我和阿尔贝托先生办理了手续,我不用再工作那么长时间了。那个房子已经属于我了,我可以休息了。

抗议开始了。之后便是公投。幸福就要来了。民主开始了,人民胜利了。而我，依然一声不吭。接下来是雷蒂希报告[1]，我在电视上完整地看了一遍。

旗帜是镇静剂。[2]

但是名单上没有卡洛斯。"如果他没有被起诉，路易莎，他怎么可能出现在名单上？"有一次我去乡下的时候哥哥跟我这样讲。不过这都是后来的事情了。孩子们成长得很好，从没有人对他们指手画脚。既然卡洛斯不在我身边，他出不出现在名单上又有什么关系？有时候我觉得，所有人都签订了和平协议，只有我还在战争里。民主来了，可我依然独自一人。

有几天我觉得卡洛斯在跟我说话。"你在奋斗什么？"他问我。"等待，"我回答说，"我每天都在等你。""我没想过你会等我，我的阿黑。"他说道。

你们知道什么事对一个人来说最糟糕？是失踪，死亡都比失踪好。

我已经三十多年没有男人了。谁都不会没了男人就死。但我知道我现在很累。我累了，我太累了。

他们给我做了手术，为了治疗癌症，我经历了化疗，所有的都经历了。我不得不停止工作一段时间，保险公司会为我付钱。我的乳房被切掉了。有很多和我一样的女人，那么多人都单身、丧夫、被抛弃或离异，不管是因为什么，所有人都非常孤独。到了探病的时候，病房里挤满了女人，一些人照顾另一些人。卡利托一进来，所有人都跟

---

1 是1991年2月8日由智利真相与和解委员会主席劳尔·雷蒂希主持，就1973年9月11日—1990年3月11日军人统治时期遭遇严重人权侵犯的人员列出了名单并做了报告。
2 摘自比奥莱塔·帕拉的另一首歌《我为不同而歌》。

他讲话。还好那个病房里没有人病逝。我很喜欢去一间工作室,是通过癌症协会去的,工作室里有一个女的,人很美,平时给我做按摩。在那之前,除了卡洛斯,从来没有人摸过我。一开始我有点儿不好意思,谁会想到我会有身体上的快感。我心想,这要是让乡下人看见了,他们会说些什么呢?每一次按摩的时候,几公斤的心事都卸在了床上。在我这一生经历的事情里,那段时间的按摩被我看作是一件美好的事情。

已经过去五年了。我现在的状态应该是不错的。孩子们一直等到我身体恢复健康了,他们才离开。走的时候脑袋里把真相也带走了,是医生要求我说的。她要我告诉孩子们事情的来龙去脉。这对我,还有对他们都很难,因为他们不会原谅我。最后,卡利托跟我说:"我有权知道这件事,一个是被逮捕然后失踪的人,一个是不负责任、抛妻弃子的人,我是哪种人的儿子,这完全是两回事儿,你应该早点告诉我们。"

我的故事就这些。已经和盘托出了。我不善言谈,也想不出还有什么要讲。如今我已经不做保姆的活了,只在小卖部里待几个小时,现在阿尔贝托先生会支付我钱。我在那儿感觉不错,活儿不累,还能和小区里的太太们说说话。孩子们会给我寄钱。我一直住在我的房子里。夏天的时候,我去乡下的家里。母亲还健在,九十岁出头,虽然什么都看不见了,而且越来越瞎,但还要维持家里的生活。栗子树、波尔多树和水塘都还在,一切都没有变。还是到处都有狗。我有四个孙子,但很少见到他们,最多一年一次。看到他们真高兴!孩子们想让我去瑞典,但是不可能,我怎么坐得了飞机,吓都吓死了。你们肯定会说我自己把门全关上了。我今年六十七岁了。一切都过去了。然而，我还活着。

如果你们想知道真情，那就是我还在想卡洛斯。在我的头脑中，我依然觉得我走在他的身旁。我仰望着天空，因为我走路时总是在看天，并且感受他走在我身旁的温度。在我心里，他永远都是年轻时候的样子，精神又健壮。他三十三岁，正好是耶稣受难的年纪。他是一个游子，我是这样想的。他正在回家的路上，因为这样就能说明一切。他经历了战争之后一直向前走。我觉得卡洛斯就像一个想要回家的游子，他想归来，但是有人阻止他。他想要的就只有回家。

# 瓜达卢佩

我叫瓜达卢佩，十九岁。我一般介绍自己是卢佩，因为不想让自己的名字听起来像墨西哥圣母一样，太圣洁无瑕、又像墨西哥人。我是智利人，也不太信天主教。和我亲近的人都叫我卢，这样听起来像中国人，我比较喜欢。

我的生活很复杂，甚至有时候很混乱，主要是因为我和别的女人截然不同。

首先，我是女同，而且一直都是，这并不让我感到羞耻，而是恰恰相反。其次，我的大脑运转速度非常快，大量的事物可以一次性经过大脑，连我自己也无法理解。因为我思考得太快了，所以说话总是不完整，不是我不会说话，而是我的大脑里有一个旋涡，一切都是迅速和急切的。我觉得这一点像我祖父，他有时候自认为是作家，一次能想出很多词语，却不知道怎么用键盘打出来，而且手跟不上大脑的速度。根据测试结果，他们说我的智商太高了，所以我很累，不过这不是我最终接受治疗的原因，我来娜塔莎这里是被母亲强迫的。她要求我来好好分析一下女同性恋这个问题，我算是出于好奇便来了，最后还决定不走了。

我去年中学毕业,现在学习计算机。我暗自立下雄心壮志,终有一天,我要做到像美国硅谷一样,设计软件,要是能专门制作游戏软件就更好了,这是我最大的梦想。对了,如果愿望实现了,我将成为富豪,这不是什么坏事,我们这一代人都想发财。

说到钱,我的家境还算殷实,但据我了解,我家不是那种很传统的家庭。我住在拉德埃萨区一个很大、很舒适的房子里,房子装修得很好,但不是很有品位,家里所有东西都是新的。我的祖父母、外祖母从没离开过纽尼奥阿镇,或者说没有离开过圣地亚哥中部。刚才我说房子很舒适,是想说我从没有和别人共用过我的卧室和浴室,而且我十五岁就有了第一台属于自己的笔记本电脑,又是同年级学生里第一个带iPod(苹果公司音乐播放器)去学校的。父亲从事机器零件的进口贸易,生意不错。母亲什么都不做,家务也不管,因为有人替她打理,两个常住保姆把家里收拾得井井有条。母亲过得太悠闲了,我不明白她为什么不觉得无聊,父亲让她去找份工作娱乐一下,她说她要抚养孩子。我们一共五个孩子,的确挺多的。我是老二,后面是三个弟弟,最小的七岁。老大是姐姐,已经结婚了,她二十岁就出嫁了,真是疯了,对不对?现在她有了身孕,全家人都异常激动。她叫罗西奥,虽然我俩在一起就像水和油一样合不来,但我还是挺喜欢她的。母亲染了一头金发,她有一辆很大的黑色越野车,喜欢带上所有孩子去商业街吃冰淇淋和购物,而且永远有东西要买。她非常开朗,有时候还很有趣,在她的生活中,我是她唯一的阴影。而且这个阴影是沉重的,这一点我敢保证。

按照最传统的思维方式，人们恋爱都要从接吻开始。从童话故事到电视剧，无一不按此规律。

上中学的时候，所有女同学都在讨论接吻有多美妙，身体里就像点燃了一把火，心里还痒痒的，总之，有上百万种感觉。但是那个时候我一种都没经历过，怎么接吻也没那种神奇的感觉，于是我怀疑自己是不是不会接吻，或者说我根本就不喜欢接吻。

由于父亲工作的原因，我们不得不在委内瑞拉住了一段时间。等我回到智利的时候已经十四岁了，都这么大了，还是不知道一个完美的吻到底是什么鬼东西。刚回到智利，我交了第一个正式男友，他叫马蒂亚斯。和他在一起一切都过得不错，很平静，但是朋友说的那种不可思议的疯狂感觉，我一直没有感受到。直到后来终于有一次，虽然不是和他。

我私下里有个哥们儿，叫哈维尔，他比我大很多，是个同性恋。我说私下里是因为要是父母看到我和他在一起肯定特诧异。我俩是在一次聚会上认识的，后来经常在一起。一天晚上，我们一起去参加派对，舞跳了一半，龙舌兰酒也喝完了第三杯，这个时候，出现一个特别帅的小伙，胳膊挽着一个漂亮姑娘。他们过来邀请我们跳舞。看到那个小伙，哈维尔的眼珠子都快蹦出来了，这么快？为了帮他，我去跟那个美女跳，想必她和我一个想法。我们跳了大概一个小时，她让我陪她去洗手间，她进去后，我靠着墙等她。这时她打开门，问我要不要进去。当然进去，我坐在坐浴盆上等她，目不转睛地盯着浴帘。听到水声不响了，她关了水龙头，我就走向门口开门，准备两人一起出去，但她不让，拉我转过来，给了我一个吻。

我终于知道什么是幸福得像小鸟一样，汗毛直立，飘飘然，还有火一般地燃烧，我全部都感觉到了！

我开始紧张起来，打开门朝走廊尽头的一间屋子走去，那是一间极具嬉皮士风的小客厅，地上摆着坐垫，墙上挂着很多油画，还有一大堆阿拉伯风格的摆设。她跟着我走了过去，我们坐在一个大垫子上，我趁机弥补了从前所有平淡无味的吻。有趣的是，忽然有一瞬间，我想起了马蒂亚斯，发现自己竟然给他戴了绿帽子，于是我走出那间屋子来到舞厅，抓着哈维尔的一只胳膊就走了。

哈维尔继续跟那个美男子约会，那个女孩儿我后来也见过几次，她叫克劳迪娅，每次都美得令人窒息。我一直和马蒂亚斯谈恋爱，可实际上每次见到她，我都难以抑制内心想要吻她的冲动。我越来越觉得马蒂亚斯很无趣，但我依然喜欢着他。

有一天我和马蒂亚斯为了一件无厘头的事情打架，然后就提出分手。其实我们当时决定的是给彼此一些时间。因为从某种角度讲，我从没想过要失去他，因为一旦失去，我会全线崩溃。我想我心里是明白的，和他交往的时候，始终有一条线横在我们中间，那是标准线。就是说，他是我没有扑向克劳迪娅的理由。

他不在了，没有什么能束缚我了。也就是从那时起，我开始犯错误了。

那是很艰难的一段日子。母亲陪父亲去布宜诺斯艾利斯，三个弟弟在祖母那儿。从委内瑞拉的加拉加斯回来以后，我觉得有点儿孤独，因为必须等到那个学期结束后才能重新去上学，导致我很久无所事事。我总觉得家里面诡异，也不知罗西奥跑哪儿去了，一直没看到她。我拿起手机在字母 C 里找科卡的电话,她是我的好朋友。嘿!居然冒出来克劳迪娅的号码。或许这就是魔力。

她一个小时后来到我家,我刚好把房间收拾了一下,还冲了澡,换了身衣服,又吃了些东西。我们在客厅里用我的 Ipod 和她的随身听听音乐。她坐在扶手椅上,我枕着她的腿靠在那儿。我们聊了很久,然后接吻,十分钟之后我们就上床了。

说实话,我没意识到自己在做什么。就是一种冲动,是自然而然的。那是我人生的第一次性体验,我从没有和男性发生过,因为很显然,我十四岁的时候比较反感这种事。然而我体内的兽性因子一旦被唤醒,就根本无法制止它爆发了。

第二天我给马蒂亚斯打电话,让他忘记之前说的"给彼此一段时间",说我不再需要他了,我们结束吧,然后就没了。

克劳迪娅对我来说意义重大。后来她怀孕了——多么可笑,我们就结束了罗曼史(因为在孩子长大之前她不想成为"正式的女同")。但至今我们依然是好朋友。

这段关系结束后,我试着不再回头琢磨这次奇怪的经历。好了,这只是一次经历,不能就此盖棺定论。这么做对我来说虽然难,但我还是尽力忽略此事,或者说,是尽力忽视我自己。我不知道应该如何看待此事,但是有时候我发现自己依然乐于做一个"正常人",和那个年纪的女孩儿一样讨论男性,痴迷电影或电视剧里的帅哥,和别人一样跟好姐妹一起去参加各种派对。我甚至还跟几个追求我的男生约会,可我真心喜欢的一个也没有,能如我所愿让我为之神魂颠倒的人,更是一个也没有。奇怪的是,我依然期待自己喜欢上一个男人。

认识克劳迪娅大概六个月后,我和全家人一起去参加我表姐的画展开展仪式。酒会上,几个女服务生在画廊里来回走动,我注意到一个女孩,她穿着黑白套装,身姿摇曳,手里正举着托盘给来宾提供红酒。她柔美的女性气质和举手投足间的风韵吸引了我,我盯着她看了许久。后来我去洗手间遇见了她。又是在洗手间!我们聊了起来,话题是女孩之间在洗手间聊天用的老话,我叫什么名字,在哪儿上学,仅此而已。我出来之后,在一幅巨大的彩色骏马图前面和我的团队会合,然后就自己玩儿自己的了。

第二天,她来学校门口等我。这让我难以相信!她是一个十九岁的大美女,而我才是个十四岁的小毛孩儿,长得还不算特别漂亮。她专门打听了学校的上课时间之后过来找我。从那天起,我们走在了一起,在我心中她是我第一个伴侣,这就意味着一个十四岁的小姑娘和一个十九岁的女孩谈恋爱。在那个年纪,五岁的年龄差是很大的。

她叫阿古斯蒂娜,大家都叫她猫咪。

猫咪成为我人生的一个关键点。和她在一起的时候一切都过得春风得意,我有了安全感,并且令我感动的是,我们的感情是多么坚定。有时候听见母亲因为生父亲的气在那儿抱怨男人的不是,我心里总会松口气,暗自说道:"我不会有这种经历。"有一天,我跟猫咪讲我的生活,因为讲得很细致,所以聊了很长时间,等我回到家,就听见母亲跟姐姐说:"男人从不听女人讲话,从不!"我偷偷地笑了。猫咪会听我讲,我也会听她讲。她是我的挚友、我的知己、我的伙伴、我的伴侣以及我的一切。此刻,我终于感觉有东西是属于自己的了,就好像在此之前我的情感并不是独立的,不能为我所用。我们在一起三年,分分合合了无数次。吵架,分手,第二天又重归于好。那段时间，我要是觉得哪个小伙比较有魅力，就和他交往一个月，但只是为了做给父母看，因为我不想让他们知道女儿是同性恋。当然，随着我和猫咪恋爱关系的深入，我明白了什么是恋爱，明白了恋爱的好与坏、幸福与困难，和每个女人从她第一个男人那里学到的东西一样。

对于未来，我们有很多计划。等我十八岁的时候，我们要一起去纽约，住在索霍（SOHO）区，我去找一份全职工作，什么都行，只要能支付我日后学习计算机的学费。她喜欢服装设计，已经联系上了几个拉美的年轻设计师，差不多知道了该怎么起步，该做什么。有时候我俩专门设想我们住的房子会是什么样，扔在扶手椅上的布料是什么样，放在厨房的那幅青苹果画是什么样，用的咖啡机是什么样，如何分配衣柜（对于衣服，她比我喜爱得多）。我们最大的敌人就是所谓的日历，我看了一次又一次，觉得日子永远都过不完。怎样才能让这狗屁时间走得快一点儿！让我赶快长大，获得自由！猫咪的耐心反倒让我很压抑，如果她爱上的人年龄大一点儿，可能早就走在纽约的第五大街上了，而不是这里的森林公园。

猫咪的父母生活在南方，在特木科[1]。为了让孩子们在圣地亚哥上学，父母在巴克达诺广场给他们租了一套小房子。猫咪的弟弟是个书呆子，他学土木工程，在这方面挺有天赋。我从没见过他，也没听过他说话，他成天钻在自己的世界里，基本上不在家。对我俩来说这是个理想的室友。周内我基本上没有自由时间，母亲非常清楚学校的上课时间，知道我什么时候放学。高档小区的私立学校对女生的约束

---

[1] 特木科(Temuco)，智利中南部城市，阿劳卡尼亚区和考廷省的首府。

更是难以想象,她们的一切行为活动都被控制着。为了拥有私生活,我必须自己创造时间。因此,为了既能见到猫咪,又不被父母发现,我没别的办法,只好找了一个借口说我想当作家,要报名参加一个高强度的文学讲习所,一周两次课,当然了,上课的人肯定是市中心某个失败的写书人。编造这个谎言花了我十分钟的时间,母亲无知到了我可以随便编一个人名她都信的地步。看到我对这种的事情如此感兴趣她非常高兴,还啧啧称赞地告诉了父亲。有时候,她让我给她看看讲习所的学习成果,我就上网随便找一篇文章拿给她看,她更是赞不绝口。母亲给我付了学费,这是当然,天下没有免费的讲习所。我很难堪,觉得自己有点儿像个贼娃子。不是说父母缺钱,我在乎的不是钱,而是他们太容易相信我了。但是我很清楚地意识到,随便什么谎言都好过事情的真相,不是吗?

　　随着时间的流逝,我越来越了解猫咪,不仅是她,还有她周围的环境、她的朋友,我发现自己不停地被人戴绿帽子。通过第一次恋爱经历,我认识到女人之间的恋爱关系就是这样,不忠是一件平常小事。时至今日,只要提到出轨并向我辩解,我都保持宽容的心态。我愿意选择原谅。不过我也不是个傻瓜,一旦我从别处得知此事,就没有商量的余地,你就得东西收拾了滚蛋!

　　和猫咪在一起的日子我学会了一大堆关于恋爱交往的事情,我成长了很多很多,但也陷入了恐惧。我太孤单了,没有安全感,活得偷偷摸摸,还不被世人认可。在所有人面前掩饰自己对某个人的爱恋,这是多么困难又让人痛苦的一件事情。我想,正是这个原因才产生了那些正式的爱情关系,比如约会、恋爱和婚姻。人们不得不发明这些关系，好让自己的情感能够有权利存在于这个世界，给情感一条自由表达和发展的渠道。总之，这就是一个借口。对我来说，对世界的感知是最重要的。特别是少年时代，那个时候，唯一，唯一重要的就是你的感觉。你必须死死地镇压住你的感觉，不能让它从缝隙里溜出来，被人注意到，被人看见。那几年我一直忍着一声不吭，我爱得那么炽热，却说不出口，这是多么熬煎的事情。因为害怕，我没有跟任何人讲过，在所有人面前我都把自己伪装起来，成为一个不是自己的自己，我发誓，这很恐怖，是能发生在你身上的最不幸的事情。只要有与我不沾边的事情，我就觉得自己是个他者。娜塔莎说我已经失去了理智。有那么一刻，我觉得自己过得确实不好，我怀疑自己到底有没有能力去面对这种生活，并能平安无事地解脱出来。

也许你们有人要问，人为什么会成为同性恋？我觉得这个过程很漫长，需要一步一步地形成，其中充满了困难和陷阱。比如说，从外表上看，我一直像个男的，从小我就受不了粉色的头绳和后面带一对翅膀的裙子，我的头发一直很短，自从母亲不再给我穿衣服，让我自己选着穿，我就选黑色作为我最喜欢的颜色，任何女性化的颜色我都不喜欢。我和莱拉一样，绝对拒绝粉色和天蓝色。几个弟弟说我是"女货车司机"，他们不喜欢我走路和抽烟的样子。有时候我眯着眼做梦，看见自己娇美动人、飘然若仙，身着白色长裙，一头秀发随风飘舞，就像托尔金笔下的精灵，美艳、缥缈、极具女性气质，比如凯兰崔尔，或者说扮演凯兰崔尔的凯特·布兰切特，反正是女性。看到这样的自己，我就希望能够沉醉其中，不再与世界相斗争，放弃自我防卫，然后有个人跟我说："睡吧，卢，睡吧，我爱你，休息吧。"

好了。我十六岁的时候，觉得自己已经是个女同性恋好手了，被所有美女渴望着，尽管这不能绝对地证明女同性恋很常见，因为毕竟要考虑到女人对此事是心有畏惧的。我和猫咪的关系发展得一帆风顺，我也越来越肯定她是女同，虽然我们从来没有彼此坦白过这一点。

在我生日的前几天，我和她在普罗维登西亚的"咖啡度"见面，我们常在那家咖啡店见面，她告诉我她得到了在纽约一家服装设计室的实习机会，她想借此更深入地学习设计，那边的工资能足够她生活，再加上父亲会每月给她汇钱，她可以租一套房子，安安静静地生活。或者说……根据我们计划，她现在要提前一年，所以我不去。

天轰然塌下。

一个月后，她走了。

我有一个表姐，当时在爱尔兰读研究生。暑假的时候，我不停地央求父母："爸妈，让我去吧，我必须离开这里。求你们了，求你们了。"最后他们同意了。拜拜！我走了。我要去报复。我把能抓来的小伙全给自己抓来，姑娘们我连看都不看，我恨她们，她们都是叛徒。

又是一年2月，我还在都柏林的时候，收到猫咪的一封邮件。她告诉我，她的房子就在索霍（SOHO），还提到家里的咖啡壶、床罩的颜色，说她总是想起我，想起我也希望生活在纽约的愿望，她还说那座城市其实就是为了我而存在着，然后吧啦吧啦说了一堆。她在信的末尾附了一句话："我认识了一个女孩儿，她叫索莱达。她长得非常漂亮，我现在和她一起出去玩儿，还跟她讲咱俩的故事，她觉得没事，尽管有时候会因为我总提起你而生气。难道你没发生这种事情吗?"

当时我就气炸了,决定再也不理她了。我冠冕堂皇地回复了她,一个月之后,她回信说——可笑,才过了一个月!——她已经和他娘的索莱达住一起了,还说她太开心了。

就这样,我从此与猫咪的生活毫无瓜葛。我回到智利,决定不再为恋爱花太多、太多的时间。

我错了。

这世上有很多种歧视,但没几种能堪比女同性恋遭受的歧视。男同性恋的处境变好了,现在已经完全不是二三十年前的情况了。

世界变得更人性化了,智利有女总统,美国有黑人总统,男同性恋也渐渐掌权。然而我们没有。男同不仅得到了宽容,甚至还获得了赞赏。就连他们居住的小区都涨了房价,因为他们来了,一切就会变得更美好、更成熟、更高贵。因为男同性恋有品位,因为他们十分爱护环境……竟然是这些愚蠢的理由。要是再这样下去,大家就能看到"租男同"的标语了。电视剧里,他们是令人崇拜的重要人物,他们的母亲最终会喜欢上孩子的伴侣,被这个新儿子一辈子照顾着——又将是一段神话故事。即使她们一开始得知儿子性取向的时候很生气,但随着时间的流逝,母亲们就会度过这道坎儿,并因此幸福地生活着。男同性恋是社会大餐中的一道完美配菜。而我们却藏着掖着,一直都是。在我周围,我从没听说过餐桌前哪个父亲和同性恋女儿,还有她的伴侣,一起坐在他的朋友面前。有时候同性恋儿子成为一种炫耀,而我们却是累赘。至少在智利是这样。我听说法国文化部长不仅是男同性恋,还写过一本书,详细记录了他经历的性爱波折。我不太懂政治，如果是我，肯定会隐瞒这些。艺术圈稍微开放一些，但谁说女同性恋只从事艺术？

我继续讲自己的经历。

我从都柏林回来了，和长期以来的样子相比，我变得更帅气了，不要认为这只是碰巧。我一下成长了许多，相比以前，我对这个世界更加满腔愤恨。在教室里，我认识了坐在我旁边的罗萨里奥，标准的金色直发美女，典型的十七岁傻丫头，她带着女孩的羞涩，一看就是个喜欢异性的姑娘。我确实没发现她有任何与众不同的地方，直到她开始觉得我很有魅力，想和我多接触一下，而任何一个理智的人都不会有这种想法。我们开始时不时地约会，聊天，坐在一起上课。有一天，我们参加了班级的烤肉活动，一顿大吃大喝之后，我们又去一个派对喝了些酒。那天我睡在了她家，我们正躺在床上聊天的时候，她猛地扑到我身上，亲了我一下。

然后就一发不可收拾！

我们被逮了个正着。

当时，她母亲上楼发现了我们，我不得不在她家餐桌前忍受了两个小时的谈话。罗萨里奥的母亲还威胁我要打电话告诉我母亲，我顿时害怕起来。我说服了她不要告诉我母亲，然而那两周我却过得心惊胆战，一直不知道她到底有没有履行承诺。与此同时，我们俩背着父母小心翼翼地谈起了恋爱。可罗萨里奥从不明白事情的严重性，差点儿就在学校的墙报上公开了。迟早有一天，所有人都会知道的。终于，我坐在校长的办公室里了，她说，要么我自己和父母说，要么第二天她亲自跟他们讲。

那一天回家的时候，我怕得要死，恐惧从四面八方向我涌来，我很清楚，已经没有退路了。我必须接受"我所做的一切"——校长说的，必须告诉父母我喜欢女生。虽然母亲知道得不多，但她也不傻，她曾问过我几次。我想可能因为我留着短发，姿势又男性化，还有一些男同性恋朋友。通过他们，很明显能想到是怎么回事。实际上，只要想发现问题，都用不着怎么观察。但是，感谢上帝，为了让她相信我不是，我一直咬死不承认，说我真的喜欢男人，所以没费多大力母亲就相信了我。

母亲到家了，是时候面对她了，我问她能不能和她说一件非常重要的事情。她立即答应了。餐桌前，我在她对面坐下来，看着她的眼睛，告诉她："妈妈，我现在一直和班上一个女同学要好。"

我记得的就这些了。之后的话我都不记得了，所有提问和回答我都记不清了。但是我知道，五分钟还是十分钟之后，母亲哭了，我决定起身去楼上把自己关在房间里静一会儿，我在尽可能短的时间里吸了整整一盒烟，我在等待。

一个小时后，保姆阿姨上来看我，我的一切生活她都了解，她紧紧地抱住了我。她看着我说："我依然爱你，不管发生什么。"这句话直到今天都在我的脑海里盘旋，我觉得这句话给予了我最坚定的信念，让我相信自己能面对等待着我的一切。

父亲正在回来的路上。我想是母亲给他打了电话。我觉得父亲一直在怀疑我，只是他不太在意。他到家后和母亲坐在客厅里等我下来。我进去的时候害怕死了。我注意到父亲那天穿一件粉色条纹的衬衫，母亲则满脸泪水。

我在一个花缎沙发上坐下，一脸惊恐地看着他们。父亲让我给他解释一下。我跟他俩说我是双性恋（善意地撒了一点儿谎），不知为何，脑袋又开始模糊不清。我记不得我们谈话的内容了，估计是恐惧在我存储信息的时候把记忆抹掉了。后来，母亲站起身来，一分钟后，我感觉到她从车库把车开了出来。剩下我一个人和爸爸在一起。他的第一个问题是，我是否曾经和一个男人同床过，我回答说没有。然后又问我和女人有没有，我说有。他回答说："如果没吃过巧克力，就不能说你喜欢的是香草。"我笑了，父亲也跟着笑了。他最生气的是我居然没有早点儿告诉他。我当时想，那一刻我们是多么信任彼此，远远超越了我之前对他的信任度，把这件事隐藏了那么多年。父亲比想象的酷多了。

我崩溃了，上楼回到屋里，关了门，躺在床上试着能睡一觉。到了第二天，我去学校等着校长和我父母的谈话结果。没人问我有没有告诉父母，校长也根本没跟他们提过。你们注意到了吗？他们威胁我，逼我出柜，到头来竟然都是谎言。或者说，如果我没跟父母讲，或许至今他们都不知道真相，很多痛苦都可以避免。该死的！不过，那也是最好的决定，是唯一让我不再继续撒谎的办法。

我和罗萨里奥的关系越来越糟。自从她上次多嘴之后，什么事情都让她担惊受怕。她想不明白，自己喜欢的一直都是男人，怎么会和一个女人在一起？我想这就是她不放过我的原因。我们好了一个月，然后她就把我踹了。她是第一个，也是唯一一个这样对我的女孩。我现在很理解她，对她来说这件事可能太过复杂了，但我也因此把罪责都推在她身上，我对她恨之入骨，从那之后，我变成了一个派对怪兽。

那是一个极度自我毁灭的时期。

在那之前,我每周末都忘情地流连于各种派对,但对自己的行为没什么意识,实际就是青春期的小打小闹。但现在不是了,现在是去自我毁灭。而且我也正有此意。我一整天都在吸烟,这不是第一次,但之前只是为了静心,写东西,或者跳舞。现在不同了。现在是强制性吸烟,差不多已有了烟瘾。我每次出去都喝酒,虽然不经常喝醉,因为我酒量好,但我一再失足,并且寻欢作乐。

我必须提一下约翰尼,他至今都是我的挚友。他显然是男同性恋。那段时期,他陪我一起花天酒地,到处行骗,我们一起玩儿,一起撒谎,什么都一起干。还一起吸可卡因,因为我曾经让他也吸。

母亲为我的情况越来越担忧。学校里,我的成绩糟糕得一塌糊涂,要么上课睡觉,要么表现极差,我完全没兴趣待在学校,我想逃出去吸烟,看一整天电视,在圣地亚哥走街串巷,或者去跳舞。因为上学,我的生活被一分为二,同学们都一样,但他们从头到尾都是些傻瓜。

有一天放学后,我和一伙比我低两级的同学聊天,其中一个问我知不知道从哪儿能搞到大麻的种子,他想种。那小孩儿是八年级的,十六岁,为了方便你们想象,他要比我小一岁。我跟他说我家里有一些,如果他想要就送给他。一周后,我想起这件事,就把种子扔进书包里。进教室前,我递给他一个小纸包,里面包着种子,那都是很久以前的种子了,少说也有一年了,很可能什么都长不出来。

几天过去了,我算是明白了为什么一个十六岁的孩子还在上初等水平的八年级。那天天空灰蒙蒙的,让人很扫兴,我再一次憋屈地待在学校里,想着赶快到三点半,好离开学校去广场,或者回家,管它什么地方。我还记得那天第一节课的时候,我一直给一个朋友发短信把所有人都骂了一遍。

第一节课后,班主任叫我出来去一趟校长办公室。此时我还不知道自己闯了什么祸。是马里奥那死小子,他把那些种子拿去送人,被他父亲发现了,结果还不到一秒钟就把我供出来了。他父亲当然就给学校打了电话。之前我有三个朋友因为大麻被学校开除了,一个抽,一个卖,另一个身上带种子。但是种子并不违法,所以我想不会把我怎么样。好吧,那两个月里,他们一直想找借口把我拿住。罗萨里奥的母亲和班里的其他学生家长专门针对我发起了反恐运动,众口一词地说我给他们可怜的孩子造成了极坏的影响。

我被开除了。

好吧。我失去了学校,虽然我嘴上说特别讨厌那个地方,但到这时,那是唯一一个让我觉得像家一样的地方。我不得不离开了,离开我所有的朋友,去开始新的生活。我被送去一个女子学校,都是些有钱的妞儿被普通学校开除后来到这儿的。那是一个可怕的地方。

当时我已经认识了一个女人,之所以说她是一个女人,是因为她既不是小姐,也不是姑娘,更不是我这个年龄的疯子。她叫希梅娜。约翰尼的学校即将举办一场义卖会,他要负责一个咖啡铺,我答应他去帮忙。我们俩一起卖咖啡,结果我们是全场卖的杯数最多的,我把保姆做的小点心也带过去卖了。收钱的时候我可开心了,觉得自己完全就是个企业家。后来学生们开始演话剧,因为大家都去看,我就把咖啡铺关了一会儿。但是演到一半,我觉得无聊,就出来抽根烟。快抽完的时候,我看见一个非常漂亮的女士从轿车里下来,我想她可能想点一杯咖啡,为了赶在她之前,我加快脚步回到咖啡铺。两百比索可能不算多,但是我一定要让我们的铺子挣得最多。我在那儿等着她,显然,十六岁的我,加上我的耐克鞋,肯定比三十七岁的她穿高跟鞋要快得多。我也不知道为什么,觉得穿高跟鞋特别有魅力,尤其是细高跟。再搭配一条合适的裤子,那绝对是一颗炸弹。她到了之后,发现周围一个人都没有,就惊讶地看着我,后来问我大家是什么时候进去的。"大概二十分钟前。"我回答说,并趁机给她倒了一杯咖啡。她说身上没带钱——显然是这样——我说这杯算我的。我从兜里取出两个一百比索的硬币放在收钱罐里。她笑了笑,很高兴地接受了。我跟她说现在进去不太好,还有半个小时就是中场休息,那时候就可以进去了。她同意了,剩下的时间就和我聊了起来。我很兴奋。接下来我便得知她叫希梅娜,是个律师,刚和丈夫分手,有一个儿子,正上小学四年级。还得知她需要给儿子找一个英语家教,我立马向她毛遂自荐,说我在都柏林上过学,她又很高兴地接受了。我们彼此留下手机号,就继续聊了起来。我让她感到很诧异,和一个比她小二十岁的人聊天居然能聊得这么轻松。看她被我所有的故事都逗笑了,我就趁热打铁,尽可能地向她展现我有多聪明、多有趣,谁让她长得那么迷人。

一个星期后,英语课开始了。她给我的报酬很高。有几次我让她少给点儿,和她儿子西蒙交谈的时间不应收钱,何况她还没扣除我们一起喝茶、看《海绵宝宝》的时间。我太喜欢希梅娜了,连教课的事情都因为害怕没告诉母亲。再说了,如果母亲知道我在挣钱,很可能就不给我月生活费了,真要是这样,我就得减少吃喝玩乐的开销,毕竟什么都是要花钱的。

就在我被学校开除之后的不久,我去给西蒙上课,一到他家,是希梅娜亲自开的门,她正哭成了泪人儿。一看是我,就红了脸,向我道歉。她解释说前夫来过家里一趟,大闹了一场就带着西蒙走了,但是她忘了通知我。她叫我不要担心,照样会付我课时费。我让她不要想我的事,让她坐下后,我去给她端了一杯水。我坐在她身边,试着去安抚她。我们聊了很久,最后她抱住我,哭得再也停不住了。

我不知道当时发生了什么,但是我吻了她。

她一下子紧张起来,却把我抱得更紧了,并且很欣喜地回应了我。

从那天起,我开始提前去上课,走得也更晚了,我要和希梅娜聊天。她变得更开心了,至于我,从我的角度来说,这是我在进一步做自己想做的事情。我们有时候接吻,有时候不接吻,只是谈心。

一天,她约我出去,两个人作为朋友一起去吃顿饭。她说她心里非常乱,因为她正在渐渐地喜欢上我。好吧,反正我很喜欢她。我没忘记她已经三十七岁了,有一个儿子,还离过婚,更不晓得那个身体已经去过多少次歌舞升平的派对。但她看起来就像一个孩子,因为她还不知道该如何面对喜欢一个和自己同性别的人。

我们更加频繁地约会。我在她家还睡过几次。真的,我在想我可以继续这样很久都不会厌倦。然而到了这个地步,我就要适应这种没有结果的事实。不久以后,所有之前尚未降临的悲痛都来了。我依然差不多每周都和约翰尼一起去泡吧。有一次晚上,我结识了卢露,一个十六岁女孩,非常非常漂亮,还带着一抹深深的忧伤,让我心动极了。我当机立断,不管怎样,我一定要让她笑起来。就这样,我一整晚都在逗她笑。后来我们聊了很多,也笑了很多,我发现我太喜欢这种感觉了。

我喜欢自己能够改变他人，哪怕只是一小会儿。

最让我感到幸福的是能够得到别人的喜爱，想必大家都一样。为什么人一辈子都在寻求被爱？为什么人为了被爱什么都能做？有时候当我身处异性恋的环境里，如果大家知道我的性取向，我就觉得他们在盯着我看，那些可怜的人把我当作关爱的对象。我发现我心里在想，如果同情意味着更爱，那就来吧，都来同情我吧。

结果，就在那一周，希梅娜告诉我，她和西蒙，还有离婚的事情让她身陷困境，希望我和她的交往能暂停一段时间。她说她不愿意再也见不到我，但是心里却很混乱，所以让我和她不要断绝往来，以后还要再相见。比我大二十岁的这个事实强压着她，而她不知道该如何承受事实的力量。

我又一次受到了摧残，然后一周没去上课，和学校的新同学一起逃课，还干些愚蠢的傻事。我一直在思考性爱。有时候我会问自己是不是女同性恋比异性恋更能点燃你的激情。我的朋友里，只要是女同性恋，她们除了性爱什么都不思考。那是一种执念，而且占据了我们一半的头脑，好像一支箭插在那里。当我听到像西蒙娜或者马涅这样的人，我就感到困惑，她们是如何做到无性生活的？难道因为年纪大了？她们和我一个年纪的时候呢？或许这只是一个年龄问题。还有，我无法想象自己以后失去持久的性欲，也无法想象没有别的身体在床边陪伴着我。真到了失去这些的那一天，我想我早已失去了一切。

总之，后来卢露来了。慢慢地我们开始经常见面，我们相处得很平静，也很不错，我非常享受她的陪伴。两个人在一起成了一件简单的事情，在她看来大多数事情都很肤浅，她不会允许自己去做些傻事。所以和她在一起什么事情都变得简单、快捷、高效。

我们在一起一年半，又一起生活，那是我第一次结婚。女同性恋有一种仪式，第二次约会就算结婚。关于这个仪式有一个笑话：

"女同第二次约会带什么？"

"行李箱。"

好吧，这个笑话并不怎么好笑，但是很经典。而且在我和卢露身上发生了。为了和她在一起，我和家里人做了好一番斗争。我们住在一起，外出旅行也在一起，我和她的家庭建立了坚固的感情。她的母亲快成了我的母亲。我母亲很震惊，她不理解卢露的母亲怎么能容忍我们俩睡在同一个屋檐下。有一次我在卢露家生病了，母亲来看我。当我看到她出现在那个家里、坐在房间的扶手椅上的时候，我知道我赢得了那场战争，它已经不算一场小小的战役，而是一场真正的战争了。

好了，在这种情况下，结束会像开始一样迅速。前一天我们还好得如胶似漆，结果第二天就打得你死我活。

卢露的故事算是结束了，我又回头去看希梅娜。我们又交往了一段时间，很短，但轰轰烈烈。当我再次回到她生命里的时候，我觉得很怪，就好像时间停下了它的脚步。然而，两个星期以后，她的前夫发现了我们。他没有提前打招呼就过来找西蒙，但是西蒙当时在同学家。是我穿着睡袍从床上起来去开的门。又是一场混乱。经历了那场风波之后，我俩认为她担的风险太多了（虽然我没吃什么亏）。令我困惑的是人为什么一定会开门？为什么不能让门铃就那样响着，不去管它。人真是傻，我也一样。我还疑惑的是像她前夫这种人，在他们眼里，同性恋到底什么意思？或者说在这种情况下，双性恋是什么意思？许多科学家说所有人都是双性恋，性取向取决于体内雄性激素和雌性激素的多少，而且在很多情况下，最害怕这个话题的人，就是最害怕自己有问题的人。不过我们再回过头来说说希梅娜，她觉得一旦我们被她前夫捉奸在床，她就会失去对儿子的监护权。难道说和一个女人亲热就不像母亲了？难道西蒙会有危险？

这一局势让我不得不对自己产生质疑，反复思考这些事情，就像一只永远吃不饱的奶牛。我当然也很难过。

就在悲剧发生的时候，希梅娜很严肃地问了我一个问题："卢，"她说，"你没想过妥协吗？"

我问她到底想说什么。

"投降。"

我想了一会儿，你们可能会问——而且值得一问，我受了这么多伤害，难道没有过这种冲动？一次都没有？你们可能觉得我会崩溃，然而我没有。

"我不会屈服。"我说。

谢天谢地，科学已经解释清楚了，同性恋不是一种人为的选择，是天生而来。这一理论改变了很多事情。谁都不是"罪人"，父母不是，教育也不是，她自己也不是。同性恋不是自愿的，但是以前人们是这样认为的。它就像一个人一出生就有一双蓝色的眼睛。已经是蓝色的了，难道你要戴一副隐形眼镜把它们遮掩起来？你的眼睛就是你的眼睛。唯一的遗憾就是你要为一双蓝色的眼睛付出代价。而这绝对是不公平的。

我有很多叔叔姑姑、舅舅姨妈，因为我父亲出身于大家庭，母亲的家庭也不小。当我出柜以后,他们的反应很有意思。有的吓得绝口不提,就好像不知道这回事一样。有的认为这是因为年轻气盛干的傻事,不用太在意,都会过去的。"这是阶段性的。"他们跟我父亲讲。

如果我成年的时候是同性恋,想必没人愿意插手。但它发生在少年时期,所以家庭因素成了罪魁祸首,不可饶恕。所有人都觉得自己应该发表观点,并且有权利去这样做。如果一个人想试图替你建立你的身份,这足以爆发你体内的所有情绪。除此之外,想象一下,这还意味着你要和身边的人抗争,和没有被你选中的人抗争。见过比七大姑八大姨还要求受重视的人吗?为了他们,为了减少对你的抨击,你浪费了太多精力。如果这仅仅是我和我自己之间的问题,一切都会变得容易,结果也会好很多!

但是我可以肯定地告诉你们:合群与排斥是有关系的。

离开学校后一切都改变了。我过完了上学这个阶段,还有与此同时的好几个阶段。我开始到娜塔莎这儿来。这是一件里程碑式的重要事情,因为突然有一位成年人出现在我面前,还能替我说话。这对我来说的确是一件新鲜事!还有大学,它使我真正投身于自己喜欢的事情,比如计算机,它让我正在经历一场头脑革命。我不再像从前那样思考得太快。我的智商好像停了下来,或者说它开始走路了,我也不知道该怎么说……它不再像从前那样飞在空中。现在娜塔莎给我做测试,让我的思维慢慢变得有条理。但是我感觉,感觉身体里的一切都变得沉稳起来。我可以控制住我现在的所作所为。或许这就是成熟期的开始,虽然这个词让我觉得有些好笑。

几个月前，我开始和一个魅力四射的大美女谈恋爱。我禁欲了很久，要是你们见过就好了！我一忍再忍，不让一个人闯进我的世界。但是伊西多拉征服了我，她用她的温柔甜美，她对音乐的喜爱，和她的耐心。真的，她让人崇拜。当然了，这一切都是从一次派对和去洗手间开始，这就是我的命。当时我拼命地抵抗诱惑，手足无措的她以为我对她没有好感。但是最后，在去诺曼底艺术影院听了托卡塔曲之后，我们就上了床。目前还没有分手，但我不认为她就是我的终身伴侣。这就是我的想法，自打跟猫咪的事儿以后我一直这么想。我认为这也是成长的一部分。

说实话，我很久没有这么高兴了。计算机、娜塔莎、朋友、家庭，还有伊西多拉，我过得越来越好了。

虽然这些年慢慢离我远去的愤怒和悲剧还会时不时地发生，爱挑衅的卢露从没停止过对我的骚扰，但是我认为我离自己更近了，这是我前所未有的感受。我当然知道，鬼魂、失望、恐惧、犯错、邪恶以及其他的东西可能还会跟随我很久。现在我正试着把它们埋在花盆里，祈祷它们不要发芽。我一如既往地违人所愿，所有人都希望种子播种了就要发芽。我不。我天生与众不同，就像我一开始说的。而且我必须每天守护这个不同。

# 安德烈娅

我想谈一谈沙漠,只谈沙漠。阿塔卡马沙漠,这是我唯一能想到的。它是世界上最干燥的沙漠。小时候我说那里是撒哈拉,无边无际和连绵不绝的沙漠,与《摩西》和《阿拉伯的劳伦斯》里演的一模一样。其实并不是,全球最干燥的沙漠应当非我们的阿塔卡马莫属。我去过那里,绝对是留下骸骨的绝佳之地,如果这就是前去的目的的话(的确是死亡圣地)。

我叫安德烈娅,大家在电视上见过我。

我一直很清楚,我的愿望是当一名记者,成为世界万物的中心。一开始我在电视台的新闻部实习,两年后开始播新闻,再后来我开始主持自己的电视节目,并逐渐多元化地培养自己的能力。等到我既能采访娱乐圈又能采访国家总统的时候,我自由了。如今,我正创建一个电视频道,我发现自己有巨大的商业潜能,在把握权术方面也颇具天赋。一切进展得很顺利。我不仅出了名,钱也挣了不少。说到这儿,我的生活听起来很完美。那我为什么在这儿?我也不明白。其实我和所有人一样,也有困惑。有名声也解决不了我的困惑。我曾经和各种困难做斗争：舞台恐惧症、急性焦虑症、阴谋、陷阱，还一直被暴露在公众面前。我还有一点儿妄想症，觉得名气是最缠人的东西，总是阴魂不散。所以我会时不时地逃跑。几年前我跑到一个很远的地方——泰国，还信誓旦旦地说以后不待在电视里了，要留在寺庙，结果实在受不了每日的晨起和斋戒，最后跑去印度洋的一片美丽海滩，在金色的海水里游泳，还买了丝绸。

最近我又想逃跑，因为我很愤怒，能看得出来。我再重申一下，一切都很正常，工作、健康和家庭都很好。我不是怀疑自己，也不怀疑我的能力和丈夫对我的爱。（你怀疑的难道不是你对他的爱？娜塔莎可能会这样问我，她总喜欢质问我，但这个问题她没问。）那我为什么愤怒？一开始我并没有注意到。有一天做完按摩后，西尔维娅，一个美若天仙的阿根廷女孩，跟我说："喂，安德烈娅，你今天可把我累坏了！脸部比以往都费劲，我好不容易才把你脸上的怒气去掉。"西尔维娅离开后，我在想："什么怒气？说什么呢？"几天后，我要拍一系列照片给一家杂志社。摄影师，一个满脸厌烦的姑娘，刚站在我面前就说："拜托，这表情……""什么表情？"我一脸茫然地问道。"愤怒。"她回答说。我又在心里琢磨："什么意思啊？"第二周，我们和女儿卡罗拉去他们学校组织的义卖会。结束后她跟费尔南多说："爸爸，你也瞧见我妈那脸色了吧，满脸的不高兴，好像很生气的样子！""喂，卡罗拉，"我打断她说道，"你说什么呢？"后来我到娜塔莎这儿问她我是不是看起来怒气冲冲的。结果一样，她还反问我为什么，说完便转身走了。

后来，我开始在桑拿房里沉思（那是我唯一静心思考的地方）。

这不可能是巧合，除了我之外，所有人都看见我面带愠色。于是，一种熟悉的感觉油然而生，我渴望逃离这里。都说唯有拥有强大的动力人类才能生存下去，骗人。还有各种小动力。比如我的小动力就是极其渴望停下脚步，放下一切，逃离这里。这种心痒的感觉贯穿了全身，就像对什么东西想入非非，急切地想要得到它，有时候却不知具体是什么东西。直到后来才确定是一个地方。我想去一个不同寻常并且完全陌生的地方，它要与世隔绝，但也绝对开放。于是，那么多年里我第一次看了看智利地图。考虑到境内旅游既方便又轻松，我便决定去干旱地区。

沙漠。

我通知电视台说我知道该如何开创新节目了——的确是这样——需要离开几天。出发当日，我六点半就醒来，从圣地亚哥起飞，十点四十抵达卡拉马机场，那个地方已经在等着我了。居然只有我一个游客，（难道一切都是安排好的？）这让我激动不已。负责接机的女孩儿一看到我就跟我要签名。司机叫罗兰多，听说是"阿塔卡马人"，后来我才明白这是本地人的意思。他开着汽车在那片陌生的景色里平稳前行，我想我一个人去是对的。一路上我想了很多，那儿的景色似乎很冷漠，人类的驻扎并未使它发生任何改变，这是很不同寻常的。眼前的景象太难以置信了，有的山像巨大的茄子，有的像加了奶油的咖啡，远看像巨大无比的巧克力冰淇淋，波涛起伏的沙漠仿佛一片汪洋大海。天空是纯净的蓝色，是城市人陌生的蓝色，它蓝得灿烂、清澈、耀眼。

一个多小时后我们从卡拉马来到了"奥托阿塔卡马"，这是酒店的名字。这里就像一小片飞地，四面环山，中间是一座狭长而低矮的土色建筑物，其材料是古代建筑使用的土坯，这使得酒店和周围的环境浑然一体，而不打破沙漠的和谐。

酒店经理专门在门口迎接我。空气里洋溢着热情好客的气氛，这让我一开始就觉得被这里接纳。

房间很漂亮，色调是浓重的烟草色，四面都是阿塔卡马当地的土坯墙，当地人从其历史之初就使用这种材料修建房屋。房间的尽头是阳台，有一张水泥砌的床，上面铺着床垫，可以在那儿看日落——或者日出，都可以。建筑的整体设计让你只会看到山丘和沙漠，而看不到周围的人。房间里没有电视（不会出现我的脸）。房间粗犷的线条我觉得美极了。电脑估计用不了几次，我就把它放在了柜子里。带来的书都放在了床头柜上，在圣地亚哥我很少读书。我把箱子里的东西拿出来放好，中午一点钟的时候去餐厅吃了饭（有藜麦、石首鱼和水果，味道很好）。之后睡了一觉，早上六点半就动身出发，我早就精疲力尽了。周围果然没有一点儿声响，我太需要安静了，就像植物需要叶绿素、舞者需要音乐一样。寂静中我可以找到自我，这正是我的一个问题：我怎么努力也找不到自我。有时候连自己是谁我也不知道，只知道电视屏幕里的那个安德烈娅，只要那个安德烈娅看着好，其他似乎都很好。这导致我一直误以为她就是唯一的真我。现在沙漠的寂静让我可以靠近真我。沙漠里没有像回音一样的嘈杂之声，它能把你的声音永远埋没，让你缄口不言。

舒舒服服地睡了一觉之后，我去做 SPA，这项服务全天都有，真是太阔气了。蒸桑拿的时候，一个在智利丘基卡马塔铜矿厂工作的人——本以为只有外国人才会住这么昂贵的酒店——认出我之后,整个人都激动起来,他大声嚷着告诉其他正在做冲浪按摩的同伴:"喂!你们猜谁在这儿呢?"这简直是在打我的脸。我干脆躲在桑拿房里,一直等到那些人走了我才出来。我穿着浴袍,湿着头发,躺在屋外的床上看日落,周围空荡荡的,孤独得叫人不知如何是好。

"太幸福了!"我自言自语道。或许是假话,但我还是想说出来。我又一想:"妈的,自打上次从乡下回来,我都多久没说过这句话了?"我朋友的父母住在乡下,她叫孔苏埃洛,我们是发小,一起长大,一起上学,相伴着走过了生命的每一个阶段。就算她叫我"女神",我也不当回事儿。她在杂志封面看到我也不会激动,但就是不陪我去君博(Jumbo)超市,她说受不了大家对我那么好奇。其实我也受不了,所以基本上不去超市。我没打算告诉她我的这个新计划,否则她肯定要找我谈谈,而我还没有准备好。反正她也习惯了,我这个人就是永远闲不下来,也不会轻易被吓退。我一边望着沙漠,一边想象她说我强势,肯定是这个词,那么我就回答说:"是虚的,都是虚的。"

清晨,我突然醒过来,一拉开窗帘,景色全变了:那座山好像长了牙齿一般,是冬天的雪水雕琢出的一道道刻痕。山下彩色的条带仿佛一件丝滑的霓裳,有红色、紫色、咖啡色,还有蓝色。大大小小的山丘都为我锦衣玉带。此时是凌晨五点钟,我人在沙漠,而遥远的城市,那座我生活的城市,天还没有亮。我想起一句老话:"旅行的不是你,是你被旅行——要么是被旅行弄垮。"我认为旅行就是消失。

我在度假,是离开"现实生活"的假期。想必大家恨透了"现实生活",我们都知道如果不像服药一样接受它,就会遭到它的严厉打击。

我睡了十二个小时。

要知道,我睡眠一直不好。要是睡着了,我能睡得像孩子一样,就是入睡很难。等我终于安静下来了,脑子里却浮想联翩。如果不吃药我能一直想到凌晨四点钟(坦白说,收视率就是其中一件事)。我必须依靠药品,但我讨厌它们,所以给自己定下药量,防止对药物产生依赖。要求说下午一片肌肉松弛剂、晚上一片安定片,这样依靠药物让我很生气,于是我在计量上做了手脚,降低了服用量,比如四分之一,或者一半。就这样,药量被慢慢控制住了。我是典型的不听医生指挥的人。

我在睡衣上套了身运动服就去餐厅吃饭了,现在想想,我在圣地亚哥绝对不会穿成这样出去,没收拾好我是绝对不会出门的。我觉得自己是公众人物,形象问题也是人们关注的焦点。谢天谢地我还算生得漂亮,职场上不会被冷落或者受歧视。光有才能是不够的,远远不够。

穿着睡衣在公共场合吃早餐算是一种新体验,对了,这家酒店没有送餐服务。给我上菜的小伙儿自告奋勇说如果我需要,可以给我送餐,但我不想被特殊对待,就算大家都站着吃饭,那我也站着吃。我要了一份英格兰水煮蛋,别提了,把手烫了不说,鸡蛋也快洒光了,我只好又点了一份鸡蛋饼。我一看那切成片的面包像用模子做的,我就在想,还好是我一个人在这儿,要是费尔南多也在,他肯定会抱怨这些面包。就算圣地亚哥的面包全用模子做,他也认为那不叫面包。现在我多轻松,不用为任何人负责。

丈夫通常都喜欢抱怨，比女人麻烦多了。

为了让我在自然光下工作，酒店贴心地为我在阳台上支了一张桌子、一把椅子、还有一个插线板。很少见到服务如此周到的酒店，什么豪华酒店、高档酒店，基本都达不到这样的服务水平。

工作，永远是我生活的理由。但我去沙漠是为了思考或回忆。我发现自己一直在纠正对过往的回忆，因为有很多回忆都不尽如人意，所以要加以改正。直到我去做SPA。前一天我发现有按摩室，我二话不说就做了登记。价格可真够贵的，但我再次告诉自己："没关系，你不需要向任何人解释。"于小姐正在等我，她从中国来，手法厉害还很有劲。我好好放松了一个小时，用的是上好的按摩膏，还有蜡烛和轻音乐。有那么一瞬间我在想，我的支出很少和收入匹配。因为我总觉得花钱是罪恶的，但我喜欢钱，它很性感。费尔南多向来不让我冲动消费，但我自己能接受，我可以入住全国最贵的酒店，可以让自己享受一小时按摩。唯一值得一问的是，为什么我不多享受几次？女人挣的钱都拿去干什么了？为什么我们觉得花钱是罪过？

我出身并不富裕，父亲是采访警方新闻的记者，母亲是家庭主妇。小时候家里的钱从来熬不到月底，母亲总是望女成凤，希望我不要像她和外婆一样，活得既没意义又不体面。都说一切会周而复始，代代相传，外婆、母亲、女儿，就这样一条线地遗传下来。除非有人彻底扯断这条线，才能打破这种重复。

我坐在壁炉旁边，吃了一份三文鱼三明治，味道很不错，喝了一杯皮斯科酸鸡尾酒，两个导游在旁边给我讲当地奇特的地理环境。我不想外出，感觉双脚就像被粘在酒店的地上一样，这里的生活让我迷恋。在阳台上看书和小憩多舒服啊。出去散步的时候,看到我的影子映在沙地上,就像一个入侵者,沙漠的纯净瞬间烟消云散。

望着自己住的那间土坯房,那诱人的深烟草色,我真想从此就在这酒店里过日子。这是我一贯的想法,因为酒店让我觉得自由,有好几次我都把它想象成自己家,就像战间期在欧洲,人们经常把宾馆当家住。

我还算过自己一生总共住过多少家酒店,估计有的女人一家都没住过。很难理解这种资源分配方式,我应该补充一句,世界上最美的酒店我都住过。每次旅行我都带着好奇心,希望发现一处清净之地,也许这才是旅行的真正意义,否则为什么要旅行?四十三岁的我几乎哪儿都去过了,可能只剩下印度的拉贾斯坦邦——那儿有一座天空之城,黑山共和国,澳大利亚袋鼠岛。然而直到昨天我才知道阿塔卡马有这样一个地方,可见还是有我不知道的地方。要是在有生之年没来这个地方我得多遗憾。

这个记事本上记着酒店每天的菜单,比如有一顿晚餐是塔塔三文鱼、黄椒鸡和焦糖布丁。为什么记下来?我也不知道,可能是为了让这次经历更具体,不落下任何细节,似乎吃下去的东西能让我永远留在沙漠。这是一种写日记的方式。我突然有个念头,我想抛弃手里的一切,甚至是费尔南多,不知是因为我太累了,还是仅仅为了肯定我的独立性。

酒店上下只有我是一个人来到这里。我喜欢一个人。有件事我觉得说出来很困难,那就是我有点儿烦费尔南多,也有点儿烦孩子们。

终于,我把它说出来了。

我贪婪地望着眼前的美景，它征服了我。我想起以色列、约旦，荒漠永远离不开《圣经》。我久久地注视着，一动不动。连我自己也没想到活泼好动的我竟然可以凝视一个地方。直到来了几只鸟，才把我唤醒。有那么一瞬间，酒店后面的山露出巨大的伤痕，如此真切、深邃，似乎年复一年，春去秋来，有人一次又一次地揭开它的伤疤。

还有那里的人们，我仔细地观察，试图弄明白他们到底是谁。

我对别人的生活充满好奇。但实际问题是别人总是对我很好奇。所以成名以后多奇怪。我不否认成名能带来诸多好处，不管你做什么别人都尊敬你，好像名人是一张令牌，所有的门都为你敞开，你获得了比你应得的还要多，你不需要和任何人接触，你可以隔着面纱看人，不用担心亲自露面。

除了演播才能，我没有太多特点，我想说明其中的一点，就是我不是特别爱慕虚荣的人。无论我多么肯定自己的成绩，也不会得意忘形。我在印度买了一个木箱，非常大，外面镶着金属边，里面散发着檀木香，所有跟所谓名望有关的东西我都搁置在这里：照片、杂志、录像带、DVD、奖品、荣誉。它们都堆在那儿我连看都不看。成名不是我的追求，也从未有过这样的计划，我只是想把事情做好。结果忽然之间，我成了智利电视台的重要人物。我后来发现自己真正感兴趣的是权力，而获得权力要更慢，也更难。如果哪天我的孩子们想看我的东西，那个箱子里啥都有。但是不太可能，连我自己都没兴趣看，凭什么他们会喜欢？

从不打开箱子不是说我工作就不认真，相反地，我非常认真。为了走到今天，付出的一切努力我都还记得清清楚楚。一开始，舞台恐惧症让我一面对屏幕就来月事，也不管到没到时间。我整夜整夜地排练和录制,就怕做得不够好。爱好和职业的不同就在于情况不妙时,爱好者会慌乱,而专业人士会保持镇定。所以,我一直保持着严谨的态度。就像人们说的,天赋是授予责任感的头衔。

奇怪,如果用一个词来定义我的生活,最适合的竟然是"成功"。这两个锈迹斑斑的字把我的一切悲伤、痛苦和迷茫掩盖住了。智利人喜欢仇视他人的成功,当面他们尊敬我,其实背后有很多人都咒骂我。就像山脉在挤压我们,狭隘的心胸容不得我们同处一片土地。狭隘让我们变得卑鄙,总是担心给别人让路会使自己跌落水中,或者被留在山里出不去。

一天,我去餐厅吃早饭,看见桌子都空了,连咖啡也端走了。酒店说因为换时令,现在已经十点半了。我哪知道那天换时令?就算发生政变我都不一定知道,更何况这种小事。但话又说回来,这种与世隔绝的感觉让我很有安全感。

我想开始工作,没别的目的,就是想沉浸在工作中,因为它一直能给我一种感觉:没有比工作更重要的事情,如果没出什么事儿,就别来找我。实际情况当然不是这样,但在几个小时以内还是可以的,而且感觉非常好。正如玛格丽特·阿特伍德所表达的:"看到一切都很顺利,我觉得自己像一只高歌的鸟儿。"

有了工作我们才能保护自己!没有工作就只能赤手空拳,那得多可怕。

我躺在躺椅上思考自己陷入的矛盾,旁边是六个长方形泳池,深色的池水分外美丽。我暗自说道:"我已经超负荷了,当下的生活水平、坚持不懈的目标、收视率、保持优秀以防被淘汰、成功、财富、一套那么大的房子、一个需要我经营的真正的王国，甚至一个衣橱的大小，这些都要我来做。真希望自己少管些事儿。"我想起儿子塞瓦斯蒂安，有一天吃饭的时候我也说了同样的话，他听到后说："妈妈，你想做的是当一个嬉皮士。"

当嬉皮士？我想起我和孔苏埃洛年轻的时候，我们穿着印度风的衣服、戴脚环，身上连一个子儿也没有。那时候我们很幸福。记得后来我把塞瓦斯蒂安的话用邮件发给她，她回信的时候借用了詹姆斯·乔伊斯的一句话："既然改变不了现实，那就改变话题。"我跟她说别一副文绉绉的样子，费尔南多倒是很认同她的话，至于塞瓦斯蒂安，在我出发去乘飞机的时候，他说："妈妈，你要在豪华酒店改变话题吗？"

我嬉皮士？这时，我的目光重新移向深深的池水，由仙人掌和石子划分的数个泳池甚是好看，我心想："如能躺在这里终老，就这家酒店、这些泳池、这把躺椅，夫复何求？"

周围没有一个有灵魂的生物，感觉方圆数公里之内只有我一个人类。山头挂着一轮满月，亮得如此璀璨，有一抹不真实的感觉。就在这时，我注意到两只动物，也像是来访者。它们在一排篱笆后的空地上悠闲地走着，一只是羊驼，另一只是原驼。我走近去观察，这两种动物长得很像，不知道的外地人会误以为是同一种生物。羊驼用一双极度忧伤的眼睛望着我，之前从未有人用这样的目光看过我。阻挡在我们之间的篱笆让我无法上前去抚摸它，我们就这样相望了许久，感觉它快要哭了。它有吃、有人照料、还有美景，为什么那么伤心？难道还不知足？

我转身离开的时候,那原驼竟摇起了脖子,一副不满的样子。那我呢?我怎么办?我不也是一个人?

去餐厅吃晚饭的时候,我被三个女人围了上来。她们已经盯着我看了好几天,虽然最后没忍住,但之前确实没打扰我。不得不说,我始终很感谢有粉丝的存在,但绝对不能在我隐身于沙漠的时候。名望使我成为弱势群体的一员。

我想起一部电影《泳池情杀案》,片中夏洛特·兰普林饰演一名女作家,每次在火车上遇到有人跟她搭讪或者认出她,她就下车。我应该生在英国,然后和兰普林演的角色一样神经敏感得让人难以忍受。

我把愤怒一路带到了沙漠,难道就这样忘记了?

沙漠可以切断外界的时间,适合减压、释放,失去一切联系,最后达到无的境界。我觉得到了无的境界,人的创造力将会无穷无尽。比如艺术创作,人们不是常说我们之所以拥有艺术,是为了不被真理弄垮吗?在沙漠就可以得到最好的印证,不管什么事、什么人。

我在泰式按摩那儿做了登记。按摩师是个长相帅气又温和的小伙子,没准可以做我儿子塞瓦斯蒂安的好朋友呢,我心想。他的手法很好,这使我想起在泰国的时候。我一个人做了干蒸、湿蒸、冲浪按摩,自言自语道:"我嬉皮士吗?"

我还没有外出旅行,因为身边已经有很多好地方了。没关系,总有一天我会去的。到了傍晚,旅行团一队接一队地回来,看见他们带着包、水壶、防晒工具、穿着派克大衣,一个个累得精疲力竭的样子,我就想,就是因为他们出去,我才独自占了这么大片地方。没加入队伍的就我一个,他们肯定觉得我有病。

每当看到成群结队的人,我唯一希望的就是不要认识他们。在圣地亚哥,我的生活里每时每刻都有各种各样的人,大大小小的活动都邀请我,就算我精心挑选哪些去哪些不去,还是让我心力交瘁。此外,我不喜欢聚会、狂欢、节日这些所谓欢乐的喧嚣。

上次在布宜诺斯艾利斯的时候,我在报亭买了份日报后走进一家咖啡厅。正翻阅的时候,一张雪白的长方形纸片映入眼帘,上面写着:女性心理专家——美国,标题下方列着:

恐惧

压力

抑郁

依赖

心理危机

急性焦虑

婚姻治疗

学习障碍

后面写了各专家的姓名、电话和地址。我一时愣住了,情绪病这么普遍?阿根廷的女性精神病患者比我们更严重吗?不,是她们承认精神疾病,这是很不一样的。我根据自己的情况对号入座,被结果吓到了,至少有三项我都中了。

一天,我破例去了距酒店三公里处的小镇,就是阿塔卡马的圣贝德罗镇,旅游书上经常提到这个地方。我和几个司机聊得很愉快,或许他们是唯一不认识我的人。我没想到能在智利看到高原人的面孔，还听见他们操着一口带方音的西班牙语，之前我只在秘鲁或玻利维亚见过这些人。

一眼望去，圣贝德罗镇尽是咖啡色和低矮的建筑物。政府楼前，几个老太太高音量放着音乐跳舞，脸上挂着小镇女人跳舞时的那种不在乎或者说令人疏远的表情。我径直朝教堂走去，我在照片上见过无数次，是个很有名的教堂。一五五几年的时候，西班牙人在那里进行了最早的弥撒活动。在智利很少见到这么古老，且不是我们建造的建筑物了。屋顶是土坯的，圣餐台的中央是童真圣母像，即天使尚未降临其身的时候的样子。

我去了一个很大的手工艺品市场，之后想找个吃午饭的地方却一直犹豫不决。最后我进了一家价格低廉的小馆子，点了一份蔬菜千层面。大家都看着我，还好没人过来搭讪。

走出餐馆的时候，我接到孔苏埃洛从圣地亚哥打来的电话。运气不错，要知道酒店里的信号可不好。我已经好多天没和她说说话了！广场上，我找了一棵大树坐下，便和她聊起来，就像小时候我们躺在卧室里聊天一样。我告诉她这个地方，还有它的周边环境有多美，她说："多好，就要这样有范儿地变老！"

骄阳如火一般灼烧。


在酒店的房间里，我忽然灵光一现，就像得到了圣佩德罗的点拨，立即投入工作中。我正计划做一件有趣的事情，主题非常新颖。当时我文思泉涌，所有想法都标新立异。

我出去沿着泳池绕了一圈，终于又出现了一位女性，她是个中国人。看到她孤身一人在一个远离祖国的地方,我心中不由产生了淡淡的忧伤。

我开始有了高原反应,呼吸困难,总是喘不上气。

一天下午,我在阳台上看到了动物。当时我正闭着眼躺在阳台的床垫上,突然感觉有只羊在叫,然后是两只、后来又变成三只,一起咩咩地叫着。我直起身,看见几只奶牛和好多羊跟着牧人从我面前走过。我久久地望着,它们各自带着宝宝,每一只都有孩子。除了羊驼和原驼,它们是我唯一见到的动物。

我试图忘记费尔南多,虽然独立的想法在诱惑我,但我更渴望拥有一个亲密无间的人,更需要一个共同作战的人(成功者的圈子是最凶险的)和分享的人……但要抛弃这些,必须有足够的勇气。一盘海胆,一个人吃还会有一样的幸福吗?佩特拉古城里各种岩石的色彩,一个人怎么欣赏?当你怀疑自己,觉得全世界都与自己为敌的时候,你不去找自己的伴侣还能找谁?无论是银行账户收支,还是和自己的母亲或女儿偶尔闹别扭,你能信赖的人还有谁?你能和谁安静地听一场贝多芬音乐会?我没想过费尔南多是我的"象征物",就是西蒙娜刚才说的,但我承认在世人面前他经常保护着我。在我的世界里,如果没有丈夫挡在我前面,我会觉得自己被扔给了罗马斗兽场上的那些狮子。

丈夫像港湾。

或许是引言。

又或是备注。

电话里，我告诉孔苏埃洛我每天都把菜单记在小本上。

控制饮食是我生活的一部分，不是说我一直坚持节食。我试过很多次，可问题是，我太喜欢吃了，其中之一就是甜点。生活中要是没有一块糕点那就失去了意义，比如海绵蛋糕、德式蛋糕，什么蛋糕都行。但是电视银屏和身体超重互不相容。公众是我享乐的头号敌人。随着时间的流逝，兴趣也在不断变化。如今食物是我最大的爱好。性爱已经落到第二位了，这让我有时候很受伤。

现在好像所有人都用性爱来确定关系。但我除外，因为我连出轨的时间也没有。

我害怕的是，随着时光的流走，一个人会失去对他人的爱。年轻的时候，青春意味着感情泛滥，意味着为他百分百地付出，意味着爱到天荒地老。她会单纯且不知选择地四处播撒自己的情感。时间过去了，两个人经过不断的磨合，步调越来越一致，但结果会导致相互排斥。现在我的眼神里多了份猜疑和批判，我就是用这样一双眼睛怀疑地看着其他人。人其实比看起来的样子更愚蠢、更讨厌，有的人更狂妄，有的人更爱妒忌。人永远做不到绝对的真实。成长就是知道自己有更多的缺点，然后觉得厌烦。我害怕自己的爱越变越少，有时候我觉得这才是老年人孤独的原因之一，世人认为老年人孤单是因为没有人爱他们，但也许是因为他们自己早就不爱任何人了。

我现在很少能漫无目的地和人聊天，我没有时间做这种无偿的事情。

如果我今天列一份名单，写上所有自己喜欢的人，我估计这份名单在多少年以后只会越缩越短。

沙漠的黑夜是最寂静的,它沉默地像笼罩了一层又一层的消声布,感觉像千层蛋糕一样。我在孔苏埃洛乡下的房子里也体验过安静的感觉。随着白昼的结束,各种嘈杂声也随之消失,夜幕降临,取代喧嚣的是各种声响,而且持续了很长时间,我久久地分辨这些声音:歌声、狼号、牛叫、树叶的沙沙声、犬吠声,就像一首壮观的怀旧曲,中间还夹杂着风声。乡村的这种假安静让我想起了沙漠的安静。有人认为沙漠的夜晚才是真的万籁俱静,根本不用担心混乱会伴随黑暗一同到来。

我和它们一样觉得寂寞,一只羊驼、一只原驼。

随着激情褪去,心中的牵挂也慢慢淡化。可怜的费尔南多!有这么一个整天忙碌的妻子他得多累。我兜兜转转了这么多圈,最后还是降落在了原地,到底什么是爱,我早已不知道了。在阿塔卡马的时候我想是时候向自己坦白事实了。但同时,我的高原反应越来越明显。这没道理啊,应该一来就有反应,而不是过去几天了才开始。打扫房间的女孩儿给我拿了杯药草茶,不知是什么植物泡的。有几次她和我聊了起来,"我认为我既不是智利人,也不是阿根廷人和玻利维亚人,"她说,"我是阿塔卡马人。"她告诉我她的父亲见过圣贝德罗镇教堂的文献,后来被西班牙人带走了,还说她的家族可以一直追溯到18世纪中期。"西班牙人把所有大事小事都记载下来,"她说,"每一次洗礼、结婚、死亡,还有地震。"

毫无疑问,我喜欢阿塔卡马人。我不喜欢现在那些自称是胜者的人。难道失败却伟大的人,就是败者吗?我想到20世纪的青年人,一个受尽屈辱的世纪！如今的他们得多么怀念曾经的丰功伟绩呀！

我的心脏开始折磨我了，它跳得很快，高原反应和心情苦闷容易被搞混。"不年轻了，"我嘀咕着，"身体也是有权喊累的。"这是要走下坡路了，毫无疑问我已经到了衰老的边缘。不管怎样，与其说我苦闷，不如说是忧郁，过去人们就常用这个词来表达沮丧的心情，其实就是今天的抑郁，但忧郁用得更多。我想弗洛伊德是把忧郁和人的痛苦联系在了一起，而没有把它和不在场联系在一起。夕阳西下，我凝视着远处的山峦，一阵忧伤袭来，好似一块哀悼的黑纱笼在心头，久久挥之不去。

费尔南多爱我，但不再喜欢我了。

爱吵架的夫妻通常性关系和谐。仔细想想也不奇怪，因为做什么事都源于激情。至于我，只剩下吵架了。激情没了，需求就会变，关注点也会变。一切不过是风吹云散，再没了性。

性就像一张网，保护上面的杂技表演者。这张网能够阻止表演者摔下来。假如没有这张网，我估计平衡术杂技也就不存在了。那么，当出于某个原因这张网不见了，你该如何保护自己？你能够在高空各种炫技，给观众带来无限惊险、恐惧和失衡的感觉，那是因为你知道有一张网在等着你，它会保护你，阻挡坠落带来的恐惧感。这是这项游戏的一部分，即游戏规则。而等到有一天这张网不见了……已经有了职业习惯的杂技演员坚持要表演。他要尝试一下。为了降低风险他降低了表演用的绳索，等着从上面掉下来。然后他当然摔下来了。浑身是伤。已经没有任何东西能抓住他了。

性欲就像这张网,正暗中准备着,而且从不松懈,严阵以待。等落入它的掌中,什么过去、什么虐待、什么害怕,统统都不见了。

这就是性的作用:止血。发脾气、吵架、伤人的表情都能被相爱的人容忍,因为迟早有性来治愈一切伤痛,或者至少有痊愈的征兆。当失去了性,伤口只能一直裂着,再也愈合不了。

费尔南多病了,不过是感冒而已。我把卧室留给他,我去卡罗拉的房间里睡了几夜,她去度假了。卡罗拉的房间正对着走廊,走廊尽头就是我俩套间的门,里面还有一条走廊,通往费尔南多的卧室。那天凌晨两点钟,我失眠已经有一会儿了,在床上翻来覆去怎么也睡不着。心想或许贴着费尔南多睡能行,我就起身,光着脚来到走廊,然后朝卧室走去。突然传来一阵奇怪的声音,我停下脚步,听出来了:断断续续的喘气声、呻吟、窒息的喊叫。性。我继续向前,走到了尽头,在黑暗中看到了床对面的电视光,一对儿男女正在交欢,只有色情片才会有那种镜头。我呆呆地立在门口看着他自慰。然后我步履缓慢但脉搏加速地回到女儿的卧室,几分钟后,悲痛变成了心寒,之后又变成了一种又软又黏的东西把我弄得浑身麻木,我就这样看着自己,厌恶极了。

我觉得自己像个麻风病人。

那几天我一直在想,要尊重费尔南多的隐私,不能在他面前提起那一幕。胡说。是侮辱,是因为侮辱我才闭口不提。

在阿塔卡马,到了傍晚的某个时候,黄沙泛起层层微波,沙漠变得像浓密的长发一样。我想起自己曾经希望像沙漠一样,以这种和谐的运动形式而存在，但我失败了。

随便什么运动都行，只要不依靠我的力量。

我们和娜塔莎已经谈过自恋的问题了，不是我不在意。

我试着弄明白聚光灯下的我，究竟是我的哪一面，我付出的代价太大了。我正活在爱过却不再爱的痛苦中。相信我，我曾经活在爱里，但它早已离我远去，我对此却无能为力。我有才华，又是女强人，可我却不能重新去爱。我爱过，但现在不爱了。

我得到了在国际上发展事业的机会，如果接受这份新合同，我自己也很愿意接受，就必须移居海外。直到现在，费尔南多和两个孩子还没有做好和我一起离开的准备。他们在智利生活，所有事务都在这里，他们不会愿意为了我而牺牲这一切。更糟糕的是，这件事我只和娜塔莎讲过，因为在我内心深处，我自己也不知道自己到底在不在乎。

我刚才讲过成名带来的好处，但它使人沉迷其中无法自拔。成名就是回到化妆室卸掉妆容后，不认识你在镜子里看到的眼神或嘴上的神情，因为你只认识、只喜欢聚光灯下的你。成名就是永远要担心被淘汰。成名就是二十四小时想着收视率。成名就是学习学习再学习，整天都在学习，哪怕不断减少睡眠和娱乐时间，甚至不睡觉、不娱乐。成名就是永不停歇地工作。成名就是为了不失去能够成为焦点的任何一秒而断绝任何联系。成名就是对挡路者格杀勿论。成名就是只要需要，连亲妈都能出卖。

如此而已。

我们现在做的是什么训练，娜塔莎？我很怀疑我们是否有能力做自己的观众。也许在精美的音乐厅里我们可以临时编点儿，或者不提我们讨厌的部分。现实生活中，很少有什么讨论能让我感兴趣，我把所有才能都放在摄影棚了。如果碰见朋友，我会问他几点吃了早餐，每天从家到单位要多久，或者在超市花了多少钱。所以我在沙漠的时候给孔苏埃洛讲我那天吃了些什么。日常那些看得见的行为很重要。

对我来说沙漠就像海市蜃楼。人们觉得大脑累了可以去沙漠放空，当我去尝试放空的时候，却掉进了陷阱里。我的心悸和心律不齐并非因高原引起。

"我喘不上气来。"电话里我这样告诉费尔南多。"回来吧。"他回答说。

酒店给我装了氧气瓶，直到保证我基本能正常呼吸了才撤掉。次日凌晨我便离开了那里。又是一次逃离。飞机上我的心跳依然偏快。到了圣地亚哥，我打开家门靠在门上，还没进去就突然大哭起来。我像个孩子一样哭啊，哭啊。连离开那扇门的力气都没了。

现在我身处自己的玻璃塔里，阳光洒在脸上，等着生活告诉我她该说的。重要的是，当她来找我的时候，我就在这里，绝不屈服。

# 安娜·罗莎

母亲去了上帝之国,她生前最爱讲的一句话是:女儿是空幻。母亲其实不太会讲话,所以这句话成了她的一句佳话,我也想知道她是怎么想出这句话的,她倒乐此不疲,总拿这句话来贬低我。因为大家总是看不起我,几乎所有人都看不起我,她自己也就没了主意。可怜的母亲做什么事都没主见,这一点还遗传给了我,至于我的其他特点,良好的言谈举止是我最感激的一点,此外,我对上帝充满爱与敬畏,其他特点目前还没想起来。

说到诚实,我觉得自己很诚实,也钦佩别人有这种品德,我必须告诉你们我很害怕开口,因为我觉得自己没太多可讲的,而且如果没出生在拉弗罗里达镇最虔诚的宗教家庭里,真不知道我现在是什么样,我家是半独立式住宅,有一面墙和别人家连着,所以家里的事情隔壁听得一清二楚,我们家还信奉每日祷告和尊敬长者可以获得自我和世界的救赎,结果母亲就更有理由相信:我是空幻的。

他们一直教导我要尊重他人,所以我的这个观念根深蒂固,以至于相比自己的看法我常常更相信从外边听来的。有人说我活在往昔的世纪,不是指上个世纪,而是要再往前推一个,这说得好像是个不能原谅的错误一样。对我来说,世界很大,大到它一直不停地赶我走:这不是弱者待的地方。我真的很困惑娜塔莎为什么今天请我来,进来的时候你们每个人我都看了,我就在想,看来今天来的都是娜塔莎最关心的几位,"嘿,安娜·罗莎,你可是其中之一呢。"我立即告诉自己。

我从头讲起,我叫安娜·罗莎。

三十一岁。

在拉弗罗里达镇南部,我和弟弟住在父母的那套半独立式房子里(父母生前按揭买的),自从上帝把弟弟带给我父母,就是我在照顾他,父母一起离开人世,如今应在某个更美好的世界享受,这叫升天或永生,随便怎么叫都行。

小时候我就近上学,大学没考上,去职业学院学了广告学,结果跟没学差不多。我的人生就像从新教这个模子里取出来的一样,不是天主教,生活里只有劳动、教规、反对享乐和等待下辈子的幸福,因为幸福不属于人类,只有天使、天使长和那里的特殊人群才享有幸福。我一直未婚,以后也不会结婚,因为我不大喜欢这种爱,况且你们也看到了,我几乎没有什么吸引人的地方。要优势没优势,要魅力没魅力,既不会打扮,又没钱没想象力,衣服只有四套,每周轮着穿,一套蓝色,一套深灰色,一套咖啡色,还有一套紫红色,为了搭配我先后买了同样色调的衬衫,这样就不用想每周穿什么,穿衣搭配可是件头疼的事情,但只要记住搭配好的就不会浪费时间,我的时间总是不够用,既要赶公交车和地铁,还要给弟弟把东西都准备好,保证他起床吃饭和洗澡,要是我不盯着,他就一觉睡过头,连课也不上了，然后玩一整天电脑。为了拥有一双美丽的眼睛我费了好多精力，祖父说我是耗子眼，说到底，眼睛意味着一切，什么美与丑都能从眼里流露出来，我唯一向上帝抱怨的就是给了我一双无神的小眼睛，咖啡色的睫毛和别人一样短得几乎看不见，我常在街上寻找美丽的眼睛，但很少能遇见，我坐在阿乌马达步行街的长凳上一边看女人的眼睛一边想象她们生活怎样，她们想什么，她们在乎什么，不在乎什么。让我印象深刻的是每次大甩卖的时候如果是断码衣服，大家从不买大号，都选择买小号，那衣服穿在身上，人被勒得紧紧的，赘肉都看得一清二楚，后来流行露脐，大家也不管适不适合自己，都把肉露在外面，为了增强容忍力我可是费了很多工夫呢。

　　我在市中心一家商场当秘书，当时在日报上看到招女销售员我就去应聘，面试的时候我跟主管说我很腼腆，不会跟顾客打交道，但是文字功底很好，这可是很重要的优点，我们那代人不会写字、不会写文章，要么少写字母h或重音符号，要么不写逗号、感叹号、问号或者省略号，冠词也不会用，但前提是你要想得起来用冠词，于是我就想争取一份文秘工作，这让主管一时不知怎么办，他还没见过有人来应聘居然是为了找别的工作。结果，我的这一行为反倒帮了自己一把，虽然出于自尊心我没说自己正急着找份工作糊口，但也没告诉主管我还有一个未来公民正等着我来培养，他感觉到我很焦急想要这份工作，便许诺一旦岗位空缺就联系我，就这样，两个月以后我坐在了四楼的办公室电脑前，五年前还没有"畅通圣地亚哥"公交系统，那时候的日子可比现在舒服多了。现在每天早上我要坐公交去地铁站坐四号线，就是蓝色线，在维森特·巴尔德斯站换乘五号线到巴克达诺,然后是第三次换乘,要坐一号线到智利大学下车,我不想抱怨(这比经济危机的时候失业好多了),能够有份工作已经让我受宠若惊了,地铁拥挤不堪的时候,我就向上帝诉苦,最后会迟到一小会儿,接下来在傍晚之前我都不会再想这个城市的交通问题,因为傍晚又是高峰期,我还得再受一次罪,而唯一能让我转移注意力的就是思考罪孽——我是想说,谁酿成的———路上根据电视讲的我可能想到车臣国人[1]或伊朗人,也可能想到和伊拉克开战的美国人,也常常想起那些伤风败俗的智利人,我认为急需恢复我们的传统美德。娜塔莎觉得这很有趣,我来做咨询的时候她有时候会问我当天或者那周发生的悲剧是谁的责任,我就详细地讲给她听。

再来说说我的工作。我身边的人都很好。我们领导喜欢发号施令,经常在我们办公桌旁走来走去地说些奇怪的话:"钱多了命不够","空想不如实干",等等,他从不下命令而是给建议,从不下指令而是暗示你,到头来却是没完没了地使唤你干这干那,要是让他发现你浪费时间,准瞪你一眼(那眼神让你觉得他六亲不认),但总而言之他是个不错的胖子,我并非点头哈腰之辈,但很尊重他,所以既保住了工作,吃穿也不缺了,每次月底拿到支票的时候我都觉得很有成就感。

父亲教会我读书写字,他是小学老师,教学水平很高,尽管我们一直生活拮据,但我从他那儿继承了——除房子以外——读书识字的本领(虽然我和妹妹刚开始没兴趣,但后来我们都很看重这一点),我俩十二岁的时候,父亲送给我们硬皮的西班牙皇家语言学院词典,

---

[1] 应为车臣人。

共上下两册,现在我把它们当作圣物一样,和《圣经》保存在一起。父亲建议我每天看十五分钟,我是个听话又有毅力的孩子,到现在还坚持这个习惯(所以我说话用的中心词汇就不像其他人的那么低端,我们国家四分之三的人讲话都是满口胡言,还有各种夸张的口头语),每天傍晚回家,我都累得不行,一进家门就打开电视一直看到晚上,因为看了太多电视节目,我觉得自己还没傻得什么都不懂。等我做了饭,弟弟去睡觉了,我就津津有味地看国家电视台的节目,我没有网络,也没想过装一个,因为相比看电影我更愿意了解一下真实的智利,如今我也算是话题专家了,压根儿没有我不知道的事儿,谁跟谁好了,哪儿又打架斗殴了,模特叫什么名字,等等,总之我全知道,我还可以因此得到放松,但前提始终是先看十五分钟词典。比如昨天我专门研究了一下我的人生关键词,"空幻的:形容词,缺少或没有实质"。因为前后都是类似的词,我就顺便看了一下"实质",意思非常多,看完可不止十五分钟,但我觉得值得记一记,"名词,使其他物体增长、供给营养的物质,没有会导致其消亡……"这些用词我觉得太随意了,真不知该怎么解释才能让她爱听,我那早已过世的可怜的母亲。

有时候我听了一个喜欢的故事,就坚信书上的故事说不定能突然跳出来变成现实。曾经就发生过,可能在印度或者类似的一个地方,那里的人们有个习俗,新郎要在新婚之夜的第二天向众人展示染了血的床单以示新娘的纯贞。这早就不是什么新闻了,大家经常听到,但这段故事的重点是这个新娘并不是处女之身,当夜新郎看到新娘没有流血就明白了,但他没有抛弃新娘也没有公之于众,而是拿起床边水果盘上的小刀在自己的手指上切了一条口子,把自己的血滴在床单上给大家展示。我太喜欢这段故事了,就算当今社会没人在乎贞洁,我也想知道我的同事,或者在家附近的广场角落里用高音喇叭体听音乐或者吸大麻的人,有谁,一个就行,还有这种高尚的品质。

我在八岁之前一直很幸福。而给我带来幸福的人是外祖父,他一直和我们在一起生活。外祖母离世的时候还很年轻,所以我没见过,听说是个了不起的女人,有一天为了给我妈过生日,她正在做海绵蛋糕,突然心脏就不跳了,一点儿预兆也没有,据说母亲就是从那时起情绪变得有些不稳定(至少父亲相信是真的)。继续讲我外祖母,她既不是穿着蝉翼纱裙的俄罗斯赌徒,也没睡在巴勒斯坦战争英雄床边的地板上,她是个普普通通的女人,没有值得讲述的趣事。她全身心地照顾子女和丈夫,从未出去工作,我听说她是"假正经",外祖父这么说的,有一天他说漏嘴了,于是我就明白为什么母亲回忆说外祖母在世的时候,外祖父只有晚上约朋友出去花天酒地,还非去不可,当时没人注意到外祖父其实性格暴戾,因为那时候的男人都一样,没几个忠诚的,实际上女人也是帮凶。虽然我去想象他们二人的性生活很不和谐,但我不得不想,因为我觉得我和她一样不喜欢性,这也是我提到外祖母的原因。所以外祖父去别处找女人,跟所有爱炫耀的男人一样。所以说,这种事看似并不罕见,我说的是女人的性厌恶,那时候没有杂志会触碰这个话题,也没有心理学家认为这是一种心理疾病,没人管这件事,既然性是义务,那履行义务就行了,但我们希望尽可能少发生,最好不发生。再来说说外祖父,他是我童年的一盏灯。刚才说了,我父母上班很辛苦,父亲在我上的小学工作,母亲在市政府上班，她在那儿干了一辈子，从未旷过工，市政府是她的命，从来都是亲自处理各种事情，起初给军人干，后来给历任市长干，要是上帝没把她带去他的王国，现在早就退休了。她早出晚归，每天六点以后才能回家，她有两个女儿，我是老大，我还有一个妹妹（现在已经结婚了），我们不得不自己打理一切，外祖父当时从国家铁路公司退休了，因为家里只有他一直在，所以我说他是我童年的一盏灯，放学回家以后他教我做作业，带我出去散步，给我买冰淇淋，在小区的朋友面前介绍我，那些人和他一样闲着没事，每天晚上我和外祖父一起祷告，我是他的心头宝贝，他最喜欢我了。他教我放风筝，折纸船，用画笔画画，而弟弟妹妹只能用彩铅画，他会讲很长很长有趣味的故事，晚上是他哄我睡觉而不是母亲，我也更希望是外祖父，因为他讲的故事更好听，也更有耐心，父亲从来不介意和岳父住在一起，恰恰相反，我觉得他很喜欢外祖父，他们相处得挺好，都喜欢打牌，聊足球，喝啤酒，吃东西的口味都一样，每次母亲做了血肠或者猪蹄沙拉，两人都特别感激。

尽管外祖父不上班了，但他依然每天很早就起来等着洗漱，因为只有他不用着急，洗完澡他要像孩子一样给自己擦爽身粉，然后穿上白衬衫，衬衫每三天换一次，还有一身老旧的灰西装，是他在铁路上班穿的衣服，星期日去望弥撒的时候就换成蓝色西装（这身衣服只穿着去望弥撒，参加婚礼、葬礼和洗礼），再打上领带，也不知从什么时候开始大家周日不穿正装了，都换成了运动衫、牛仔裤，甚至直接穿条短裤，一个个腿又短又粗可真难看，现在没人穿西装望弥撒，运动服又那么丑，除了佩莱格里尼[1]没有哪个男人穿运动服好看。再说说我的童年，我那时候不明白外祖父为什么打领带，也不知道他早上都做些什么，因为我要上学，见不到他，但他每天都和我们一起吃午饭，把母亲前一天晚上准备的饭菜热一下就可以了，吃完他要睡午觉（天天如此）。我靠在他身上，感受他带来的温暖与疼爱。

虽然我们家很小，却是父母的骄傲，因为是自己的房子，他们用学校给老师发的住房补贴，每个月要还房贷，这是家里最大的一笔开销，其他费用（电费、煤气费、水费或小卖部）都可以拖欠，但是房贷不行，所以从小我就懂得，只有很努力才能有一套属于自己的房子，值得一提的是，家里有两间卧室，我们本来住着很舒服，可是弟弟出生以后就变了，这是父母的失误，我觉得他们根本没想过再生一个，当时我两岁，妹妹才十一个月大，或者说，生活已经安排好了，结果咔嚓，家里又多了一个新成员，但家里已经腾不出地方了，所以弟弟跟外祖父在一起睡了很长一段时间，家里根本放不下一张床，客厅小得连沙发床也塞不下，而且母亲只要活着就绝不会让她父亲没有房间住，这是大不敬（她自己说的）的行为。另一间卧室是主卧，等到父亲已经受不了和我们姐妹俩一起睡觉的时候，就把我们送去和外祖父睡，外祖父睡一张床，我和妹妹睡另一张床。但如今想来，在哪睡都一样，家里的墙就跟纸一样，什么都能听见，连我爸的鼾声我在这边床上都能听见。我估计那屋肯定有过夫妻之事，只是我和妹妹睡眠都很正常，一睡着就像木头一样，用母亲的话说就是睡得很安详。

---

[1] 曼努埃尔·路易斯·佩莱格里尼·里帕蒙蒂（Manuel Luis Pellegrini Ripamonti），1953年生，智利足球教练。

家里最重要的东西就是客厅里的玻璃柜（母亲用它照镜子）。我每次给娜塔莎讲玻璃柜的时候她都笑，我说得很仔细，柜子里摆满了彩色陶瓷制作的小人像：天使、猫咪、牧羊女、小丑。每次打扫的时候我就在想，这些没用的东西越堆越多有什么意思？能干什么？也许它们正是用来掩盖我们自己的无价值和无意义，我想有一天我会把它们一个一个扔到地上摔碎，因为每当我觉得自己很蠢的时候，我就会想起这些东西，我也不知道为什么。当然，像我们这种虔诚的家庭确实不缺圣像，家里什么都有：耶稣受难像、圣母画像、各种圣人画、黄铜浮雕像，一进家门就能看见一幅圣心图，画上的耶稣身上有一颗伤痕累累的红心，这幅画我一直没搞懂，只记得说耶稣每天要为我们受尽苦难。客厅里只有一个沙发，两边的小茶几上摆满了小型塑像，或者叫雕像，母亲喜欢这样叫它们，比如说那个十字架上的受难耶稣，还有在橄榄山布道的耶稣，山是用石膏做的，很小，有一次上面的漆剥落了，母亲气坏了，我就用学校的蛋彩画颜料在剥落的地方补上了绿色和咖啡色，结果一点儿也看不出是后来补的，从此，每次听见有关以色列，我就想起橄榄山的咖啡色和绿色。我更喜欢圣母像，她们各不相同，但你想想看，她们归根结底是同一个人，怎么会有那么多不同的圣母？有卡门圣母、露德圣母、法蒂玛圣母、卢汉圣母，所有圣母把我们的一举一动都看在眼里，所以我以为有了她们的保护，任何坏事情都找不到我们。我唯一不喜欢的就是给这么多圣像打扫卫生，轮到我就必须得干，母亲还会在一旁说："擦的时候要充满爱，宝贝，爱，懂不？"他们教我用一块湿布，把圣母衣服上的每一条褶皱、耶稣的每根手指都擦一遍，任何地方都不能有灰尘，这太困难了，圣地亚哥灰尘大，哪儿都有尘土，谁知道为什么，我真好奇那些没有灰也不用随时拿着抹布擦来擦去的城市长什么样。

我八岁的时候，妹妹阿莉西亚和我的上课时间一样，所以我们一起上下学，学校就在街角，我俩从小就来回都是肩并肩地走。就在那一年发生了一些事情，学校要给她们年级加课，以后她就比我回家晚了。因为我在阿莉西亚之前到家，所以外祖父就专门等着我回家，他说我是他的一切，还说在阿莉西亚回来之前我们有足够的时间，做什么都行。

我八岁了，那一年生日后来成为我最美好的回忆之一，非常美好，是童年才会有的记忆，小时候看不见乌云就觉得它不会来，因为眼见为实，就在好几个世纪以前的3月1号，那一天天朗气清，我放学回家以后，看见桌子上有一块蛋糕，有各种颜色的橙子果冻，有威化饼干，有鸡蛋面包，还有姨妈和表兄妹给我的礼物。我也不知道为什么大家这么关心我，不过那天生日（虽然不在周末）过得的确非常热闹，至今我还记得每一件礼物。其中最好最重要的礼物是外祖父送的，也不知他从哪儿弄来的钱，是一个芭比屋，算是我当时最渴望得到的东西了！那是一座粉色的塑料房子，有给芭比娃娃用的床和各种配件，不用说，它是我最喜欢的玩具。（这些东西我还留着，现在我有一张只属于我的大床，我把玩具放在床头，只是每晚都要把它们挪走，第二天早上再把它们放回去。）拆礼物之前，母亲让我要感恩上帝的仁慈，还要念圣母经。后来大人们开始喝啤酒，还有潘趣酒，因为过生日都要准备黄桃红酒和热红酒，热红酒就是把加了橙皮和肉桂的红酒烧热喝。我们几个小孩在一起玩芭比屋。父亲和外祖父喝得有些兴奋，别人都走了，他们俩还意犹未尽，一边喝酒一边说笑，母亲就一直板着脸，大家都明白什么意思。直到很晚他们俩才睡，我和阿莉西亚已经睡着了，外祖父走进屋，把我叫起来，只叫了我，"过来，小寿星。"他说完，把我从床上拉下来去和他睡，和每天睡午觉一样，但这次是晚上。他想继续为我庆祝。

粉色、结实的芭比屋。

上帝为我安排了太多难以理解的事情，不是我抱怨，而是有时候我不明白上帝为什么要对我这样一个无足轻重的可怜人下手，我就像纵横填字游戏里丢了字母的单词，兜再多圈也填不上，我知道上帝为什么不对阿莉西亚下手，是我保护了她，我怎么会不知道呢？她只比我小一岁，但在我的小脑筋里，不知哪个部位想好了我是唯一能照顾她的人，我的自大并没有招来上帝的惩罚，因为阿莉西亚现在很幸福，和其他人一样结婚生子，有了两个女儿，过着和普通人一样的生活，父母去世以后，她丢掉了老一辈给我们留下的东西，开始做自己，她依然信仰天主教，依然爱上帝，遵守上帝的每一条戒律，这让我想到没必要像母亲一样，为了博得上帝的爱在那儿装模作样。我一直觉得上帝对我和对其他人不一样，至少和家里的其他人比起来，他不愿意接近我，想了想原因，我觉得要怪就得怪自己，肯定是我身上有什么邪恶的东西把上帝赶走了，就算他早已习惯了世间的丑恶，还是会与这些东西保持距离，况且上帝也没必要对我产生好奇。有时候我在想，天上负责我的人肯定遇上了罢工，把我的事情扔一边儿去了。

学校里，大家有时候嘲笑我，并不是为了攻击我，女同学不理解我为什么不和她们一样跟男生玩儿，有的女生特别开放，我们年级甚至有女生把肚子搞大了，那么小的时候她们就讨论舌吻，我还跟她们讲："上帝会惩罚你们的。"结果她们一个个快笑死了，似乎敬畏上帝早就是老掉牙的事了,连开玩笑都过时了。我没有太亲密的朋友,可能很小的时候有,后来就再也没有了,因为至今我也没有想出其意义何在,我坚信人要有羞耻心,要端庄,我想不明白为什么有的人一定要在别人面前一丝不挂地展示自己,每个人都是一个小小的岛屿,这就是唯一的真理。即使架起一座座桥梁,人永远都是一座小岛,其他一切不过是谎言而已。

当时我八岁,每到黑夜,我就缩成一团,两只手像活了一样,不听使唤地贴在一起不停地摩擦,手上全是红斑,又粗又丑,而且很疼。生活开始发生改变,我告诉自己这是上帝之命,我的主要责任就是让外祖父高兴,我欠他太多,他要我做什么我就得做什么。然而有一天,我想到去找母亲诉苦。她竟然一脸刻薄地看着我,还评价说:"多有出息!"那冷酷又贪婪的眼神至今我都记得,她半眯着眼睛,好像眼里进了沙子,又好像在躲避尘土或阳光,反正是生气的样子,而且这种怒火积累了很久。然而我们能怎么办,家庭是神圣的,因为家是一种对身份的认同。哪怕家是牢狱,它也永远是我们的身份。每天清晨去公交车站的路上,我看见一块又一块单调的水泥地面上露着一丝丝裂缝,我一边在人行道上走,一边想起母亲的目光,那双眼睛和地上的裂缝一模一样,我想如果她有另一种眼睛,或许我天天早上走去公交站的步伐会变得不一样。除了目光,她和我一样矮小,身子干瘦得像从未绽放的花骨朵,又干又瘪,四肢总是有点儿贴着身子。外祖父说她:"耗子,都是我们家的耗子。""多有出息……多有出息。"母亲像母鸡一样围着我叨叨了整整一周,每次除了这就没别的了。那么说这句话是为了什么?我感觉自己的声音好像被遗忘在了某个黑洞里。母亲一不高兴就生病，症状还很明显，看得出来是真的生病，要么感冒，要么严重腹泻或者发高烧。要是我们把母亲气发烧了，那就得怪我们，几个姨妈都这样说，所以我和阿莉西亚可害怕了。阿莉西亚十二岁左右的时候居然敢谈恋爱了，母亲差点儿被她气死，感觉像她自己犯错一样，结果她就过敏了，过敏得特别特别严重，第二天早上连班都不能上，只好去诊所看病了（她从来没旷过工），阿莉西亚没办法，为了让过敏消下去，只能跟人家吹了，于是一切又恢复了平静，所有人都感觉自己获得了宽恕，因为阿莉西亚还算懂事，外祖父还让我每天晚上或者午休的时候做两遍祷告，因为我发现有时候他让我做完祷告就硬要和我睡一起。

我的脑海中有一段生活中很长很长的记忆，那里只有躯体，有我的，也有母亲的、阿莉西亚的，还有外祖父的。全是躯体，因为我的大脑拒绝有灵魂的回忆，大脑就像只讨厌的猫，为所欲为，根本不拿我当回事儿，说封锁记忆就真的封锁了。侵略者同样是受害者。事情都变得复杂而且记不住，只剩下一幅幅短暂的画面在闪现。虽然这些画面并不多，但里面一直有我，之所以没有多少画面，是因为日常生活和正常生活很难分清，而且最容易记住的是罕见的事情。最能迷惑双眼的是熟悉的事情，这一点我深信不疑，所以我漫步在日复一日、月复一月、年复一年的时间里却什么也看不见，但是一个人突然瞎了却能好久回不过神来，因为熟悉的事情需要慢慢被忽略。

关于那段时间的记忆我和娜塔莎做了很多努力，现在我能想起以前的事情多亏了娜塔莎的帮助，因为刚开始接受治疗的时候，我的大脑里有一个黑洞。随着时间推移，在我九岁和十岁的时候每次洗头都掉一撮头发（八岁的时候一头短发都还卷卷的很漂亮），突然头发就开始变直，越变越直，而且很薄，感觉快没头发了。每次看见客厅里那个又重又笨的衣柜——它在之前讲的玻璃柜对面，我就想这个家具的忍耐力可真强，虽然它比我重，但我俩像同一种东西。

在古中国（有一天我去参加一场免费讲座，就在单位附近，因为我告诉自己：安娜·罗莎，你有点儿傻，为什么不想办法让自己聪明一点？于是我借助在中心上班的机会，利用一下城中心的资源，因为在拉弗罗里达镇，人们只会聊维斯普奇广场的购物中心，或者星巴克的咖啡有多贵，ZARA最近的打折促销，绝对不会聊古中国是什么样），就我刚才说的，在古中国，人们普遍认为人体由两种元素或精神构成，一个是附着有形的，叫魄，另一个是清而虚幻的，叫魂，人们相信生命由二者共同塑造，死的时候也要两种元素或者精神同时消失。显然，魂喜欢离开身体——我觉得是因为它轻，一般在人睡着的时候离开，于是产生了梦境，这是那里的观念。人在最后一刻，这个元素或精神是第一个离开身体的，因此当一个人到了弥留之际，他的儿子要到屋顶招魂，让魂回来，一旦没招回来，人就真的死了。我听了之后，那个儿子让我想了很久，他跑上房顶去招看不见也摸不着的魂，要是没成功他会是什么感受，会不会因为没把魂找回来就把父亲的死怪罪在自己头上，如果会，他得多恨自己，会不会认为救父无能是要受罚的，他会不会永远活在这件事的阴影中。这些都是我替追魂之子所考虑的。

那是7月中旬的一个星期五，那一年冬天异常寒冷，我十五岁。从那一年开始我爱上了冬天，因为它让我觉得真实，不像夏天快得像飞一样，虽然夏天看起来好像充满趣味让人心动，实际根本不是，因为太阳总是急急忙忙地丢下一群意犹未尽的人们就走了。冬天并不奢求安慰这些人，但我还是觉得它能给人安慰，因为我可以蜷缩成一团保护自己，观察自己，好好思考，我觉得只有在这种状态下才能真正地思考，对于我来说，十五岁的冬天意味着许多事情都结束了。

  我的父母不太喜欢走动，待在家里连街角的小卖部都不愿意去，在整个家族里我们属于最不爱出远门的人，因此我从没出过国门，连自己国家的城市都几乎没去过，在地图上任意找一个点对我来说都是一个不可思议的地方。在经历了各种焦虑和准备工作之后，我的父亲和母亲决定去利纳斯看望一位阿姨，她是父亲的教母，他们有很多年没见了，所以打算周末两天都在那儿（一切都是他们俩自己定的，外祖父看家和做饭），他们允许我周五出去玩儿，周六周日必须在家照顾弟弟，他还太小，于是我周五下午去了朋友家，她家的电视开着，就在播新闻之前我跟朋友说："要下雨了。"后来突然闪过一个交通事故的画面，一辆大巴因为司机睡着翻车了，我继续和朋友下跳棋，因为电视上发生的惨剧肯定不会跟我有关系，五分钟以后，就听电视里说那辆车是开往利纳斯的，我的胃一痒，之后结成了冰，好像注射了什么东西（是冰在顺着血液流入），我一声不吭，打开门就往外跑，寒风中我一直不停往家跑，我还能记得当时的天空阴郁浑浊，好像预示着暴风雨的来临，我累得几乎喘不上气来，全身冰冷又落魄，恐惧的感觉犹如一座房子压在我的头上，一直压着我回到家中。父母坚持了几个小时，最后在利纳斯的医院——事故离利纳斯更近——逝去。如今想象一下，那来自美好中国古代的魄，带着它附着有形的元素交杂在当时的混乱和血泊之中，而我却不在现场，不能呼唤魂的回归，不能爬上屋顶叫那可恶的魂，是它们最先抛弃了我的父母，我不能追也不能强迫它们回来，我帮不了父亲和母亲，我觉得不是上帝征服了我，是我没能及时阻止某些事情的发生。更罕见的是，我是从新闻里听来的消息。（个人的悲剧从不该是听来的，更不该让一个十五岁尚未独立、没有心理准备的孩子来承担。）

我三十一岁了，孤儿的日子也已走过了大半，但我从朋友家往自己家奔跑的那个时候，阴暗的天空，棋盘，还有电视声紧追着我一路走到现在，生怕我会忘记它们一样。腐烂的肉体会被遗忘，因为这种附着物只是第二天上报的一个画面而已：一张照片上，血肉模糊、内脏混杂的身体堆积在一起。这个国家喜欢发生各种事故，每分钟能产生难以想象的大量新闻：司机一个又一个地出现，事故是一场接一场地发生，最好把事情展现得越棘手越好，还要有痛哭的家属。然而，这一次是我的家人，他们就这样死了，上帝把他们一起带走了——还好是一起，因为我曾成千上万次地想，失去了一个人，另一个人还怎么活下去。

对他们的死亡我觉得自己罪大恶极。

葬礼那天的夜晚，什么词都忘了，只有一个词牢牢固定在我的大脑里：去死。

去死，去死，去死。

茫然中，一种恐惧袭来，我可怜的母亲——已经安息——在灵柩里翻来覆去，这都怪她的大女儿闹消失，逃避责任。说实话，外祖父在世时没太多事情需要我负责，一切都是外祖父张罗，况且房贷已经付清了，他也退休了，家里还有父母留下的一点点积蓄，公交公司又给我们赔了些钱，家里的小事我和阿莉西亚都能做。很长一段时间我都处在茫然的状态,那种不知所措的感觉前前后后地在围着我飘来飘去,我也不知道该怎么换一种方式表达,我觉得这样活着也是有道理的,伤痛有权防止别人把它忘记。

父母去世后,死亡笼罩了一切,是的,一切。这场旅行开始的时候我还太年轻,不愿去想一些重大问题,也不愿接受万物皆有终的观念,我感觉死亡威胁似的一直待在我身边,虽然没有碰我,但一样在骚扰我,所以每到夜晚我就跑到弟弟的床边看他是否还在呼吸,如果阿莉西亚还没回来,我就在电话旁边等着噩耗的来临,如果朋友说她六点回来,但是到点了她还没回来,我就觉得她被车轧了,就连可怜的小狗——小家伙是我们收养的——都得忍受我的执念,被我锁在院子里不让出去,怕它出意外。

这就是那次事故给我带来的一切,它不是泪水。

父母双亡之后,我便不再是外祖父的心肝宝贝,他觉得上帝把培养弟弟成人的任务托付给了他,所以他要抚养弟弟,我和妹妹本来就有很多困难,这样也减轻了我俩的负担。午休没有了,卧室也进行了重新分配,我和阿莉西亚睡父母的大床,弟弟在外祖父的房间,两个人一人一张床。男的住一间,女的住一间。时间就这样流走,虽然我们想努力过上普通人的生活,但我早已支离破碎。这么多年我都错误地生活在无声的世界里,因为我缄默,可除此之外我什么都做不了。

外祖父去世的时候我和阿莉西亚都中学毕业了,我正在职校读三年级。外祖父死于胃癌,发病时间非常短,查出结果之后就已经没救了,最后是我一直在照顾他。印象中,他变得苍老、憔悴、消沉,我竭尽所能地让他在最后的每一天都感受到爱，直到最后一刻我也没有离开他的身边。

临终前，我问了他一个问题，那是我唯一壮着胆子问出来的问题：

"我妈为什么不护着我？"

"因为我对她也一样。"他是这样回答的。

中学毕业开始读职校的时候，我开始思考每个女人都会思考的问题：婚姻、子女、未来。就算我不告诉任何人——请上帝原谅——我不喜欢小孩儿，有些（不太道德的）事情通过我对妹妹孩子的行为也能看出来，每次让我照看他们的时候，一种隐藏在深处的怪念头无数次地产生，我不想好好待他们，我想利用我对他们的权威，用他们弱小的身躯来满足我自己的欲望，我喜欢他们的软弱无力，我想复仇。随着他们渐渐长大，我很肯定自己将来不会是一个好母亲，阻止事情发生的最好办法就是不要孩子，想生孩子就必须有个父亲，而在这方面我又不会，所以这也不是什么亟须解决的问题。学广告的时候，我和托尼奥成了朋友，他是我的同学，和我一样腼腆，不爱交际，脸上还在长着粉刺，他的头发很黑，还有点儿硬，咖啡色的眼睛小得只有一点点，体重应该超不过六十公斤，他长得像只老鼠，或者小老鼠，都差不多，那家伙老实得威胁不到任何人，做什么事还好像很懂的样子。可怜的托尼奥是个老好人，他文质彬彬，又对我很友好。总之我以为我们会像电影里那样走在一起，因为我们不惧怕彼此，他一看就是那种被女人一把推倒的男人，没准儿他和母亲之间或者家里发生过什么，他没跟我说过，反正我们相处得很好，还一起在我家或者他家学习，聊一些不着边际的傻话，两个人过得很开心。有一天从电影院出来，我们走在一条昏暗的街上，突然间，呀！我想他是觉得自己必须表现一下男人的天性——而不是他想，他把我推到墙上，手伸进了我的衬衫，而这之前我们都没有接过吻，所以我吓坏了，真的吓坏了，于是我求他慢慢来，可怜的小伙儿喘着粗气，觉得自己刚才的举动很傻，从那以后，我们慢慢地摸着石头走，一点点地尝试。我不会说那是一次成功的经历（也不怎么令人满意），因为诸位估计已经想到了，唯一可能的结局就是没成，但我们努力了，我的心态也很平和，至少尝试过了，我不是没上过战场就瞎做决定，从此我可以说：我对性没兴趣，我不喜欢男人，就算是对着枕头我都说过，就这样，我变得更加冷静了。

那么，如果我的定论是我喜欢男人，我愿意找我的另一半，我的处境可能还是一样的。如果找男人是为了声誉，为了依靠，为了像拥有一件用料上乘的大衣，只要能优雅地落在肩上，不在乎它是否保暖，那么我会冷。一个人会因为独身而被大家瞧不起。那么有一个很重要的问题：哪儿有男人？我看不见。像我这样的女人能组成一个军队，即三十多岁还单身，从自己的床上睡起来，又在没有一丝褶皱的同一张床上睡下，即使每天早上上班或出去看世界，还是不知道去哪儿认识男人。谁也不知道男人们藏到哪儿去了，我身边的男同事不是已婚，就是和女友同居。如果跟别的女人有关系，听同事说，也只是想找一夜情，最多在一起几个晚上，事后男人因为偷情，还是跟天天都得见面的人发生了临时关系，每天都带着罪恶和不悦的心情。大家都没地方去认识男人，时间久了，就开始着急，担心一直当剩女，这反倒把单身男给吓跑了，况且这些候选人——太稀有了——既不是想象中的样子,也没有亮点,有这些特点的男人也不会找商场的打工妹或者办公室的小职员。我这类女性不会发展得特别好,到任何地方都需要门票,这张门票可能是你的名字、长相、存款或职业,反正手里得有一样,但是我一样都拿不出来。到了周末,我们这一大队娘子军就近入了百无聊赖的状态,结果开始喜欢上班,至少身边还有人和事儿,能够忘记无边无际的寂寞。据说咱们国家的抑郁症患者最多,数据统计是不会撒谎的,我这个年龄和条件的女性占比例最大,多么悲惨的事实,因为就是在这个中期阶段,女性要为自己的前程打拼,又要为家庭付出爱,结果前程就没了。所以不管怎么说,感谢上帝,我没有为这个群体再新增一员,而是选择了单身,让我少受一点儿伤。

我在报纸上看到一个令人震惊的故事,一个女人为了保护孩子把丈夫杀了。没有人为我杀人,即使亲人也不会,谁都不保护我,这让我多么心痛。我想见见新闻里的这个女人,把头靠在她的肩膀上,让她抱抱我。

我觉得不结婚不生子是保险的,我不想走上这样一条路:把事情搅得一团糟还伤害了所有人。我很努力地让自己靠近好的一面,想象自己是一小片充满阳光、人畜无害的土地,我日日与自己灵魂的黑暗面做斗争,上帝知道这些黑暗面,我怕它们,痛恨它们,因为我想成为一束阳光,然而有的时候,一股强大的暗流要把我拽入黑暗。或许从灵魂深处我更像一条蟒蛇,只是我自己不知道,但总有一天它会冲出来。我觉得我活着就是为了等待,我是谁不重要,因为我做不了主,总有一天我会变成一条蟒蛇离开这里,我要去毒害世人,成为惨无人道、兴风作浪的无耻之徒,为了证明我祈祷得不够,三十一年的端庄持稳都将付之东流，并且作为受虐者，虐待只会永远地扭曲着我。这就是生活能够给我的最严重的打击。

我只清楚一件事情，所有已经发生或行将发生在我身上的事情都是我的错。

# 娜塔莎

真高兴看到大家在花园里谈笑风生，跟老相识一样。这让我想起了《安娜·卡列尼娜》，幸福的女人都是一样的，不幸的女人却各有各的不幸。

娜塔莎正在休息，晚些时候和大家告别。

我也不知道娜塔莎为什么召集大家今天来，她从不告诉我她要做什么，所以我也无法提前跟大家解释。她想跟大家一块儿告别？或许吧。她希望即使自己不在，大家依然能彼此拥有？有可能。或者她只是单纯地希望大家说出自己的问题，说出来就知道自己进步了多少，康复到什么程度。请大家注意：一定要倾听别人的伤痛。不过这些都是我的推测。我只是她的助理，通过和她交流，还有对她的观察，我明白了什么是人性。我认识她很多年了，连她的表情、声音的高低、手势动作都记得一清二楚。但我没有她的学识，也不像她那么有修养。我从没研究过什么，只在文学系读过几年书，但我对文学始终情有独钟，具体说应该是阅读。大家知道，有的人天生就不是为了做主角，是专门做见证者的，这就是我在娜塔莎这里的工作。

几天前我在她的文件里发现了建筑师伦佐·皮亚诺在获得普利兹

克奖时的演讲稿。娜塔莎划出了这样一句话:"……于是一条条小船逆流而上,我们奋力向前划,却被载着不断地倒退,回到过去。这是一幅壮丽的画面,象征着人类的现状。过去是一个安全的庇护所,是一种持续不断的诱惑,然而,未来是我们唯一能去的地方。"

就是那一刻,我开始明白娜塔莎今天请大家来的原因。

跟着娜塔莎在智利的这几年我过得很幸福。在布宜诺斯艾利斯的时候她建议我跟她一起来,我毫不犹豫地答应了。那时候我一无所有,也没个牵挂的人,后来她逐渐变成了我的亲人。各种各样的战争让我们老百姓失去了祖国、家园和归属感。我们是流浪的犹太人。我们坚守自己的形象,穿越层层山脉。

估计你们都想听一听娜塔莎的故事。作为治疗师,她放不下面子给大家讲,不过她同意我来给大家讲她的故事。

1940年她出生在白俄罗斯的明斯克,当时属于苏联,在此之前先后被占领过无数次,有波兰、立陶宛、法国、德国。对智利人来说,很难理解这些国家的动荡生活,你们习惯了有根的历史,而我们习惯了无根的历史。你们的国家五百年没换过国名,起初属于西班牙,后来建立了共和国,你们不了解什么是侵略,什么是占领。你们的领土在历史上一直是有序的。我们在中欧一会儿去那儿,一会儿来这儿,不停地穿越各种边境,每一场战争结束,每一次协议条约签订之后,我们的生活就要发生改变。比如我的丈夫出生在中欧的加利西亚[1],即

---

[1] 加利西亚(Galicia,又译加里西亚),旧地区名。

约瑟夫·罗特[1]的故乡,虽然我的丈夫来自那里,但不知道自己是波兰人、奥地利人,还是乌克兰人,或者是别的国家的人。

我们还是继续来讲明斯克。

出生在那个年代真是糟糕透了,娜塔莎总这样说。纳粹德国侵略他们的时候娜塔莎才刚满一岁。城市惨遭轰炸,全部毁于一旦,但没想到当地居民居然没有死光。有人说就是在那个时候,那个地点,一场对犹太人的大屠杀开始了。娜塔莎的父亲鲁迪最爱讲他们如何看着警察、律师、检察官、祭司,这些特殊人员跟随德军到达明斯克,而德军的唯一任务就是杀犹太人。最早的大屠杀就是从那时候开始的。他们在夜里挨家挨户地把人们从床上拽起来,把男人、女人、儿童、老人,全部集中到一个地方,然后送到森林里全部处决,为了不留痕迹,他们把尸体全部掩埋在地下。

几天以后,纳粹开始逼近城市的一个指定地点,三十四条街,讲到这儿,鲁迪会强调说,仅仅三十四条街,他们把里面的居民全部赶出来,然后让所有犹太人进去。每个人只有一个半平方米的地方,至于孩子,连个地方也没有。最后从德意志帝国各地总共抓来了十万人,全部在犹太区。但是鲁迪一家就像猫一样有七条命。"我这骨头还没准备好化成灰呢。"他跟我们说,而且他能幸存下来是因为一段爱情故事。是啊,爱有时能挽救生命。

鲁迪出身木匠家庭,家境十分贫寒——"不是所有的犹太人都很有钱!"他总爱拿这句话提醒我们。他继承了父亲的手艺和作坊。虽然在家接受了宗教教育,小时候还学习了犹太法典《塔木德》和各种

---

[1] 约瑟夫·罗特(Joseph Roth,1894—1939),20世纪奥地利著名犹太作家,代表作有《拉德茨基进行曲》《希约普》。

经文，但是成年以后鲁迪并不信教。因此娜塔莎也和鲁迪一样，对于生活，他们比其他家人和邻居要看得更宽更世俗一些。束缚人民的并不是宗教。鲁迪拥有伟大爱情却被视为异教徒，这并不奇怪。

玛莲娜是当地贵族之女——是没落的贵族，因为当时白俄罗斯虽已属于苏联，但是贵族依然在挣扎。她要鲁迪去给她的新房做家具。还有几个月她就要和当地的纺织厂老板结婚，男方也出身没落的贵族。这些事发生在娜塔莎的母亲出场之前，但是我要给大家讲得详细一点儿，这对后面的故事非常重要。鲁迪和这个女孩儿疯狂而热烈地相爱了，这当然是不被允许的，二人遭到了强烈谴责。女孩儿的父亲因专制思想根深蒂固，坚决反对他们相爱，鲁迪也拿不出任何办法来挽救这段爱情，他贫穷，没文化，尤其他还是犹太人。玛莲娜想解除和未婚夫的婚约，跟随鲁迪一起私奔，就在这时，她发现自己怀孕了——当然是鲁迪的，便意识到她的浪漫爱情不会再有什么结果，于是和那个贵族结了婚，孩子假装是他的，但不是说她从此抛弃了鲁迪。鲁迪支持他爱的人所走的每一步，为了能看到他的私生女，鲁迪想尽了各种意想不到的办法，哪怕只能远远地望着她。他甚至开始挨家挨户地卖些小家具，只为了能路过她住的那条街。

后来鲁迪认识了一个穷苦人家的女孩儿，也就是娜塔莎的母亲，便决定与她成婚。这是一个理智大于爱情的决定。娜塔莎出生的时候，她的姐姐五岁了。

纳粹入侵两天以后，一辆马车来到了娜塔莎家门口，从车上下来的是玛莲娜。娜塔莎的母亲并不认识她，但时间不允许她做太多解释。鲁迪聪明，一直没被追捕，但玛莲娜意识到他的前途堪忧，便决心救他，也包括他的家人。她把鲁迪一家带到父亲乡下的庄园，当时苏联人还没有把庄园夺走。玛莲娜立即辞退了看守人，让鲁迪来顶替。没想到她行动如此之快，因为纳粹入侵五天之后，犹太人就成笼中之鸟了。

随着战争的展开，德军一直未离开苏联，玛莲娜每次来庄园都带着小汉娜，而且会在庄园多待一会儿。我们也不清楚鲁迪和玛莲娜每次见面会发生什么，也不知道娜塔莎的母亲会觉得这是多么耻辱的事情。

虽然他们在庄园与世隔绝，还是能听到骇人的声音，有时候是传言，有时候是新闻消息。每天有数以百计的犹太人被杀害，各地的犹太人都被抓进了聚居区，不是死在纳粹手里就是活活饿死或者病死——各种流行病每天在非人的环境里肆虐。但对于鲁迪来说，作为一个苏联白人，现在给旧社会的寡头当手下，一样是一种耻辱，为了糊弄纳粹，从口音到生活习惯他都得改掉，还要改变自己的样子，装成另一种人，但是不管耻辱不耻辱，他必须这么做。而他的确骗过了纳粹。在如此动荡不安的日子里，对于小娜塔莎来说，唯一不变的是她和汉娜的友谊。寂寞的庄园里寒气逼人，充斥着恐惧，又缺少食物，两个小女孩之间的关系是唯一的光明。虽然大人向她们隐瞒了事实，但没有煤炭而冻僵的身体和空空的肚子隐藏不住这个秘密。汉娜和娜塔莎在床上背对着恐惧，相拥在一起。

战争结束的时候娜塔莎只有五岁，但这些记忆和画面都清晰地留在她脑海里。电影《日瓦戈医生》上映以后，娜塔莎日日回忆自己的童年。冰天雪地里那座日瓦戈和拉拉藏身的房子，大家还记得吗？它勾起了娜塔莎对庄园的回忆，还有寒冷，反正布宜诺斯艾利斯没有雪。

战争结束的那一天，鲁迪意识到，他将很久见不到玛莲娜和汉娜了，于是，他拉着两个孩子的手，把她们领到厨房的餐桌前，让她们坐在炉子旁边，然后交给每人一条金项链，上面挂着一块宝石，是亚历山大石。正午的阳光下，宝石闪耀着蓝绿色的光辉。接着，他把宝石放在火光下，孩子们惊讶地看到宝石变成了深红色。他把项链先给汉娜戴上，然后给娜塔莎戴上。他告诉孩子们："亚历山大石很养人，能让你们变聪明。你们要一直戴着它，作为这次战争的回忆。"你们都知道，那条项链娜塔莎一直戴着，从不离身。

玛莲娜带着汉娜回到了明斯克。娜塔莎再也没见过汉娜。后来鲁迪成功跨过边境，和许多同胞一样，从西德来到了阿根廷。按照娜塔莎说的，鲁迪从此开始了他的第二段人生。

鲁迪在世界的另一端继续做着木匠活。头几年日子过得很艰苦，钱实在不够用，但贫穷总是相对的，鲁迪并没有因此丧气。"至少我们不再担惊受怕了。"他平静地说道。他终究是个真真正正的手艺人，日子终于慢慢地好起来，他开了一家店，生意很好，手下有几个木匠工人听他差遣，接的都是大订单。那个年代，阿根廷非常富有，到处是希望和机遇。娜塔莎和所有移民一样，开始在公立学校念书。那时候除了数量极少又精英化的私立学校，就数公立学校好。学校里只有女生，因为男女一起的学校还没有出现。最开始娜塔莎无法理解同学们为什么要讲这么奇怪的语言，但没多久她就和同学们一样了。二战之后的移民浪潮让娜塔莎认识了各个国家的女生，而且很快就和她们打成一片了，有苏联人、波兰人、德国人、克罗地亚人，还有喜欢叽叽喳喳的西班牙人和意大利人。没过几个月，大家都开始讲西班牙语。娜塔莎成了家里的翻译，甚至没了她家里人去不了市场，要不然只能打手势。她的母亲终究没能说一口西班牙语，她一直待在家里，很少跟阿根廷人打交道，也见不到什么人。鲁迪则相反，几年以后，西班牙语讲得非常好，只有一点点口音，他的这个天赋曾经可是在祖国救过他的命呢。虽然战争那几年，意第绪语被藏了起来，但在美洲，它重新成为他们在家里使用的语言，这样他们一家人在私下里彼此都能听懂。

那个时代的价值观主导了所有父母的思想，即子女的教育是提高生活水平的旗帜和手段。无论付出任何代价，娜塔莎都应该接受良好的教育。所以小学一毕业，家里就把她送去一所很好的中学读书，叫女子一中。当时的政治环境非常紧张，庇隆对国家和教育也日益专制。这所学校很大地改变了娜塔莎的生活，它位于圣菲大道，那是一条贵族街，各种各样的生活交织在一起，比她以前见过的都要文雅和高贵。她认识了有钱人家的女孩儿，她们去美国旅行，还带来了最早的"火箭炮"泡泡糖，等等。

娜塔莎以优异的成绩中学毕业后，受到几个家庭条件好的同学的影响，也决定进入布宜诺斯艾利斯大学的哲学文学系读书。鲁迪为此非常恼火，他觉得这种专业学了也是白学，没用处。娜塔莎答应他日后会学习医学，其实她更感兴趣、更想学的是心理学，而不是精神医学，但当时没有这种专业。事实上，因为当时的精神病医生掌握了所有治疗法，所以五六十年代的阿根廷第一批心理医生都出自医学系。然而娜塔莎此时还没准备好把自己关在医学教室里，一关就是好几年。

现在"心理"领域受到阿根廷人和犹太人的热捧，这不仅与精神分析学的创始人有关，也与他们热衷于研究事物的根源有关，因为他们的迁徙能力很强，阿根廷人和犹太人长期四处奔波和流浪，适应能力强,有移居强迫症。你会在世界最遥远的地方见到他们。

我清晰地记得,刚上大学的时候,我一个人也不认识,也不知道跟谁能说说话,于是闲下来的时候就一个人在花园的长凳上看书。有一次我正在读书,一个中欧长相的女孩向我走来,她身子高挑,白皮肤,高颧骨,一双眼睛瓦蓝瓦蓝的,浅色的长发扎成一束马尾,身着一条海蓝色半身裙,脚蹬一双黑色平底皮鞋,还有一件短短的白色薄坎肩儿。

"你在读法语的西蒙娜·德·波伏娃吗?"她斜看着封面,一脸羡慕地问我。

"对。"我饶有兴致地回答她。

"那你读《达官贵人》了吗?"

"没有,这是第一本,"我指着封皮上的《第二性》说道,"还不知道会有多喜欢这本。"

"嗯,我觉得这本更好。《达官贵人》给人感觉不够大气。"

(我心想,难道是个爱卖弄的人?但我对她说波伏娃不够大气的评价很感兴趣,她敢质疑波伏娃,于是我请她坐在我身旁。)

接着她问我为什么说法语。

"你能想得到的语言我都会说。"我笑着回答。

"为什么?你从哪儿来?"

于是我们从波伏娃讲到了我的故乡乌克兰,还有明斯克,我们一直聊个不停,结果那节课迟到了很久。一切就是从那时候开始的。当时她刚开始学法语,在阿根廷,人人都说法语好,希望能说法语,读法文,为了熟练掌握法语,她需要一些练习,便请我给她帮忙。于是周末的时候我请她去了我家。清晨的校园里，我独自一人，怀里放着《第二性》，此时如果有人告诉我说1950年以后我会在智利的圣地亚哥、在娜塔莎的病人面前讲述这段轶事，我肯定不会相信。

娜塔莎二十一岁的时候，其母因肺癌病逝。母亲临终时，娜塔莎痛苦万分，她作为独生女，觉得全部生活都结束了。母亲在与家乡远隔万里的异乡逝世，阿根廷必然让她觉得遥远又陌生，漂泊这个概念萦绕在娜塔莎的脑海里，母亲口里呻吟的是另一种语言，在女儿眼中，她的每一次疼痛都再现了那个不幸的地方，那里是灿烂的，也是遥远的，而命运的再现加剧了这些印象。她一心扑在母亲的病情上，觉得她欠下的债总有一天要还，但她说不清是什么债。看着妻子打了一针又一针，鲁迪生气而无奈地对娜塔莎说："为什么不学医？你跟人性净瞎折腾什么？说不定你能救你母亲，现在可好，还思想，思想啥办法也想不出来。"

弥留之际，她的母亲以为回到了明斯克，便安详地走了。没有任何合适的仪式让娜塔莎为母亲哭丧。"我们需要上帝。"娜塔莎在母亲坟前对父亲说，父亲一言不发。

在哲学文学系的学习结束了，为了履行对父亲的承诺，娜塔莎决定去法国学医。法国在那个年代涌现了各种新思想和新事物。电影、文学和哲学达到鼎盛时期。娜塔莎学了医学，并获得了学位，但她没有感到快乐，也从未觉得自己学到的是一种治疗方法，她更享受阅读各种精神分析学说，以及和朋友讨论这些学说。大多数时间她都在拉丁城主教路的一间单身宿舍里度过，娜塔莎说，从那时起，她喜欢上了简约生活。只有几平方米的宿舍里什么都没有，她也不想有什么。

她喜欢的东西是无形的。

二十五岁生日那天,她最要好的几个朋友为她准备了一个惊喜,他们约她去一个全市最陌生的地方——"女神游乐厅"。娜塔莎从没看过裸体表演。出来的时候,一位青年男子朝她们走来,他穿着一身考究的黑色大衣,围着一条白色围巾,和娜塔莎的一位朋友打了个招呼,这位朋友给大家介绍说,他们是在系里认识的,这个小伙也是医生。听说大家正在给朋友过生日,他看了这个小寿星一眼,脸上浮起一丝嘲笑。"一个拉美的医学学生在这种地方干什么?"小伙问道。话音刚落,娜塔莎就挑衅地回答说:"难道我应该在我们那儿闹革命吗?"这句回答勾起了他的兴趣。娜塔莎觉得这个人挺特别的,黝黑的肤色和深蓝的眼眸扰得她心慌意乱,她怔怔地看着他。其他人建议天亮前再去喝一杯,也邀请了这个青年。来到穹顶餐厅,大家在一张大桌前坐下,娜塔莎后来喝醉了,她说她很少喝醉。娜塔莎就坐在那个青年身边,心里觉得很"异样"——这是她的描述,那个人不停地问她一些刁钻的难题。有一次她很不安地问这个人她怎么了,为什么总是缠着她。他直言不讳地回答说:"因为我喜欢你。"随之,娜塔莎感到心里豁然打开了一片新天地。

第二天,他邀请娜塔莎去一家烟雾缭绕、觥筹交错的小酒馆听一位希腊年轻歌手演唱,他叫乔治斯·穆斯塔基[1]。

后来他又请娜塔莎去电影院看《广岛之恋》,娜塔莎不喜欢这部电影,"没讲什么,节奏还那么慢。"她告诉雅克-亨利,而他无法相信娜塔莎居然敢质疑"新浪潮"。

---

[1] 乔治斯·穆斯塔基(Georges Moustaki,1934年5月3日—2013年5月23日),法国著名的歌手、作词家、作曲家。

雅克－亨利常常嘲笑娜塔莎，而在此之前还没人这样做过。当终于出现一个人不太把她当回事儿的时候，娜塔莎对他难以抗拒，一周以后，娜塔莎自己就向他表白了。他们没多浪费时间，几个月以后，娜塔莎就带着自己那点儿东西离开了主教路十一楼的那间小屋，搬到了孚日广场的一套非常漂亮的房子里。"你这么有钱？"了解了住处之后，她愕然问道。雅克－亨利好一番解释后说，他是非常出色的神经科医生。几年后他们结婚了，据娜塔莎所说，结婚是出于家庭原因，她必须拿到法国国籍。"在阿根廷手拿两国国籍永远是必需的，为了以防万一。"她是这样说的。

娜塔莎对婚姻生活从不迷恋。他们二人都是各自独立的，娜塔莎有时候把自己的爱人丢下，跑去海边的朋友家学习，好几周都不回来。雅克－亨利觉得很正常，他自己去了普罗旺斯，父母在乡下有座房子，一样不着急回来。两个人都认为这是唯一能让他们和谐相处的方式。

虽然他们看起来互不关心，其实非常相爱。公共场合他们从来不碰对方，这是原则，真难想象私下里他们会是什么样。他们相互挑逗，嬉戏，精神上得到彼此的滋养。"离开娜塔莎我就是个傻瓜。"这是雅克－亨利常爱说的一句话。他们经常交流讨论一些问题。每当面对患者大脑里的未解之谜，娜塔莎都很绝望，就不知疲倦地和雅克－亨利在一起讨论，告诉他自己的问题和不安。有人怀疑说，如果雅克－亨利不是神经科医生，娜塔莎还会嫁给他吗？

娜塔莎对做母亲也没太多热情。

她怀孕之后——据她本人说是一次意外，大脑里最后想到的才是她即将成为一位母亲。当时她已获得了学位，正在一家公立医院上班，同时也在外面看诊。工作已经耗尽了她的精力。雅克－亨利知道孕育生命的是妻子而不是他，所以为了解决此事，他乞求娜塔莎说："咱们温柔一点，好不好。"

娜塔莎只有一个儿子，叫让·克里斯托夫，在巴黎当外科医生。当初他告诉娜塔莎自己要学医，娜塔莎对他说："真没想象力！"让·克里斯托夫一有机会就过来看母亲。他长得帅，还有幽默感，就是不愿意结婚，女友也带来过好几次，娜塔莎每次都表示完全满意，但他就不肯结婚，都四十岁了，还没下决心承担婚姻的责任。

我们回到前面继续讲。

在巴黎，有一天下课后，娜塔莎回到主教路的那间公寓，在一楼大厅的信箱里发现有一封鲁迪的信。她高兴极了，一边爬了十层楼梯，一边提前享受父亲带来消息的喜悦。回家收拾了一下，她就端着一杯精致的咖啡，在屋里唯一的一张桌子上展开了那封信。是汉娜。鲁迪讲述了关于汉娜的事情，让娜塔莎回想她的童年，战争期间她们俩一起生活在玛莲娜的庄园里。鲁迪说，汉娜是她的姐姐。这让娜塔莎感到意外，又很震惊。她很清楚地记得汉娜。她要立即和父亲谈一谈，想尽快了解更多的情况。但给布宜诺斯艾利斯打电话要花费她一周的生活费，她只好选择写一封航空信。父亲一回信，娜塔莎就激动得要立刻和汉娜团聚。但这件事没那么简单。鲁迪只知道玛莲娜的丈夫离开了白俄罗斯，后来在莫斯科定居。娜塔莎估计汉娜应该有三十多岁，她担心姐姐也继承了四处漂泊的性格。

当时是20世纪60年代初，正值冷战时期，要想在苏联找一个人可不是件容易的事。娜塔莎的"寻亲之旅"开始了，这是我起的名字。从此，找到姐姐成了她的一个执念。汉娜成了一股龙卷风，它的威力势不可挡，这种旋转的力量，不仅是封闭的，而且非常强大、无法穿越，能和她画上等号的只有这种自然现象。执念如何选择目标，又如何排除其他目标呢？这是一个谜。我甚至在想，如果人没有一种坚定不移的意念，该如何活下去？执着能使事情变得重要、有意义，如果没有执着，此事就是一件无足轻重的小事。比如我的执念，或者再说得大一点，全人类的执念。

"寻亲之旅"就这样开始了。

娜塔莎首先想到了寻求系里的共产党员朋友来帮忙，这是明智之举。在巴黎，他们是苏联的主人，最有可能掌握和传递消息。娜塔莎只给了他们汉娜父亲的真名，就是和玛莲娜结婚的那个纺织厂老板。大概一年以后，娜塔莎听说她的父亲已经逝世，战争刚一结束，他就落入政府手中，被斯大林下令处决了。这样，一条重要线索就确定了，或者说其实是唯一的一条线索。当时我和娜塔莎去巴黎待了一段时间。我还记得在孚日广场的那套房子里，雅克－亨利坐在餐桌旁，一只手端着一杯红酒，另一只手夹着黑雪茄一口接一口地吸着，散发出浓郁的甜味，针对娜塔莎的想法，他为她分析了所有的可能性。玛莲娜的丈夫能有那种下场也不足为奇，在白俄罗斯，有一群人为了活下去想加入体制但遭到诽谤或者被逐出体制，她的丈夫就是典型的这一类人。问题是，玛莲娜陷入困境之后会躲在哪里？或者说去哪儿能让她的家人不被发现，免遭同样的厄运？于是，娜塔莎决定动身前往苏联，唯一的办法就是装成法国医生代表团的一员，受邀访问苏联。她的共产党员朋友给她办好了，但花了近一年的时间。做什么事都不容易，因此时间在这次寻亲活动中有了另一种含义。我想娜塔莎也是这样理解的，因为她没有让自己白白地着急和紧张。她给自己的想法明确规定了期限，所以她要控制好时间。

娜塔莎的这一次行动彻底失败了。邀请人根本不待见他们的调查工作，娜塔莎也没去明斯克，那里本来是她的另一个选择，毕竟所有事情的源头在那里。对娜塔莎来说，苏联的这种管控制度是最不利于她行动的一个方面。她的共产党员朋友们承诺说会继续调查下去，虽然她一次又一次地找他们，提醒他们当初的承诺，但她心里明白，他们不会为此事坚持太久。

虽然出了汉娜这件事，但生活没有因此停滞。娜塔莎还和平时一样，只是把汉娜作为一种执念放在最重要的位置。20世纪70年代初，让·克里斯托夫还小的时候，娜塔莎决定结束和雅克－亨利的婚姻关系。因为没有激情了，这是她的看法。激情退去，他们就无法再做伴侣，但可以成为朋友。雅克－亨利一如他犬儒主义的性格，对娜塔莎大打出手，他试图让娜塔莎相信激情根本不重要，它早晚都会消失，他们还要继续相伴在一起。性？性有什么重要的？重点是娜塔莎已经对欧洲疲倦了。她带着儿子，回到了布宜诺斯艾利斯。

鲁迪年纪大了，娜塔莎想珍惜时间，陪他好好度过余生。他们住在一起，娜塔莎不仅有自己的诊所，还要去公立医院坐诊，就像现在在智利一样。她负责抚养孩子，照顾父亲，坚持热情地工作。后来，那段时间总能勾起她美好的回忆，每次回想起来，她的目光都会柔和起来，似乎在那双蓝色的大眼睛里，飘过了一股兼喜爱与严肃的平和之气，就和她本人一样。

大家都会把生命里的某个时刻视为关键时刻，我们可以称之为"转折点"。一件事情引发另一件事情，如此相推，突然有一天，时间决定来一次大转变，而我们却记不清究竟是什么导致了变化的发生。这就是鲁迪的去世，或者是军事独裁。具体说，娜塔莎遭遇了重大打击，智利就是在那时候进入了人们的视野。有位重要的阿根廷籍精神病专家，他和娜塔莎在巴黎读书时就是朋友，为了研究在欠发达国家普通阶层女性的烦恼问题，他在欧洲获得了研究资金，于是决定前往智利，因为他在欧洲就感觉到，在20世纪70年代初期智利的政治和社会形势在整个南美是最值得关注的。这里发生政变的时候他正好在这儿。皮诺切特政府的那些军人认为他的研究与政治无关，他才得以继续安静地做研究。后来阿根廷的局势变得异常糟糕，他说娜塔莎可以翻越山脉来智利，并与他共事。但娜塔莎反驳说："那又能怎样？那儿也一样是军事独裁。""是，"她的朋友说，"但是不一样。"他解释说，他的研究项目有欧洲经济联盟这个保护伞，娜塔莎如果以法国国籍来智利与他共同研究，那些独裁者很难找她的麻烦。他劝娜塔莎不要像她朋友一样，在布宜诺斯艾利斯整日提心吊胆地活着。

魏地拉政府的阿根廷已经让娜塔莎绝望了，当朋友告诉她这个建议的时候，她正考虑要不要回巴黎去，虽然并不情愿回去。当然了，当时巴黎到处是阿根廷人，也有智利人，整个欧洲都是这样。但是朋友的建议让她愿意去大山的另一边赌一赌。她跟朋友说："说到底，我真正的伙伴是这些女人。"娜塔莎与雅克-亨利商量了一下，决定让儿子去巴黎上中学。她鼓励儿子说："以后你就不需要我了，你离我越远，才能越健康。"就是那时候，娜塔莎跟我说："一起走？"我也对魏地拉政府又气愤又心痛，但若换成去皮诺切特统治的智利，我觉得这至少是一个疯狂之举。我跟着娜塔莎工作,给她当研究助理,帮她经营诊所。当时我已经感觉到周围有一种不正常的平静,我的这种"不情愿"就像巴里科[1]在《海上钢琴师》中创造的角色一样,我本可以一直航行,永不停止,他有他的音乐,我有我的书;两个人,无丝毫野心。我的婚姻和咱们这一代人一样——离婚率高发的第一代,我的婚姻早已结束了。("婚姻是一个犯罪机构,"著名阿根廷作家里卡多·皮格利亚写道,"总有一方要吊死在婚姻的线绳上。")而我呢,在吊死之前就决定离了。

我没有子女,兄弟姐妹分散在世界各地,唯一与我亲如一家的就是娜塔莎,在阿根廷,没了她,我就是个孤儿。我的生活里有她比没她好得多。但是阿根廷的房子我还留着,我没有做出任何最后的决定。抱着试试看的心理,我来到了智利。最后促使我决定留下来的一个重要因素是黑岛的那座房子,房子是娜塔莎的那个精神病专家租来的。我说的是那时候的黑岛,当时还不是一个与聂鲁达有关的著名景点,没有游客、汽车,也没有出现在各种图画上。那是一个不为人知的地方,只有很特别的人才去,去小酒馆吃炸鱼的时候你会很期待能看见他们。周末我们经常去那儿,第一次去的时候是冬天,我为智利的海感到震撼。在黑岛,深邃、汹涌、不可亲近的大海,用一股强烈的力量凶猛地穿透我的心脏。还有菠萝林,巨大的礁石。没多久我就必须告诉娜塔莎,我不需要拉普拉塔河里流淌的泥沙了。

第二年我回阿根廷把贝尔格拉诺区的那套房子卖了,又在这儿的普罗维登西亚镇重新买了一套。娜塔莎也是,她在阿空加瓜河岸买

---

[1] 意大利作家亚历山德罗·巴里科(Alessandro Baricco,1958年1月25日—),1994年创作剧本《海上钢琴师》,1998年,被改编成同名电影。

了一小块地，把当地的老房子进行了改造，这样我们又可以享受菠萝林了，还添加了广玉兰、鳄梨、木瓜、人心果、毛叶番荔枝和蛋黄果，还有几条狗。娜塔莎养了两条拳狮犬，叫山姆和弗罗多，都是栗色的，体型很大——这跟它们以鳄梨为主食有关，对擅自闯入者很有震慑力。它们凶猛的外表配上服从的性格，虽然矛盾，但非常招人喜欢。为了防止我也动心给自己家里养一只，我就带它们出去散步，和它们一次玩个够。就这样，我和娜塔莎也成了圣地亚哥人，没完没了地抱怨环境污染、交通拥堵、生活没有刺激感，但是从心底上，我们感到很幸福。雨过天晴，山峦就会雄伟壮丽、不可思议地出现在你的身边，触手可及，只需一天，我们就可以忘记对城市的一切仇恨，重新恋上这座城。

然而还有汉娜的事情。我们继续来说娜塔莎的这个执念。

在智利生活的这几年，她继续近乎疯狂地打听汉娜的有关消息，即使接二连三地失败，她也依然坚持。我担心她一次又一次让自己振作精神最后会毁了她，担心她对汉娜的想法——因为汉娜只是一个想法，会变得脆弱且抓不住，担心自然的力量会不留情面地让汉娜从这个世界消失。

有几天我们在乡下的时候，娜塔莎问我会不会觉得汉娜已经死了。我当时什么都不信。当然，汉娜不能死。有时候我会提醒娜塔莎，"寻亲行动"大张旗鼓地开始时，她的姐姐已经年过三十了，她父亲的命运可能跟她没什么关系，或许她结了婚，随了丈夫的姓，然后成为一名优秀共产党员，平平安安地过着日子。"有可能在蒙古国，"我建议说，"或者亚美尼亚、波罗的海，苏联太大，太难找了。"

后来有一天，柏林墙倒了。

一年之后，苏联解体了，整个体制轰然倒塌，灰飞烟灭。

娜塔莎在诊所里，紧跟着事情的发展脉络，直到发现了合适的机会，她就乘飞机出发了。那时候的她太强大、太有精力了。有一次看她有些虚弱，我就觉得有义务陪她一起干，但后来我明白了，这个任务只能由她自己一个人完成，谁都不行。为了一切顺利，虽然我不信，可我还是向上帝祈祷。

到了莫斯科，她住进一家比较便宜的酒店，打算根据情况，需要住多久就住多久。每一户与玛莲娜，还有她丈夫的名字有关的人家她都去问了，她当然想到玛莲娜应该已经去世了。后来只找到一个人和他们有一点点关系，但是从其含糊的言辞中，娜塔莎断定玛莲娜这一家庭分支是属于明斯克的，而不是莫斯科，虽然他们知道玛莲娜的丈夫在斯大林时期被处决了，但他们失去了玛莲娜的消息。于是，就像第一次一样，娜塔莎决定去明斯克。出发之前，她又去了好几个大使馆打听，有法国的、阿根廷的、智利的，甚至还和德国人有过交谈，归根结底，不就是他们的错吗？

在明斯克的那段时间，娜塔莎一直在激动的情绪中度过，她看了看城市，还有父母曾经住的街区。她找到了一些亲戚，大家都很欢迎她，也很照顾她，但是都帮不上什么忙。大家说的她都已经知道了，纺织厂老板一家战后就离开了，再也没回来。她又打听了小时候和汉娜一起住的庄园的位置，就故地重游，只为了看看那里的变化有多大，没有一块石头或者木头能让她想起是那座老房子。连记忆中的某棵老树，还有一些果树几乎都没了。

直到有一天，法国大使馆的一位工作人员，是让·克里斯托夫认识的,给还在明斯克的娜塔莎打了电话,终于给她带来了一点儿消息。

原来汉娜不是一个抽象的概念。很多年前她和一位共产党的政府工作人员结婚了,对方是苏联人,企业工程师,在战争末期被派往越南。当时苏联已经统一,他的任务是给战胜者提供技术配合。娜塔莎感到很幸运,她知道了一个名字,是汉娜的丈夫,虽然也同时得知这个人去了河内,几年后就死了。没人知道他的妻子当时有没有回到苏联,没有任何她的记录。

越南。

娜塔莎从莫斯科又来到了巴黎。让·克里斯托夫看到她一脸疲惫,却又坚决不放弃继续找下去。他当时的反应是:"又是一个社会主义国家,天啊。"二人商量了一下,决定娜塔莎先回智利(她落了太多工作,"旷工是有节制的。"我要求他告诉娜塔莎)。在巴黎,他们去了一趟越南大使馆,新一轮寻找开始了。经过等待,汉娜的丈夫确有记录,但是汉娜的名字没有,让·克里斯托夫答应娜塔莎会继续寻找。他说:"法国人在古老的中南半岛还是有点儿像家一样,你现在的年纪已经不能挨家挨户一个村子接一个村子地走了,等我一放假,或者有时间了,我就往东方去。"许下承诺之后,娜塔莎才回智利了。

让·克里斯托夫去了无数次越南,最后算是个真正的"越南通"了,还深深爱上了那个国家。他一到河内,第一件事当然是去俄罗斯大使馆。当时已经不是苏联的大使馆了,这成了他们用来掩盖混乱和麻木不仁的借口,一群无情又胆小怕事的官僚,一个寡妇丢了都不管,无论她是不是俄罗斯人,都不应该这样。甚至一个官员略带调侃地跟让·克里斯托夫讲:"越南人可不是保加利亚人,人家一直都很自作主张,我们可管不住。"

当让·克里斯托夫得知越南女性的平均寿命是七十二岁的时候，他决定抓紧时间，赶快找人。时间非常紧迫。

在一次寻找的途中，他认识了一位共产党领导人，是个有勇有谋的女兵，曾经在越苏合作时期认识了汉娜和她的丈夫，还成了朋友。她知道汉娜有个特点，就是特别喜欢小孩子，非常善于和孩子们沟通。还听说汉娜在苏联学习过当教师，但在河内没能如愿。丈夫死后，汉娜就不见了。谁都没再见过她。让·克里斯托夫反驳道："在一个社会主义国家一个人不可能就这样消失了，国家有管控，肯定有她的记录。她会不会丧夫之后改嫁给越南人了。"他们回答说："我们也没办法知道，那样的话，她的名字和国籍就都改了。""妈，如果她不是姐姐，是哥哥就好了，我们早就把人找到了，"让·克里斯托夫抱怨道，"男人可不会像女人一样失去自己的名字。"他们还提醒说："要是她跟了外国人，离开了这个国家，那就更找不到线索了。"让·克里斯托夫一听此言，便略带嘲讽地说："不可能，我们保留了二十年里每一个出境人的信息。""那婚姻记录呢？"他们就像在看一个无知的小孩儿要求一件不可能的事，"我们的公职人员非常忙，怎么可能专门派人去查婚姻记录？"但至少那个越南女兵给让·克里斯托夫提供了一个非常有价值的东西，一张照片（娜塔莎把它装进一个很漂亮的相框里，就在她的卧室里，和露·安德烈亚斯·莎乐美[1]的照片摆在一起）。照片上，汉娜看起来有五十岁左右，皮肤白净，就像我认识的娜塔莎一样。照片虽然是黑白的，但依然能看出她蓝色的双眸。在某个政府接待处，她站在丈夫身边，一身剪裁粗糙的深色套

---

[1] 露·安德烈亚斯·莎乐美（Lou Andreas-Salomé，1861 年 2 月 12 日—1937 年 2 月 5 日），俄罗斯将军家庭出生的心理分析家、作家和女权主义者。

装，虽然照片上只能看见她的上衣，头发向后盘成那种老式的发髻。即使这样，她依然是个美人胚子。

由于让·克里斯托夫要在法国工作，他雇了一个私人侦探，拿着照片开始找人。在一个八百多万人口的地方找一个失踪了多年的人可不是件容易的差事。河内的每个角落、每所学校、每个幼儿园和每家医院都找了，什么都没有。在过去的西贡市他们也进行了同样的寻找，这可耗费了相当长的时间。越南中部是下一个目标，这时娜塔莎提出要亲自去找。她不喜欢私人侦探的观点，而且从一开始就怀疑他的调查结果，似乎都不用解释，她从心底还是相信只有亲情的力量才能找到姐姐。她休假之后和让·克里斯托夫在岘港会合，在那儿也没得到任何消息，他们便出发去了顺化市，还是没结果，此时已经有些失望的两个人又转战到了会安市的南中国海海岸，至少这个地方风景宜人，能让人从悲伤中稍微解脱一下。就在当地的一所学校里，校长一边拿着汉娜的照片细细观察，一边告诉他们："在会安市郊区有一所非常小的学校，那儿有几个白人教师。"

想找到那片"飞地"也没那么轻松，那所学校很不起眼，几乎消失在了田野里，它位于一个破旧的村落里，周围是稻田和几只瘦骨嶙峋的灰色奶牛。在那里，人们是凭着一股韧性才继续活着。一座低矮的建筑，里面有三间屋子，一个带顶的长形庭院，地还是土地。角落里一群小孩子拉成一个圈，和中间的一个妇女正在做游戏。还有一群小孩儿坐在地上，围着另一位女教师，正拿着几块尖尖的石子做练习。第三位女老师和三个孩子在场地中央的一张矮桌上翻书看。三位老师都戴着越南的大斗笠，脸部遮得严严实实，什么也看不见。娜塔莎一直走到院子里。她打断了桌子旁边的那个女人，并向她道歉。这位老师扭过头看了看娜塔莎,娜塔莎发现她是白皮肤,眼睛和斗笠下露出的头发是深色,但的确是白种人。她冲娜塔莎微笑起来。

"汉娜,"娜塔莎轻轻地说,"我找汉娜。"

她又笑了笑,用一口蹩脚的法语说:"没有,没有,这里没有汉娜。"

娜塔莎指了指另外两个女人,远处,她们正被孩子们围着,专心地做着手里的事情,完全不在意这个正和她们同伴讲话的西方人。

"那是芳和玲。"桌子旁的这位一边说一边点头以示肯定。她从座位上站起来扭过身子,胳膊轻轻地搭着这位跟她说话的人,好像要给她指引离开的路。

娜塔莎不愿放弃,即使有失礼节,她还是离开这个人,在院子的顶棚下径直朝另外两组人走去,芳和玲还在工作。是让·克里斯托夫后来跟我讲述的当时的情景,他站在烈日下,从外面看着里面的情况,似乎认为这时候插手很不合适。

娜塔莎走近第二个女老师,就是让孩子围成圈的那个,直接上前去看她的脸。那是一张饱经沧桑的脸,白色的头发,淡色的眼睛,那边坐在地上看孩子们拿着石头做练习的第三个女人也一样。但是两个人都因风吹日晒,显得有些黑,和越南女人为了白而防晒正好相反。两个人都不像从明斯克来的俄罗斯女人。娜塔莎悄悄地来回观察两个人。这时她看见一道蓝绿色的光。是那个坐在地上的女人,她穿着一件高领丘尼卡,前两颗扣子敞着。露出来的那道光,是宝石的光。娜塔莎弯下腰碰了一下那块宝石。她立即解开自己的衬衫,摸着自己的那块亚历山大石。地上的那位妇人好奇地观察着她。娜塔莎叫出了这个女人的真名,她惊愕地点了点头。

对，汉娜。

"寻亲之旅"就此结束。

玛莲娜从没告诉汉娜她的生父是谁，所以汉娜也不知道自己还有一个妹妹。汉娜没有忘记战争期间在庄园生活的日子，也很想念那个叫娜塔莎的小女孩，她们曾一起度过那段可怕的危机时期。她也没有忘记鲁迪，没有忘记他给自己和娜塔莎一人送了一条宝石项链，母亲还要求她永远戴在脖子上。如此亲密的人后来竟再未相见，更想不到这块石头竟成为她们相认的证据。

汉娜已经是位形如枯槁的老人了，她住在海边的茅草屋里，给孩子们教语言。她改了名字，也的确嫁给了当地的一个渔民，随了他的姓，两个人已经在一起生活了很多年。之所以改了自己的教名，不是为了隐藏身份，而是因为"玲"对当地人来说更容易念一些。

我就不在这儿讲汉娜的经历了。为了让大家明白娜塔莎接下来的打算，我只跟大家说点儿别的。汉娜现在七十五岁了，生活很艰苦，身子骨也不行了。按照娜塔莎形容的，人已经"枯朽"了。"汉娜也是四处漂泊的犹太人，和咱们一样。假如她不是，丧夫之后为何不回俄罗斯？难道她不相信叶落归根吗？"娜塔莎自言自语地琢磨着，后来我回答说："她不信，因为她和您一样。"

娜塔莎想带汉娜来智利，但是被汉娜断然拒绝了，什么都不能把她从越南带走，只有那儿才是她的土地，其他都不是。

现在，汉娜已是风中之烛。生活的贫困、粗茶淡饭，总之这最后二十年的状况把她的精力已经消耗殆尽，她又老又累，如果要带她离开人世，她也做好了准备，她的妹妹会陪着她，为她合上双眼。

我没有汉娜，但是我有书。神奇的是，任何打开它的人，都能被它俘获芳心。我喜欢的好几位作家都在陪着我一起慢慢变老，这对我来说比有骨有肉、摸得着的人更真实。有多少次，娜塔莎经过一天的工作，会疲惫不堪地到我的小屋里跟我说：

"给我讲讲外面的生活。"

"既然是外面，你肯定是指小说里的人……"

"对，他们，讲讲他们在做些什么，在说些什么，在想些什么。"

根据精神分析学的解释，文学要在知与不知这种复杂的关系之间做斗争。

爱德华·萨义德，一位伟大的巴勒斯坦作家，就 late style，即"晚期风格"，进行过探讨。晚期风格研究的是艺术家进入迟暮之年以后，会抛开一切，随心所欲地创作，且作品与以往的作品毫无关联。这种自我放逐的状态有时会诞生出空前绝后的精品。

我认为，娜塔莎作为精神医学专家，也进入了她的 late style。她随心所欲地生活（其中一个有力证据就是她同意我给你们讲她的故事），要去越南一直等到姐姐入土为安。医院、研究项目、她的诊所、患者从现在起都要离开了。一成不变的意念终于有了波澜。她要去做她必须做的事，而且要庄严地把它完成。

加夫列拉·米斯特拉尔[1]出发去墨西哥的时候，作家佩德罗·普拉多写信告诉他的墨西哥朋友："不要在她周围喧哗，她正在打一场无声的战斗。"

我斗胆把同样的话转达给各位。

---

[1] 加夫列拉·米斯特拉尔（Gabriela Mistral，1889—1957），智利女诗人。

# 后记

娜塔莎挺直了背，昂着头，拉开窗帘，静静地注视着这几位女士一个接一个上了来接她们的车。黄昏时分，花园虽然失去了白日的光彩，但依然壮美，里面空空荡荡，劳工们已经歇工了。几棵大树如画框一样，以山峦为背景，把九个人定格在画中，而那一瞬间将一去不复返。

刚才娜塔莎与她们挨个道别，拥抱的时候还说了些什么，然后才松开。

她想起小时候在布宜诺斯艾利斯的时候，鲁迪的狗下崽儿了，她连续几个小时跪在地上观察那些幼崽，她注意到小家伙们依偎在一起。为了寻找温暖，它们蜷缩着身子，一个压一个地挤在一起。有一天，她一个一个地把它们抱到烧着壁炉的客厅，围着炉火放下。"你别高兴得太早，娜塔莎，"鲁迪看到娜塔莎趴在地上抱着那些小狗，说道，"人的价值就在于人可以分开，可以独立，人属于自己，不属于群体。"

娜塔莎放下窗帘。那些女人已经走了。她想象她们行走在离她很远的地方，星空下，她们的脚步无比轻盈，她们已不再是别人认识的那个自己，她们正在重生，是自我消亡之后的另一个自己。

"到头来，"离开窗户的时候娜塔莎说道，"到头来我们大家，无论怎样，都有同样的故事要讲。"

博科，2011年3月

# 致谢

感谢安娜·玛利亚·戈麦斯、索尔·塞拉诺、伊萨贝尔·圣玛利亚、埃伦娜·塞拉诺、安东尼娅·福尔施、玛格丽塔·迈拉,以及利迪亚·沙瓦尔宗。